창비

황사의 풍경
조선 지식인 유홍의 경수, 황사 이야기

초판 1쇄 발행/2014년 2월 10일
초판 4쇄 발행/2019년 8월 14일

지은이/김종기
펴낸이/강일우
책임편집/정편집
펴낸곳/(주)창비
등록/1986년 8월 5일 제85호
주소/10881 경기도 파주시 회동길 184
전화/031-955-3333
팩시밀리/영업 031-955-3399 편집 031-955-3400
홈페이지/www.changbi.com
전자우편/nonfic@changbi.com

ⓒ 김종기 2014
ISBN 978-89-364-7238-2 03810

한시의 품격

조선 지식인 문화의 정수,
한시 이야기

/ 김풍기 지음 /

창비

옛사람의 시선을 따라 한시 읽기

이 책을 집어든 독자라면 어떤 이유에서든 '한시'가 가지는 울림에 반응한 것이리라는 생각이 든다. 필자에게도 그러한 책이 있다. 필자의 마음에 처음 한시가 들어온 때는 『당음(唐音)』이라는 책을 만난 20대 초반이었다. 『당음』은 당(唐)의 이름난 시인들의 오언절구와 칠언절구 작품들을 모아놓은 책인데, 그 책을 잡자마자 한시라는 미지의 세계에 빠져들었다.

근대 이전만 하더라도 서당에서 웬만큼 글줄이나 읽으면 접하는 책이 바로 『당음』이었다. 한시가 지식인들의 필수교양이었던 시절이었으니, 어려서부터 한시를 배우는 일이야말로 개인의 영달은 물론 집안의 번영을 위해서라도 막중한 과업이었다. 한시를 통해 자신의 생각과 정서를 표현하고 전달하며, 지식인 사회에서 교유를 하고, 나아가 관직에 진출하여 정치적 포부를 펼쳤다.『당음』은 그런 세계로 가는 첫걸음을 떼도록 만들어주었던 책인 셈이다.

당시 필자가 읽은 『당음』은 1910년대에 출간된 활자본이었는데, 작품마다 한문으로 간단하게 해설을 달아놓은 것이었다. 그 해설을 함께 읽으면서 한시가 가진 문맥이나 속뜻을 짐작하곤 했다. 그러다가 홍만종(洪萬宗)의 『시화총림(詩話叢林)』을 접하면서부터 한시에 대한 다양한 시각이 있다는 것을 새삼 느끼게 되었다. 이러한 책 읽기의 경로가 필자를 한국 고전문학 이론의 세계로 이끌었으리라.

요즘 사람들이 한시를 어려워하듯이, 옛사람들도 한시를 어려워했다. 우리말로 쓰는 것이 아니니 당연히 어려울 수밖에 없었다. 한시에 관한 수많은 기록이 전해오는 것만 보아도 옛사람들이 한시를 얼마나 열심히 공부하고 생각했는지 짐작할 수 있다. 더불어 한시를 보는 시각 역시 사람에 따라, 시대에 따라 천차만별임을 확인할 수 있다. 그런 까닭에 이 책에서는 '한시란 무엇이다'라고 정의하기보다는 한시를 보는 저마다의 다른 시각을 다양하게 보여주고자 했다. 그 과정에서 한시를 짓는 까닭부터 한시 짓는 법, 한시를 읽는 방법에 이르기까지 옛사람들이 생각하는 '한시의 품격'을 독자들이 짐작할 수 있기를 바라는 마음에서다. 근대 이전, 특히 조선시대 지식인의 삶속에 깊이 밴 '한시'를 통해 '선비 문화'까지를 읽어낼 수 있다면 저자로서는 더할 수 없는 기쁨이 될 것이다.

지금 우리가 우리 시대의 눈으로 문학작품을 읽어내듯이, 옛사람들 역시 그들 자신의 눈으로 한시를 읽었다. 그렇게 한시를 읽는 눈을 몇가지 범주로 유형화하거나 이론화할 수 있는데, 이것을 학문의 세계에서는 고전문학 이론 혹은 고전비평론, 한국문학사상, 고전문학론 등 여러 명칭으로 부르며 연구하고 있다. 이 명칭들의 함의는 연구자에 따라 편폭의 차이가 일정 부분 있기는 하지만, 큰 범주에서 보자면 옛사람들이 문학작품을 바라보는 시선을 이론화하자는 것이 그 중요한 의도라 하겠다. 그런 맥락에서 보면 이 책은 옛사람들의 문학이론, 즉 옛사람들이 한시를 대하는 시선을 따라가며 한시를 감상하는 방법을 제시하는 일종의 안내서로 읽을 수도 있다. 조금 더 욕심을 내자면, 근대 이전 지식인의 한시 입문서『당음』처럼『한시의 품격』이 오늘날의 독자들에게 필요한 한시 입문서가 되기를 바라는 마음도 없지 않다.

어떤 예술작품이든 그러하겠지만 한시를 읽는 것도 오랜 훈련과 독서, 인생 경험을 필요로 한다. 예전에는 범상하게 보이던 구절이 어떤 순간 마음 깊이 각인되기도 하고, 남들은 감동적이라고 찬탄해 마지않는 작품이 본인 눈에는 그저 그런 작품으로 읽히기도 한다. 한시를 늘 읽고 해석하며 어떤 때는 같은 작품을 여러차례 읽지만, 그 것을 오랜 세월 지속할 수 있는 이유는 아마도 동일한 반복이 아니라 차이를 동반한 반복적 읽기를 하기 때문일 것이다. 스무살에 읽은 작품을 마흔살에 다시 읽었을 때 작품이 새롭게 해석되는 것과 같은 이 치다.

이 책의 문장 속에 필자 개인의 삶의 그림자가 군데군데 드리워져 있는 것은 아마도 한시 읽기가 필자의 삶과 함께 흘러온 까닭일 것이다. 사람들과 함께 인생길을 걸으면서 기억들을 만드는 동안 한시작품을 보는 필자의 눈도 당연히 변했다. 되도록 개인사의 음영을 만들지 않으려 애를 썼지만 어떤 글에서는 희미하게 개인의 기억이 영향을 끼쳤다. 그것은 필자를 둘러싸고 있는 천지자연을 비롯하여 부모와 스승, 벗, 인생의 선후배, 도반 용현과 보림 등 필자를 규정하고 있는 촘촘한 인연의 그물이 그렇게 만든 것이기도 하다. 옛사람들의 기억이 아름다운 작품을 만들었듯이, 필자의 기억들이 그 작품들과 만나서 필자의 해석을 구성해냈다.

『당음』을 읽으며 즐거웠던 20대의 기억이 새삼스럽다. 그 즐거움이 이 글을 통해서 조금이나마 전해지기를, 그리하여 많은 분들이 한시의 새로운 세계로 들어가 유영할 수 있기를 바란다.

2014년 2월, 춘천에서
김풍기

차례

제2부

대필작가부터 표절시비까지,
명문장은 어떻게 만들어지는가

제3부

인상비평부터 원류비평까지, 무엇으로 한시의 품격을 논하는가

제1부

양반부터 중인까지,
그들은 왜 한시를 짓는가

조선 시인의 자존심, 조선 시인의 힘

세상을 살아가면서 누구나 한번쯤은 자존심을 내세우며 기염을 토할 때가 있다. 현실에서의 자신은 언제나 부족하고 왜소한 모습이지만, 어느 순간 자기의 모든 것을 걸고 세계를 향해 존재감을 드러내고 싶을 때가 있다. 짐승처럼 살다가도 자신의 모습에 부끄러움을 느끼면서 문득 인간다움을 떠올리는 순간, 가슴 저 밑바닥에서 꿈틀거리며 치밀어오르는 것이 바로 자존심이다.

누구나 자존심 한자락쯤은 있게 마련이지만, 특히 문인들이 자존심을 내세우면 문학에 목숨을 걸고 전투를 벌이는 살풍경을 연출하기도 한다. 그들은 자기 글에 대한 자부심으로 존재증명을 하고 싶어하기 때문에, 자신의 글을 폄하하거나 비판하는 듯한 어조를 느끼는 순간 적극적인 방어에 나선다. 설령 상대의 말이 일리가 있다고 속으로는 생각하더라도, 몸짓과 말투에서는 결코 인정하는 기색을 내비치지 않는다. 그러다보면 평자는 작가의 좀스러움을 비웃고, 작가는 평자의 안목 없음을 비웃는다. 그냥 비웃는 정도에서 그치면 그나마 다행이다. 그렇게 서로의 가슴에 남겨진 상처는 오래도록 남아서, 상대방을 떠올릴 때마다 벌어진 환부에 소금이 뿌려지는 듯 아리다. 세월이 가면서 그 상처는 덧나고 곪을 대로 곪아, 원수 사이가 되어버린다. 그런 일이 있다면, 당연히 그 마음 밑바닥에는 독 오른 뱀처럼 머리를 바짝 치올린 자존심이 자리하고 있기 십상이다.

글 쓰는 사람들 사이의 자존심에 얽힌 이러저러한 일화들이 많은 것은 자기 글에 대한 무한한 자부심에서 비롯한다. 어느 분야든 일정 수준에 올라간 사람은 자기가 일구어놓은 업적이나 능력에 대해 자랑스러워하는 감정을 가지기 쉽다. 특히 글을 쓰는 사람의 자존심은 아무리 관직이 높거나 돈이 많은 사람 앞에서라도 쉽게 꺾이지 않는다. 평생 외톨이로 지내게 되거나 죽게 된다 하더라도 한 구절의 시문도 양보하지 않는 것이 문인들의 자존심이다.

"어찌 감히 나를 꾸짖는단 말이냐?"

조선 중기의 인물로 호주(湖洲) 채유후(蔡裕後, 1599~1660)와 동명(東溟) 정두경(鄭斗卿, 1597~1673)이라는 문인이 있다. 이들은 당대 최고의 시문가들이다. 한번은 두 사람이 함께 과거시험을 관장하는 일을 맡은 적이 있었다. 당시 채유후는 문형(文衡)을 쥐고 있었고, 정두경은 정언(正言) 벼슬에 있었다. 문형이란 한 시대의 문풍(文風)을 좌우하는 막중한 자리면서, 또한 청직(淸職)의 대표 직책인 대제학(大

提學)을 일컫는 말이다. 정언은 사간원(司諫院)에 소속된 관원으로서, 왕의 잘잘못을 따지고 간언을 하는 직책이다. 얼핏 보기에도 과거시험은 대체로 문형을 쥐고 있는 채유후의 뜻에 따라 결정되는 것이 순리였을 것이다. 그런 탓인지 정두경은 과거시험 답안지를 채점하는 일에는 간여하지 않으려 했다. 다만 낙방으로 분류된 응시자들의 답안지를 들추어 보면서 그중에 어떤 것은 잘 썼노라면서 칭찬을 하곤 했다.

정두경의 행동은 명색이 문형을 쥐고 있는 채유후에게 대단히 불편한 일이 아닐 수 없었다. 게다가 품계에서도 정육품인 정언 벼슬은 정이품 대제학에 비하면 한참 차이가 나는 처지 아니던가. 그러나 나이도 비슷한데다 정두경의 시명(詩名)은 채유후에 비해 떨어지지 않을 뿐 아니라 어떤 면에서는 더 높은 점이 있으니, 채유후가 그를 질책하기도 민망한 일이었다. 정두경의 행동을 참다못한 채유후가 드디어 입을 열었다.

"내 비록 문장을 잘하지는 못하지만 문형을 맡고 있는 처지가 아니오. 그대가 문장을 잘한다고는 하지만 지금의 직책은 대간(臺諫)에 속하는 정언을 맡고 있으니, 직책을 넘어서는 일일랑은 하지 않는 게 좋겠소."

그러자 정두경은 버럭 화를 내면서 자기 수염을 잡고 소리를 쳤다.

"백창(伯昌, 채유후의 자)! 네가 우연히 『동책(東策)』을 읽고 과거에 급제해서 문형을 잡은 건 요행으로 되었을 뿐이다. 내가 보기에, 네가 문형을 잡은 건 썩은 쥐새끼나 같은 거다. 네가 어찌 감히 나를 꾸짖는단 말이냐?"

『동책』이란 과거시험 답안으로 사용될 만한 모범 책문(策文)을 뽑아놓은 일종의 문장 선집이다. 과거를 준비하는 선비라면 누구나 보고 익히는 흔한 책인데, 정두경은 채유후가 겨우 그 정도 수준의 문장을 구사한다고 비난을 한 것이다. 채유후는 당시에 뛰어난 문장으로 이름을 떨치고 있었는데, 그 역시 정두경이 보기에는 부족하다는 의미도 들어 있다. 그런 실력으로 문형을 쥐고 있는 것은 냄새나는 썩은 쥐와 같다고 직설적인 비난을 퍼부었으니 두 사람 사이에 형성된 살풍경은 짐작하고도 남는다.

그러나 정두경의 심한 비난에도 불구하고 채유후는 곧바로 웃으면서 사람을 불러 술을 가져오게 하여 술잔을 권하며 시 한수를 청한다. 때는 10월, 천둥과 함께 비가 쏟아지고 있었고 3년마다 정기적으로 치르는 과거인 식년회시(式年會試)를 앞둔 때였다. 정두경은 즉시 붓을 들어 시를 썼지만, 채유후는 거기에 화답을 하지 못했다고 한다. 당시 정두경이 지은 시는 다음과 같다.

백악의 검은 구름 일만겹인데	白岳玄雲一萬重
밤들자 찬비 내려 연못에 가득.	夜來寒雨滿池中
한겨울 천둥 친다 괴이타 마오.	傍人莫怪冬雷動
서른세마리 물고기가 용이 되는 것이니.	三十三魚變作龍

과거급제자는 모두 33명이니, 최종결과가 발표되면 33명의 선비가 드디어 청운의 뜻을 펼칠 기회를 얻는 것이다. 그것을 위해 등용문(登龍門) 고사를 이용했다. 잉어가 용문(龍門)이라는 곳을 뛰어오

르면 용이 된다는 이야기가 정두경의 작품 전체에 녹아 있다. 때아닌 험상궂은 날씨를 용이 승천하기 위한 배경으로 전환시킨 솜씨도 대단하거니와, 과거시험장의 의미를 함께 넣어서 작품을 구성한 것 역시 쉽지 않은 실력이다. 이 작품을 읽고 나서 효종(孝宗)이 탄복하면서, "이 시는 재앙을 막을 만하다"라고 평가한 것 역시 당연하다는 생각이 든다. 남용익(南龍翼, 1628~92)의 『호곡시화(壺谷詩話)』에 실린 일화다.

사실 채유후의 창작 능력 역시 만만한 것은 아니었다. 그의 문집인 『호주집(湖洲集)』에는 꽤 많은 양의 한시작품이 수록되어 있고, 그 수준 역시 낮은 것은 아니다. 그렇지만 자신의 능력을 드러내려고 하는 채유후의 태도가 오히려 주변 사람들의 눈살을 찌푸리게 만드는 경우가 더러 있었던 모양이다. 게다가 정두경의 비난을 받은 것처럼, 문형을 맡기에는 그보다 더 뛰어난 인재들이 여럿 있었다. 그러다보니 자연히 채유후의 작시 능력에 의문을 품거나 우스갯거리로 만드는 경우가 생긴 것이다.

김득신(金得臣, 1604~84)의 『종남총지(終南叢志)』에서 채유후에 관한 다른 일화를 살필 수 있다. 채유후가 하루는 한강 동호(東湖)로 가서 승지(承旨) 이원진(李元鎭, 1594~1665경)과 뱃놀이를 하게 되었다. 그런데 채유후의 술이 과했는지, 그만 강물에 빠지고 말았다. 이원진이 황급하게 그를 끌어 올려주었더니, 채유후는 즉시 시를 한수 짓더라는 것이다.

술잔 얕은 것만 알았지   但覺酒盃淺

강물 깊은 것은 몰랐소.   不知江水深

배 안에 이응이 계시니   舟中李膺在

굴원을 빠져 죽게야 하겠소?   肯使屈原沈

몇줄 시 속에 그의 재치가 엿보이는 작품이다. 이응(李膺, 110~169)은 후한(後漢) 때의 관리로서, 어지러운 시절에도 절의를 지켜 나라를 안정시킨 충절이 넘치는 인물이다. 그런 사람이 있으니, 굴원(屈原, BC 343경~ BC 278경) 같은 우국지사를 어찌 물에 빠져 죽도록 만들겠느냐는 내용이다. 그러면서 은근히 이원진을 이응에, 자신을 굴원에 비유하는 솜씨가 그럴듯하다. 함께 뱃놀이를 하던 사람들이 모두 그 재빠른 응대에 감탄했지만, 그 소문을 들은 사람들은 오히려 채유후가 미리 작품을 지어놓은 뒤 일부러 술에 취한 척하면서 빠진 뒤에 자기 실력을 자랑하려 했으리라 추정하면서 비웃었다고 한다.

이런 사정을 보면 역시 시명(詩名)을 얻는 것이 모든 문인들의 소망이지만, 그 또한 쉬운 일이 아니라는 점을 짐작할 수 있다.

빈부귀천을 넘어선 자리

가문의 위세나 관직의 높낮이를 아랑곳하지 않고 오직 작품만으로 이야기하려는 태도가 고대부터 존재했던 것은 아닐 것이다. 문자는 정치적 필요에 의해 만들어졌을 가능성이 높기 때문에, 문자 소유의 정도가 결국은 정치권력과도 상당 부분 치환관계를 가진다. 우리

가 고대의 기록으로 인정하는 『서경(書經)』은 고대국가시대의 공문
서를 모아놓은 것이고, 『시경(詩經)』은 고대사회의 민요를 모아놓은
것이 아니던가. 공문서는 정치적 언술로 가득하니 당연히 정치와 문
자의 관계를 단적으로 보여준다. 민요 또한 정치적 해석이 덧붙여진
다는 점을 감안하면 비슷한 맥락에서 정리되었다고 생각할 수 있다.
즉 민중의 노래를 통해서 정치의 득실을 알아보려는 목적으로 민요
의 수집과 정리가 이루어졌기 때문에, 그 작업의 주체는 당연히 정치
권력을 쥐고 있는 사람들일 것이다.

　시라카와 시즈카(白川靜) 같은 사람은 『시경』에 실려 있는 상당수
의 노래가 고대국가의 악사(樂師)들에 의하여 공식적인 자리에서 가
창되었을 것이라고 주장한다.[1] 그의 말처럼 민요가 궁중으로 들어가
면서 혹은 권력자들의 정치적 목적으로 창작되면서 궁중의 환경에
맞도록 노래들이 정리되었을 것이다. 그렇게 보면 시라카와의 주장
에 훨씬 더 정치적 의미가 강하게 착색된다.

　채유후와 정두경의 다툼은 비록 한때의 해프닝으로 끝났지만, 그
이면에는 창작 능력에 대한 시인들의 자존심 혹은 자부심이 자리 잡
고 있다. 이같은 태도는 근대로 올수록 강렬하게 표출되는 경향을 보
인다. 고대에는 문자를 다루는 능력이 권력의 소유와 불가분의 관계
에 있기 때문에 개인의 능력이나 자부심으로 그 능력을 평가하고 내
세울 수 있는 환경이 아니었다. 아무리 훌륭한 창작 능력도 결국은
권력자들에 의해 발현되었기 때문에, 자신을 발탁해준 사람을 위해
능력을 행사할 뿐이었다. 그러나 세월이 흐르면서 작품 창작이라고
하는 것이 작가의 상상력과 문자가 결합하여 인간의 절대 자유를 누

리는 한 방법이라는 점에 착안하게 된다. 거기에 무슨 정치권력이며 관직의 높낮이며 경제적 환경이 간여할 수 있겠는가.

근대 이전에는 쓰는 능력이 관직 진출에 중요한 역할을 했다. 과거 시험이 바로 글 쓰는 능력을 평가하는 중요한 통과의례였다. 시(詩)와 부(賦)를 비롯하여 각종 문체를 이용한 글쓰기를 여러 단계에 걸쳐 시험했고, 이를 훌륭하게 통과한 사람만이 탄탄대로를 약속받았다. 그렇지만 시문(詩文)과 권력의 관계가 밀접해지면 질수록 글 쓰는 능력 자체에 대한 반성이 잇따랐다. 과연 글을 쓴다는 행위가 권력에 아부하기 위한 것인가 하는 반성과 함께 왜 글을 쓰는 것인가 하는 질문이 제기된 것이다.

시문이 인간의 언어활동 중에서 가장 정수에 해당한다고 보면, 작품이야말로 인간정신의 가장 빛나는 성과 아니겠는가. 그런데 글쓰기를 단순히 권력에 가까이 가기 위한 수단으로만 취급하는 순간 인간정신 역시 권력을 위해 무엇이든 하고야 마는 천박한 것이 되고, 나아가 인간의 자유로운 정신은 온데간데없고 오직 권력에 복종하는 노예 신세가 되어버린다. 이런 맥락에서 과거시험을 통과하는 것만을 목적으로 하는 글쓰기를 강력하게 비판하는 문인계층이 생겨났다. 그들은 장옥문자(場屋文字)*가 얼마나 문장의 도를 어지럽히는가 하는 점을 극력 비판하였다.

고려 초기 광종(光宗) 때에 시작된 과거제도는 고려 중기를 거치면서 뛰어난 문인을 발탁하는 제도로 기능하기도 했지만, 반면 그것만

---

*과거시험장에서 사용되는 형식적인 글.

을 위해서 공부하는 풍조를 만들었다. 이를 비판적으로 바라보기 시작한 인물이 바로 고려 후기 이인로(李仁老, 1152~1220), 임춘(林椿, 생몰년 미상), 이규보(李奎報, 1168~1241) 등이었다. 이들에게 시와 문장이라고 하는 것은 천하의 모든 것에 우선하는 빛나는 가치를 지닌 것이었다. 이인로는 이러한 생각을 담아 『파한집(破閑集)』에서 다음과 같이 말한 바 있다.

> 천하의 일 중에 빈천(貧賤)과 부귀(富貴)를 가지고 그 높고 낮음을 정할 수 없는 것은 오직 문장뿐이다. 대개 문장을 짓는 것은 마치 해와 달이 하늘에 매달려 있고 구름과 안개가 허공에서 모였다 흩어졌다 하는 것과 같아서, 눈이 있는 사람은 보지 않을 수 없고 그것을 가려버릴 수도 없다. 그러므로 벼슬을 하지 않는 재야의 선비라도 아름다운 무지개와 같은 빛을 드리울 수가 있다. 조맹(趙孟)●의 귀함은 그 세력이 나라를 부강하게 하고 가문을 풍요롭게 하기에 어찌 부족하겠는가마는 문장에 있어서는 이야기할 것이 없다. 이로써 말한다면 문장은 그 자체로 일정한 가치를 지니고 있어서 부유함으로도 그 가치를 감소시키지 못한다. 그러므로 구양수는 이렇게 말했다. "후세 사람들이 공평하지 않았다면 우리 시대에 성현은 없었으리."[2]

문장을 평가하는 기준은 외부 원인에 의해서가 아니라 그 자체의

● 중국 춘추시대 진(晉)의 귀족 성씨. 강성한 진을 이끌고 갔던 가문이기 때문에 정치적 권력을 대표하는 표현에서 자주 인용된다.

미적 기준에 의해 형성된다는 것이다. 문장 평가는 빈부귀천에 영향을 받지 않는다. 무지개 같은 아름다운 빛을 후세에 드리우는 것은 전적으로 문장 자체의 아름다움 때문이다. 그것을 평가하는 주체도 시인이나 주변의 권력자나 부자들이 아니다. 후세의 수많은 독자가 작품을 읽고 평가하는 과정에서 자연스럽게 생기는 것이며, 그 과정에는 어떤 외부적 요소도 영향을 끼치지 못한다. 저절로 공평하게 진행된다는 의미다. 이인로는 당송팔대가(唐宋八大家)의 한 사람으로 꼽히는 문장가 구양수(歐陽脩, 1007~72)의 글을 인용하여 그 뜻을 부각시켰다. 후세 사람들이 공평한 기준으로 사람을 평가하지 않았다면 요즘 우리가 존경하는 성현도 없었으리라는 말 속에, 훗날 독자들의 공평한 눈이 위대한 문인을 만든다는 의미를 자연스럽게 내포시켰다.

권겹의 자부심과 허균의 착각

시문 자체의 아름다움만을 가지고 평가해달라는 말에서 문인으로서의 자부심이 강하게 느껴진다. 비록 사회적으로는 힘없는 한명의 사내일 뿐이지만, 문인으로서 구가하는 아름다움에 대한 열정과 자유로운 정신만은 누구에게도 뒤지지 않는다는 자부심이 그 속에 들어 있다. 그 자부심으로 문인은 한세상을 멋지게 살아간다.

조선 중기의 시인 권필(權韠, 1569~1612)에게는 권겹(權韐, 생몰년 미상)이라는 형이 있었다. 이들 형제는 찢어지게 가난한 처지였지만, 뛰어난 시를 지어서 그 이름이 천하를 울렸다. 권겹이 하루는 삼각산에 있는 승가사(僧伽寺)에 놀러 갔다. 당시 여러 명사들이 모여서 술을 마시며 시를 지었는데, 권겹도 그 자리에 끼어서 태연히 시를 말하며 짓기도 했다. 그러나 사람들은 명사들이 모여서 시를 지으며 노는 자리에 웬 꾀죄죄한 선비가 와서 당돌하게 구느냐며 나무랐다. 그러자 권겹이 "그대들의 벼슬이 어찌 감히 나의 시 한 구절을 감당할 수 있겠소이까?" 하고 웃으며 말하였다. 사람들이 권겹에게 시를 읊어보라고 하자 그는 다음 작품을 낭송했다.

눈 속의 달은 옛 왕조의 빛	雪月前朝色
차가운 종소리는 옛 나라의 소리.	寒鍾古國聲
남쪽 누각에 근심스레 홀로 서 있으니	南樓愁獨立
황폐한 성곽에선 저녁연기 피어오른다.	殘郭暮烟生

좌중의 모든 사람이 이 시를 듣고 깜짝 놀라면서 그를 상좌에 앉히고 술을 진탕 마시며 즐겼다고 한다. 시 한 구절에 벼슬이나 사회적 지위도 효력을 잃는다. 오직 시를 짓는 능력만이 그 자리에서 사람을 평가하는 유일한 기준이다. 권겹이 명사들 틈에서도 당당하게 자신의 작품을 읊조릴 수 있었던 것은 시인으로서의 자부심이 있었기 때문이다.

그러다보니 문인들의 행동은 뜻하지 않은 오해를 받기도 하고, 때로는 실소를 자아내게도 한다. 권필과 절친한 허균(許筠, 1569~1618)이 1615년 무렵 중국에 사신으로 갔을 때였다. 연경(燕京)에서 천문을 살피는 중국 관리를 만났는데, 그가 말하길 조선 쪽에 해당하는 하늘에서 규성(奎星)이 빛을 잃은 것을 보니 아마도 뛰어난 문장가가 죽은 모양이라고 하는 것이었다. 규성이라면 문장을 관장하는 별자리가 아니던가. 순간 허균의 머릿속에는 번뜩 불길한 생각이 스쳤다. '현재 조선 최고의 문장가를 꼽으라면 당연히 나이리라. 그렇다면 이승에서의 내 명운이 다했다는 말이 아닌가.' 그는 얼른 짐을 꾸려서 조선으로 돌아가는 길을 재촉했다. 머나먼 중국 땅에서 객사할 수는 없는 노릇이기 때문이다. 밤낮을 가리지 않고 말을 달려서 압록강을 건너자, 차천로(車天輅, 1556~1615)가 죽었다는 소식이 들렸다. 이런! 당대 최고의 문장가는 허균 자신이 아니라 차천로였다는 말이다.

실제로 허균은 여러차례 명나라에 사신으로 다녀왔다. 그중 1614년 4월 천추사(千秋使)에 임명되어 명나라로 갔다가 이듬해인 1615년 1월에 복명한 적이 있었는데, 중국에서 많은 책을 사가지고 들어오느라 약간의 물의를 일으킨 것도 이때의 일이다. 차천로와의 일화는 아마도 이 시기를 배경으로 한 것이리라. 그러나 차천로는 1615년 3월 5일 세상을 떠났으니, 이 일화는 실제로 일어난 사건이라기보다는 당시의 호사가들 사이에서 재밋거리로 오가던 뒷이야기일 가능성이 높다. 그렇지만 이런 일화를 통해서 우리는 당시 지식인 사회에서의 문인에 대한 품평을 슬며시 엿볼 수 있다.

허균의 착각이 우습기도 하지만, 글 쓰는 사람의 자부심이 이 정도는 되어야 하지 않을까 싶다. 허균만이 아니다. 조선의 문인들은 한마디 말 때문에 목숨을 잃는 시대, 정치와 권력이 떼려야 뗄 수 없는 관계에 있는 시대에도 글 쓰는 사람으로서의 자부심을 견고하게 지키려고 했다. 글 쓰는 사람으로서의 자부심을 가지고 천하를 굽어보는 기상을 키우고, 자신과 국가를 경영하려 했다. 자본의 힘이 세상의 모든 것을 삼키는 이 시대에도 문학의 힘으로 자본의 굴레를 벗어나 절대 자유를 구가하려는 태도가 그립다.

시 귀신이 돌아다니던 시대

　근래에 이현욱이라는 사람이 있었는데 시마(詩魔)를 숭상했다. 아계 상공이 그런 줄을 모르고 이현욱의 시를 크게 칭찬하였다. 하루는 이익지가 상공을 뵈오러 갔는데, 상공이 이현욱의 시를 꺼내서 그 높고 낮음을 품평하도록 했다. 이익지는 이현욱의 작품 속에 있는바 "걸음걸이가 느긋하지도 않고 바쁘지도 않은데, 동서남북 어디나 두루 봄빛[步復無徐亦無忙, 東西南北遍春光]"이라는 구절을 들면서 말하였다.

　"이것은 바로 문장가의 어법입니다. 우리나라 시인들은 '徐(서)'나 '李(이)' 같은 글자는 일찍이 사용한 사람이 없습니다. 게다가 이 사람의 나이가 어리니 필시 시마에 걸렸을 것입니다."

　상공은 그런 줄 몰랐는데, 과연 그러했던 것이다.

　이현욱이 허영주(許郢州)의 시에 차운한 작품이 있는데, 다음과 같다.

봄날 산길 궁벽해서 　　　　　　　春山路僻問歸樵
돌아가는 초동에게 물으니
앞쪽 산봉우리 돌길가를 가리킨다. 　　爲指前峯石逕邊
스님은 흰 구름과 함께 　　　　　　僧與白雲還暝壑
어둑한 골짝으로 돌아가고
달은 푸른 바다를 따라 　　　　　　月隨滄海上寒潮
찬 물결 위로 떠오른다.
세상의 정 늙어갈수록 　　　　　　世情老去渾無賴
도무지 기댈 데 없고
노니는 흥치 근래 들어 　　　　　　游興年來獨未銷
홀로 없어지지 않는다.
고개 돌리니 외로운 배 　　　　　　回首孤航又陳迹
또 옛 자취 되니
성근 종소리 물가 저편에 들리고 　　疎鐘隔渚夜迢迢
밤은 아스라하구나.

이익지의 시에 차운한 작품이 있는데, 다음과 같다.

바람이 놀란 기러기 몰아 　　　　　風驅驚雁落平沙
모래밭에 앉히니
물 모양새 산빛이 저물녘에 어여뻐라. 　水態山光薄暮多
용면으로 하여금 그림 속에 　　　　欲使龍眠移畫裏

옮기도록 한대도

고깃배에 피리소리는 어떻게 할꼬?　　　其如漁艇笛聲何

　　사용한 말이 모두 속세를 벗어났으며 격조 또한 원숙하다. 그
러나 시마가 떠나가고 나서부터 한 글자도 몰라 깜깜한 사람이
되고 말았다.

　　허균은 자신의 시평서 『학산초담(鶴山樵談)』에 이현욱(李顯郁)의
이야기를 두번에 걸쳐 기록하고 있다. 당시 이현욱의 이야기는 문인
들 사이에서는 꽤 알려진 것으로 보인다. 더욱이 이익지(李益之)는
조선 중기 삼당시인(三唐詩人) 중의 한 사람인 손곡(蓀谷) 이달(李達,
1539~1618경)을 지칭한다. 이달은 허균과 허난설헌(許蘭雪軒, 1563~89)
에게 시를 가르친 스승이다. 자기 스승의 시에 차운한 사실을 기록
한 것을 보면, 이현욱에 대한 허균의 기록은 상당한 신빙성을 가지고
있다고 보아야 할 것이다.

　　물론 허균이 이러한 일화를 기록한 일차적인 목표는 이현욱이라
는 사람의 신비한 작시 능력에 대한 호기심 때문이었을 것이다. 이
현욱의 시가 뛰어나다는 사실을 간접적으로 드러내는 방식으로 허
균은 주변 인물들을 효과적으로 배치하고 있다. 허균은 아계(鵝溪)
상공(相公)과 이익지를 배치함으로써 이현욱의 작품이 이들에게 칭
찬을 받거나 혹은 이들에 필적할 정도로 뛰어나다는 사실을 완곡하
게 드러낸다. 아계는 조선 중기 뛰어난 시문가였던 이산해(李山海,
1539~1609)의 호다. 이산해의 칭찬을 받고, 이달의 시에 차운하면서

도 뛰어난 격조를 지닐 수 있다면, 이현욱의 작시 능력은 참으로 꼽아줄 만하다.

이현욱에 대한 객관적인 정보는 아무것도 없다. 허균의 글뿐만 아니라 다른 책에서도 이현욱을 언급한 경우가 있는데, 어떠한 글에서도 그의 신상에 대한 정보는 없다. 앞의 인용문에서 추론할 수 있듯이, 이현욱이라는 사람은 원래 글자를 전혀 모르던 무식한 사람이었다는 사실만이 우리에게 주어진 유일한 정보다.

일자무식이었던 사람이 어느날 갑자기 좋은 시를 마구 써낸다는 사실은 중세 지식인들에게는 믿기 어려운 일이었다. 오랜 수련을 거쳐야만 겨우 도달할 수 있는 경계가 한시 창작의 세계였기 때문이다. 그것은 알 수 없는 어떤 신비로운 힘이 작동했던 탓으로밖에는 해석되지 않는 문제였다. 그 신비스러운 일의 핵심에 있는 것이 바로 시마(詩魔)다.

시마인가, 시귀인가?

엄밀히 말하자면 이현욱 사건에 등장하는 시마는 시마가 아니라 시귀(詩鬼)다. 시마와 시귀는 우리말로 번역할 때 모두 '시(詩) 귀신'이다. 그러나 이 말들이 사용되는 맥락을 꼼꼼히 살펴보면 어딘가 모르게 약간의 차이를 찾을 수 있다. 범박하게 구분하자면 외부의 알 수 없는 힘에 의해 지배당하는 세계가 시귀의 세계라면, 시인 내부에서 발현되는 신비스러운 힘이 작용하는 세계는 시마의 세계다.

조선시대 사대부에게 한시 창작 능력은 필수적인 교양이었다. 다른 지역을 여행하면서 과객질을 할 때조차도 이 능력은 자기 자신의 문화적 소양을 과시하고 평가받는 척도의 핵심이었다. 대접을 잘받고 못 받는 것이 때때로 한시 창작 능력에 달려 있기도 했다. 관직에 진출하는 것도 온전히 한시 창작 능력과 이어져 있는 것이고, 술을 마시고 놀 때에도 이 능력은 필수적인 것이었다. 중세사회에서 문자를 소유하고 있다는 사실은 매우 거대한 권력이었다. 더욱이 복잡한 운율과 수사법으로 치장된 한시 창작은 거대권력의 핵심부에서자신의 경계를 확고히 하고 있었다. 이런 배경을 충분히 이해한다면, 이 시기 시 귀신이 왜 문제가 되는지를 조금이나마 이해할 수 있을것이다.

어찌 보면 귀신이란 인간의 욕망이 반영된 존재라 할 수 있다. 욕망이 표출되는 방식은 여러 갈래가 있겠지만, 중세사회에서 귀신 이야기는 욕망 표출의 중요한 통로였다. 귀신은 어디에나 널려 있었다. 정사(正史)를 비롯한 공식기록에도 귀신이 등장하지만, 역시 귀신의주 활동무대는 야사(野史)요 야담(野談)이다. 사람들 사이에서 은밀하게, 그러면서도 신비스럽게 떠도는 귀신 이야기는 사회적인 의사소통의 통로가 부족한 시대에 사건의 진실을 슬며시 전해주는 매체이기도 했다. 지금도 수많은 괴담 형태로 우리 주위에서 생생하게 생명을 유지하는 것이 귀신이고 보면, 귀신 이야기 속에 담긴 역사적혹은 삶의 진정성에 귀를 기울일 필요가 있다.

이런 맥락에서 시 귀신 이야기를 대한다면, 단순히 시와 관련한 괴담이 아니라 중세사회에서 시란 어떤 존재였을까를 논의하는 출발점으로 삼을 수도 있을 것이다. 시귀라고 쓰든 시마라고 쓰든, 시 귀신 이야기를 통해서 근대 이전의 지식인들은 무엇을 말하려고 했던 것일까?

옛 기록을 뒤지다보면 시 귀신 이야기가 의외로 자주 발견된다. 시 창작과 연관하여 전하는 것도 있지만, 대체로 시를 소재로 하여 전승되는 귀신 이야기가 많다. 그 이야기들의 유형을 자세히 살펴보면, 당시 사람들의 문학관이 어떤 모습으로 전개되었는지를 알 수 있을 것이다.

귀신이 써 준 과거 답안지

정지상(鄭知常, 미상~1135)의 문집은 전하지 않는다. 사실 그의 문집이 편찬된 적이 있는지도 알려져 있지 않다. 반역자로 몰려 죽은 정지상이기에 후일 그의 문집을 엮는다는 것은 쉬운 일이 아니었을 것이다. 그러나 정지상의 문학적 재능을 안타까워하고 그리워하는 후대 문인들에 의해 그의 면모는 상당히 신비스러운 빛으로 채색되어 전해지고 있다. 그의 과거시험 합격에도 시귀와 관련된 설화가 전한다.

정지상이 산속 절에서 공부할 때의 일이다. 하루는 달 밝은 밤에 혼자 앉아 있는데 절 건물 쪽에서 문득 시를 읊는 소리가 들렸다. "스님은 보면서 절이 있나 의심하고, 학은 보면서 소나무 없음을 한스러워한다[僧看疑有刹, 鶴見恨無松].” 정지상은 귀신이 들려주는 것으로 생각했다.

뒤에 정지상이 과거를 보려고 시험장으로 들어갔는데, 그날의 시제(試題)가 '夏雲多奇峯(여름날의 구름은 기이한 봉우리도 많구나)'에 압운자(押韻字)는 '峯(봉)'이었다. 정지상은 갑자기 예전 절에서 들었던 시구가 생각나서 그 구절을 이용하여 다음과 같이 지었다.

해가 하늘 한가운데 떠 있는데	白日當天中
구름은 절로 봉우리를 만든다.	浮雲自作峯
스님은 (구름 봉우리를) 보면서	僧看疑有刹
절이 있나 의심하고	
학은 보면서 소나무 없음을	鶴見恨無松
한스러워한다.	
나무꾼 아이의 도끼처럼	電影樵童斧
번개는 번쩍이고	
은거한 선비의 종소리처럼	雷聲隱士鐘●
우렛소리 들린다.	
산이 움직이지 않는다 누가 말했는가?	誰云山不動
석양 바람에 날려가는 것을.	飛去夕陽風

● '士'는 '寺'로 바꾸는 것이 훨씬 설득력이 있다. 그렇게 되면 번역도 '산속에 숨겨진 절에서 울리는 종소리처럼 우렛소리 울린다'로 바뀌어야 한다. 은거해 있는 선비에게 무슨 종소리가 울려나오겠는가.

시관(試官)이 보고는 제3, 4구가 훌륭하다고 칭찬하면서 정지상을 장원으로 뽑았다. 그러나 이 구절 외에는 그리 특별한 구석이 보이지 않는데 어째서 장원으로 뽑았는지 알 수가 없다.

이 기록은 이규보의 『백운소설(白雲小說)』에 나오는 이야기다. 이러한 이야기는 조선 중기에 널리 알려진 시귀 유형이었던 것으로 보인다. 홍만종(洪萬宗, 1643~1725)과 동시대 인물인 임방(任埅, 1640~1724)의 『천예록(天倪錄)』에도 이와 똑같은 설화가 어떤 시골 선비의 이야기로 소개되어 있다.[*]

하지만 이 이야기에 등장하는 시귀는 앞서 예로 든 정지상 귀신의 것과는 근본적으로 차이가 있다. 정지상의 귀신은 그 정체를 보이지 않는다. 모습은 드러내지 않고 뛰어난 시구만을 들려주는 것이다. 정지상이 들었다고 하는 시구는 여름날의 구름이 보여주는 변화무쌍한 모습을 빼어난 상상력으로 묘사하고 있다. 출제된 시험의 주제가 '여름 구름이 만들어내는 기이한 산봉우리의 세계'라는 점에서, 정지상의 시는 구름의 형상을 전제로 읽어야 한다. 언뜻 해석이 제대로

---

[*] 고려시대 알성경과를 보러 가는 시골 선비가 산길을 가다가 재채기소리를 들었다. 주위를 살펴보던 선비는 우연히 낙엽 사이로 드러난 해골을 보았는데, 칡넝쿨이 해골의 콧구멍 밖으로 나와 있어서 혼백이 재채기를 한 것임을 알았다. 선비는 그것을 깨끗이 씻어서 잘 묻어주고 제사도 지내주었다. 이날 밤 머리가 허연 선비가 나타나서 자신의 뼈를 거두어준 것에 사례를 한 후, 과거 제목으로 '夏雲多奇峯'이 나올 것이며, '峯'으로 압운이 된다는 사실을 말해주었다. 그러고는 자신이 지은 시라면서 정지상의 이야기에 나오는 시를 불러준다. 이 덕분에 시골 선비가 과거에 합격했다고 한다.
　　―『천예록(天倪錄)』

안 되는 것처럼 보이지만, 구름을 묘사한 작품이라는 것을 염두에 둔다면 참으로 기발한 상상력으로 지은 시라는 것을 알 수 있다.

어느 순간 하늘의 구름이 산봉우리를 만들었다. 그 모습을 보던 스님은 혹시 그 속에 절이 있지나 않을까 궁금해하고, 학은 거기에 앉아서 쉴 만한 소나무가 없다는 사실을 안타까워한다. 구름의 모습에서 촉발된 작자의 상상력은 스님의 시선과 학의 시선을 교차시키면서 정교한 대구를 조직해내고 있다. 이 기사를 기록한 사람은 귀신이 알려준 시구 이외에는 특별히 좋은 시라고 할 만한 것이 없다는 점을 명기함으로써 해당 구절이 얼마나 뛰어난 것인지를 상대적으로 부각시킨다. 그 구절이 아닌 부분은 절대로 장원감이 아니라는 것이다.

이처럼 시귀가 써내거나 알려준 작품을 귀시(鬼詩)라고 한다. 시귀는 대체로 작중 화자가 알지 못하는 사이에 나타나서 뛰어난 시구를 알려주는 것이 일반적이다. 그 상황은 꿈인지 생시인지 알지 못하게 마련이고, 작중 화자는 자연히 그것이 귀신의 짓이라고 단정하게 된다. 어쩌면 환청을 들었을지도 모르는, 대단히 몽환적이고 신비스러운 분위기를 연출하기까지 한다.

과거에 합격하기까지 중세 지식인들이 겪어야 했던 어려움은 우리의 상상력으로는 추정하기조차 어렵다. 문자의 소유 자체만으로도 대단한 권력을 누렸던 이들에게, 과거란 또다른 거대권력으로의 진입을 의미하는 것이기 때문이다. 어릴 때부터 한자와 한문 작문 능력을 익히는 것은 물론 방대한 양의 고전을 암송함으로써 언제 닥쳐올지 모르는 용사(用事)의 순간을 대비해야 한다. 내용을 몇개의 글자로 정확히 표현하기 위해서는 이전의 고전에서 익힌 전고(典故)를 적절하게 이용할 필요가 있다. 그것은 다른 사람의 작품을 해독하는 데에도 필수적인 것이어서, 전고를 제대로 모르면 글의 의도를 정확히 짚어내기 어렵다는 것은 예나 지금이나 마찬가지다. 암송해야 할 수많은 고전의 틈바구니에서, 중세의 지식인들은 무의식 속에 거대한 지식의 감옥을 만들었던 셈이다. 그 감옥을 평안한 곳이라고 여겼던 사람도 있지만 어떤 이들은 감옥의 벽을 부수기 위해 평생을 고단한 싸움으로 점철했다. 우리가 항용 방외인(方外人)이라고 통칭하는 부류가 대표적인 사람들이다. 이들은 이미 강고한 틀로 기능하는 문학적 전통(때때로 그것들은 용사의 이름으로 합리화되어 구속으로 작동하기도 한다)을 넘어서기 위해 끊임없이 새로운 문학의 길을 찾아 헤매기 일쑤였다.

어릴 때부터 작동했던 관직 진출에 대한 부담감은 무의식처럼 단속적으로 의식의 표면으로 부상하게 된다. 게다가 이런 경우 가지게 되는 빼어난 시구에 대한 꿈꾸기는 시문(詩文)의 신비스러운 성격을 강화시켰다. 시귀 역시 이런 맥락에서 볼 수 있다. 인간의 이성적 능력으로는 알 수 없는 신비스러운 성격이 귀신의 형태로 표출된 것이다. 귀신의 실재를 믿는 사람들에게는 섭섭하겠지만, 시귀의 기본적인 성격은 시문의 신비스러움과 연관되어 해명되어야 할 것이다.

물론 인간의 형상으로 나타나서 시문을 주고받는 경우도 있다. 18세기 중반에 집필된 구수훈(具樹勳, 1685~1757)의 『이순록(二旬錄)』에는 명문장가 삼연(三淵) 김창흡(金昌翕, 1653~1722)이 귀시를 정확히 알아보는 눈이 있었다는 사실을 기록하고 있다.

남쪽 지방의 선비 여러명이 과거를 보러 서울로 향하던 중, 금강

(錦江) 부근에 이르니 새벽녘이 되었다. 아직 어둑한 가운데 궁원(弓院)을 향해 가고 있는데 자기들의 일행이 아닌 두 사람이 서로 시를 이야기하며 가고 있었다. 그중 한 사람이 "궁원의 흰 조각달에 바람은 화살 같다〔弓院月灣風似箭〕"라고 읊으니 옆 사람이 "금강에 어린 안개 버드나무는 실 같구나〔錦江烟織柳如絲〕"라고 읊더라는 것이다. 시구가 훌륭하다고 감탄하면서 외우고 오다가 나중에 김창흡에게 이야기를 하니 귀시라고 했다는 내용이다.

이런 경우는 귀신이 자신의 형체를 드러내고 있다. 새벽 어름에 피곤에 지친 나그네들(그들은 과거를 보기 위해 서울로 가는 중이다)이 우연히 만난 낯선 두 사람, 그들의 입에서 울리는 절창은 피곤을 가시게 했을 것이다. 더욱이 자신의 문장을 가지고 관직 진출 여부를 판가름 짓기 위해 떠난 이들의 행로는 힘들기 그지없다. 그러한 상황에서 아무렇지도 않게 절창을 주고받으며 길을 가는 낯선 사람들이 있다. 선비들이 보기에 그들은 인간의 모습이 아니었을 터다. 여러 가지 분위기로 보아서 이 또한 귀시의 등장에 전형적인 환경을 제공한다.

형상이 있든 없든 귀시는 시문 창작의 신비스러운 기운을 그 속에 함축한다. 우리의 언어로는 설명할 수 없는 신비한 창작의 순간 혹은 창작 과정 저편에서 그 과정 전반을 주도하는 어떤 힘, 그것이 시귀의 형태로 발현되는 것이다. 그 힘은 때때로 우리의 잠 속으로 스며들어 새로운 형태의 귀시를 선보이기도 한다.

김안로의 붓촉이 사라진 이유

알 수 없는 힘이 삶의 사소한 부분에 구체적으로 영향을 미치는 경우가 있다. 특히 도깨비 이야기 같은 민담에서 자주 발견되는 것인데, 아침에 일어나 보니 솥뚜껑이 솥 안으로 들어가 있었다든지, 지고 가던 짐을 잠시 벗어놓고 소변을 보고 왔더니 그 짐을 온통 헤집어놓았다든지 하는 것들이 그 예다. 일상생활에서는 도저히 있을 수 없는 일인데 눈앞에서 실제로 벌어진 것을 어떻게 설명하겠는가.

이같은 힘이 시문 창작과 관련될 때 시귀라고 표현한다. 그러나 시귀가 항상 시를 짓도록 하는 것만은 아니다. 시귀는 시를 짓지 못하게 방해하는 경우도 있다. 김안로(金安老, 1481~1537)의 『용천담적기(龍泉談寂記)』에는 김안로 자신이 직접 경험한 시귀 이야기가 기록되어 있다.

김안로가 1515년 일본 사신 선위사(宣慰使)가 되어 웅천(熊川)에 이르렀다. 당시 국상(國喪)을 당해서 번화한 것을 피해 혼자서 망호당에 앉아 경치에 젖어 시 한수를 지었다. 새벽이 되어 그 시를 기록하기 위해 짐을 뒤져서 붓을 찾았다. 그런데 이상하게도 붓통에는 붓대롱만 있고 붓의 촉 부분(털로 만든 부분)은 보이지 않았다. 방에 누가 들어온 적도 없고, 짐을 샅샅이 뒤져도 찾을 수 없었다. 자신이 간밤에 편지를 쓰고 직접 넣어둔 것이었기에 더욱 이상했다.

하는 수 없이 다시 붓통을 집어넣고 앉아 있다가 출발하려고 짐을 다시 열어 보니 붓통에 붓이 완전한 형태로 들어 있는 것이었다. 조금 전만 하더라도 붓의 촉 부분이 없어서 시를 쓰지 못했는데, 잠시 후에는 붓촉까지 끼워져서 완전한 형태로 붓통 속에 들어 있으니 정말 이상한 일이었다. 김안로는 주사(主使) 이비중에게 신기한 경험담을 이야기했다. 그러자 이비중은, "옛말에 시가 완성되면 귀신이 운다고 했고, 신령이 운다거나 귀신이 근심한다고 하더니, 그 말이 과연 정말인가 보구려" 하고 말했다.

이에 김안로는 이렇게 이야기한다. "아마 이 길을 지나가는 문인들이 시를 지어 정자의 현판으로 더덕더덕 붙여서 다른 사람의 조롱을 받는 일이 많아 귀신으로서는 관행처럼 되었을 것입니다. 저의 부족한 시재(詩才)가 후일 다른 사람의 조롱을 받을까 하여 귀신이 저로 하여금 시를 못 짓게 하려고 붓을 감추었던 모양입니다."

이 일화는 새벽녘 경치 좋은 정자를 배경으로 전개된다. 자신이 지은 시를 기록하기 위해 붓을 찾았으나 감쪽같이 사라졌으며, 시 기록을 포기하고 있다가 잠시 후에 우연히 짐을 보니 원래대로 들어 있더라는 이야기가 대강의 줄거리다.

이름난 누정을 찾아가 보면 정말 감탄스러울 때가 있다. 주변 경관을 한눈에 바라볼 수 있는 지점에 누정이 건축되었음을 확인하고는, 건물을 지은 사람의 안목에 다시 한번 찬탄하는 것이다. 그러나 자연 경관뿐이라면 그 누정은 별반 큰 가치가 없다. 누정에 올랐을 때 주옥같은 시문들이 현판으로 걸려 있어야 제격이다. 자연과 함께 이곳을 오간 문인들의 자취가 글에서 전해져올 때 비로소 우리는 그 누정의 아름다움에 무릎을 친다. 이러한 전통 때문에 예전 문인들은 자신이 오른 누정에서 옛사람들의 시문도 감상하는 한편 자신의 감흥을 시로 적어 현판으로 걸거나 벽에 써놓곤 했다. 그렇지만 누구나 항상 좋은 시를 쓸 수는 없는 일이다. 그래서 누정에 걸려 있는 시판(詩板)을 보면 작품의 수준이 일정하지가 않다.

김안로 역시 망호당(望湖堂)에 올라서 그곳에 걸려 있는 시판들을 보았을 것이다. 그러고는 자기도 한수 지어서 걸어두려 했다. 그러나 귀신의 장난으로 결국 시를 기록하지 못하고 실패한 사연을 적은 것이다. 이 이야기에 대해 이비중(李棐仲)과 김안로 자신, 이렇게 두 사람이 논평을 붙인다. 논평의 방향은 당연히 차이가 있다.

이비중은 김안로의 시가 너무 훌륭해서 귀신이 시기한 탓에 붓을 감추었다는 것이다. 좋은 시가 완성되면 귀신이 울거나 근심한다는 것은, 그만큼 시가 가지고 있는 신비한 힘을 인정한다는 뜻이다. 이러한 형태는 나중에 방향을 달리하면서 시마의 논리로 넘어간다. 이비중은 귀신의 장난을 통해서 김안로의 시가 얼마나 뛰어난 것인가를 강조하고 있다.

그러나 김안로의 경우는 약간 방향을 달리한다. 물론 자신의 시에 대한 자부심이 강하게 배어 있기는 하지만, 그는 기존에 시를 지어서 망호당에 걸어두었던 사람들에 대한 비판적 시선을 강조하고 있다. 즉 그동안 시를 지어 현판으로 걸었던 사람들이 얼마나 형편없는 시를 지었으면 귀신이 싫어해서 김안로 자신이 짓는 시까지 수준 낮은 것이라고 추단하여 방해했겠느냐는 것이다. 명시적으로는 자신의 시적 무능을 드러내고 있지만, 그 이면에는 시판을 걸었던 이전 문인들에 대한 비판이 들어 있는 것이다.

어떻든 김안로의 이 일화에 등장하는 귀신 역시 시귀의 한 종류다. 여기서의 시귀는 앞에서 예를 든 시귀들과 달리 시에 대한 호오(好惡)를 분명히 한다. 사람들 사이에 슬며시 나타나서 좋은 글귀를 넌지시 건네주고 사라져버리는 시귀와는 분명 성질을 달리한다. 김안로가 경험한 시귀의 경우에는 다른 사람의 시 창작에 일정 정도 개입함으로써 자신의 생각을 비교적 적극적으로 드러낸다.

이보다 훨씬 적극적인 시귀 이야기도 상당수 전한다. 조선 초기 문인 서거정(徐居正, 1420~88)의 『동인시화(東人詩話)』에는 고려 때의 시인 김지대가 시를 잃어버렸는데 정신이상자가 된 여자의 입을 빌려서 그 시를 되찾았다는 이야기가 실려 있고, 남효온(南孝溫, 1454~92)의 『추강냉화(秋江冷話)』에는 3년 전에 죽은 안응세가 꿈에 나타나서 시를 준 이야기도 수록되어 있다. 이런 경우에는 시귀 자신이 지은 시를 직접 건네주는 것인데, 모두 현실에서는 쉽게 경험하기 어려운 신비한 이야기들이다. 특히 김지대가 시를 되찾은 이야기는 귀신도 좋은 시가 잊힌 사정을 안타까워한다는 점을 들고 있는데, 귀신 역시 좋은 시는 사랑한다는 식의 논리와 연결된다.

순간적인 착각이었을지도 모르는 붓촉 분실 사건은 이렇게 시귀 문제와 연결되어 시가 가지고 있는 신비한 부면(部面)을 강화한다. 김안로의 이 경험이 궁극적으로 무엇을 위한 것이었는지 알 수는 없지만, 우리는 그들의 마음속에 시귀에 대한 일정한 선이해가 있다는 점을 알 수 있다. 설명할 수 없는 시 창작 과정은, 시 저편에 어떤 힘이 존재하여 시의 창작을 이끌고 있다고 여기도록 만든다. 그것이 우리의 현실 속으로 들어와 시귀로 구체화되는 것이다.

시를 쓰는 힘의 원천

시귀니 시마니 하는 용어를 쓰기는 해도, 이것을 지금의 말로 옮기면 아마도 '시힘' 정도로 이해할 수 있다. 시인 자신조차도 알 수 없는 힘을 굳이 표현하자면 이렇게 옮길 수 있을 것이다.

근대 이전의 기록에서 일화로서의 시귀 이외에 비평적 논설로서 시마를 다룬 글이 몇편 있다. 마음먹고 다룬 글로는 고려시대 이규보의 「구시마문(驅詩魔文, 시마를 몰아내는 글)」(『동국이상국집(東國李相國集)』 권20)과 조선 중기 문인 간재(艮齋) 최연(崔演, 1503~46)의 「축시마(逐詩魔, 시마를 쫓아내다)」(『간재집(艮齋集)』 권11)가 있다. 두 사람의 글은 상당히 비슷하면서도 시마에 대한 판결에서는 반대되는 입장을 보인다. 그러나 이 글들 역시 바탕에 시귀에 대한 당대인들의 생각을 전제하고 있다.

이규보의 시마론을 통해서 당시 사람들이 시마를 어떤 모습으로 그렸는지 간단히 살펴보자. 그는 「구시마문」에서 시마의 죄상을 이렇게 폭로한다. ① 세상과 사물을 현혹해 아름다움을 꾸미거나 평지풍파를 일으킨다. ② 신비를 염탐하고 천기를 누설한다. 이처럼 사물의 이치를 밝혀냄으로써 하늘의 미움을 받아 사람의 생활을 각박하게 한다. ③ 삼라만상을 보는 대로 형상화한다. ④ 누가 시키지도 않았는데 국가나 사회의 일에 간여하여 상벌을 마음대로 한다. ⑤ 사람의 형용을 초췌하게 하고 정신을 소모시킨다.

이규보는 이렇게 다섯가지의 죄상을 열거하고 나서, 시마를 직접 등장시켜 나름대로의 문제해결을 시도한다. 그는 시마가 빛깔과 무늬가 찬란한 옷을 입었다고 표현함으로써 그것이 문장의 수식과 관련된다는 점을 전제한다. 그러고는 시마의 반론을 싣는다. 그 핵심은 시마가 이규보의 기(氣)를 웅장하게 해주고 사(辭)를 잘 꾸며주었다는 것이다. 이 때문에 과거에 급제하고 명성을 날리게 되었는데, 시마 자신이 관장하는 부분과는 아무런 관련이 없는 몸가짐이나 술, 여색 등을 들어서 자신을 배척하는 것은 부당하다는 것이다. 한참 읽노라면 시마론은 이규보가 보여주는 문장에 대한 자부심의 한 표현이라는 점을 느끼게 된다.

귀신은 이중적인 존재다. 한쪽 발(만약 귀신에게 두 발이 있다면)은 인간세계에, 다른 쪽 발은 명계(冥界)에 붙이고 있다. 이러한 탓에 이들은 인간의 삶 속으로도 온전히 들어오지 못하고, 인간 저편 저승에도 완전히 들어가지 못한다. 인간 주변에서 이렇게 떠도는 귀신이란 대체로 저승으로 완전히 돌아가지 못한 존재들이기 때문이다. 시 창작이라는 측면에서 볼 때 이것은 참으로 중요한 단서다. 이규보나 최연의 글은 시마의 죄상을 열거하면서 그들을 쫓아내는 내용으로 이루어져 있는데, 이들이 시마의 죄로 드는 것 중에 천지의 비밀을 누설한다는 항목이 들어 있다. 인간의 힘으로는 알 수 없는 천지의 비밀은 마땅히 인간 저편의 세계와 교통하고 있는 시마의 영역에서라야 가능한 일이다. 시인 자신도 깨닫지 못하는 사이에 시인은 자신의 시에서 천지의 비밀을 누설하는 중대한 죄를 저지른다. 이것은 세상의 이치를 거스르는 일이 되는 셈인데, 이러한 글을 통해 굳어져 버린 세상의 예속(禮俗)을 하나씩 파괴해나가는 작업을 하는 사람으로서의 시인상을 제시한다.

현실에 안주하지 못하도록 우리를 일깨우는 시마는 시 창작의 가장 깊고 근원적인 힘이다. '시힘'에 대한 초보적인 생각을 우리는 시귀 이야기에서 읽을 수 있다. 시귀에 관한 일화는 시마론(詩魔論) 같은 문학이론으로 체계화되는 것처럼 보인다. 시귀에서 시마로 체계화되면서, 세상의 강고한 벽을 허무는 시인을 감싸고 도는 시힘을 좀 더 효과적으로 제시하는 것이다.

여성부터 스님까지, 삶을 닮은 시

흰머리에 낚싯대 드리운 사람	鶴髮投竿客
초연한 모습이 세상 늙은이가 아니로세.	超然不世翁
서백이 사냥을 가지 않았더라면	若非西伯獵
오가는 기러기와 오래도록 짝했으리.	長伴往來鴻

조선 전기 문인 중에 정인인(鄭麟仁, 미상~1504)이라는 사람이 있다. 연산군의 실정을 비판하다가 미움을 받아 죽음을 당한 인물이다. 널리 알려지지는 않았지만 그의 어머니가 시문에 뛰어났다. 근대 이전 시기에 여성이 글자를 알고 활용하는 것은 드문 일이었다. 사회적인 분위기 탓이었는지, 정인인의 어머니는 자신이 시문에 능하면서도 드러내지 않았다. 가족들은 그 사실을 알고 있었기에 틈만 나면 시를 지어달라고 청했다. 한번은 정인인의 외숙이 「강태공조어도(姜太公釣魚圖)」를 한폭 구해 와서 거기에 시를 지어달라고 부탁했다. 첫머

리에 인용한 시가 그렇게 해서 나온 작품이다.

강태공(姜太公)은 원래 위수(渭水)가에서 낚시질을 하며 살아가던 야인이었다. 주(周) 문왕(文王)으로 불리는 서백(西伯, '서패'라고 읽기도 한다)이 사냥을 나갔다가 길을 잃고 헤매던 중, 우연히 위수가에서 낚시질을 하고 있는 강태공을 만났다. 서로 이야기를 나누다가 그의 비범함을 알아본 서백은 즉시 강태공을 발탁하여 재상으로 삼았다. 그렇게 해서 강태공은 서백과 그의 아들 주 무왕(武王)을 도와 천하를 안정시키는 뛰어난 재상으로 이름을 남기게 된다. 일흔이 넘은 나이에 세상으로 나간 그는 역사에 길이 빛나는 업적을 세웠다. 「강태공조어도」는 그런 내용을 소재로 그려진 작품일 것이고, 앞의 시는 거기에 화제(畫題)로 사용하기 위해 쓴 작품이다.

훗날 중국에서 사신이 왔다가 우연히 그 그림과 시를 보게 되었다. 한참을 음미하던 중국 사신은 이렇게 말한다. "여자의 의태(意態)가 있군요." 이제신(李濟臣, 1536~83)의 『청강시화(清江詩話)』에 나오는 일화다.

중국 사신이 그 시에서 여성의 심경을 읽어낼 수 있었던 것은 무엇 때문일까? 그것은 아마 전구와 결구에서 보이는 소극적 자세 때문일 것이다. 초연한 모습으로 세상을 벗어나 살아가던 한 늙은이가 세상으로 나갈 기회를 얻었을 때, 적극적으로 나서서 자신의 능력을 유감없이 발휘하는 것이야말로 대장부의 태도라고 사신은 생각했을 것이다. 그의 입장에서 보면 충분히 그렇게 느낄 수 있다. 이밖에도 분명히 여성의 작품일 것이라고 느껴지는 분위기나 문체, 시적 구상 등이 있었을 터다. 예전의 글을 읽노라면 작가의 신분에 따라 작품의 품격이나 내용을 달리 해석하는 경우를 자주 본다. 관리로서, 재야인 사로서, 승려로서, 여성으로서, 작가는 자기의 자리에서 가장 자기다운 작품을 써야 좋은 작품을 만들어낼 수 있다는 점을 은미(隱微)하게 드러낸다. 하나의 작품을 놓고 작가의 성향이나 계층, 삶의 태도 등 많은 것을 유추해낼 수 있다는 것은, 적어도 작품이 작가의 삶과 밀접하게 연관되어 있음을 증명하는 것이리라.

사람과 작품을 불가분의 관계로 연결시켜 이해하는 태도는 어제 오늘 만들어진 것이 아니다. 동서고금을 막론하고 그 관계에 대해서는 많은 사람들이 언급했고, 그것을 증명하기 위해 다양한 예를 들었다. 특히 중세 동아시아사회에서는 글을 통해서 사람의 내면을 파악하려는 노력이 심도 있게 진행되었고, 그 나름으로는 상당한 성과를 축적하기도 했다.

개인적인 차원에서든 국가적인 차원에서든, 작가와 작품의 관계는 언제나 관심의 대상이었다. 널리 알려진 정조의 '문체반정(文體反正)' 역시 그 관계에 대한 철저한 믿음에서 비롯된 정책이었다. 나라의 근간을 이루는 것은 선비계층인데, 선비들의 마음속을 표현하는 것이 바로 문장이다. 그 문장이 시속의 문체를 따르면서 속된 표현만을 선호하고 이상한 내용만을 다루면서 바른길로 가지 않는다면, 선비들의 마음가짐에 문제가 생겼다는 증거가 아니겠는가. 그러니 선비들의 문체를 바로잡음으로써 나라의 근간인 선비들의 도학적 수양을 강화하겠다는 것이며, 그것은 결국 나라가 올바른 길로 나아가는 토대가 된다. 이것이 바로 정조의 '문체반정' 이면에 숨어 있던 생각의 얼개다. 이 역시 작품과 작가 사이의 관계를 정확하게 대응시켜야만 나올 수 있는 정책이다.

작가 개인이 처한 상황에 따라 작품의 경향이나 내용이 달라진다는 생각은 논의할 필요가 없어 보인다. 그러나 어떤 차원에서 논의하는가에 따라 문학론의 구도에 차이를 만들어낸다는 점에서 소홀히 할 수 없는 인식이다. 물론 국가적 차원이든 시대적 차원이든 혹은 계층적 차원이든, 결국 그 출발점에는 개인과 작품의 접점이 있게 마련이다.

학문은 바둑 실력이나 주량과 같다

뛰어난 시를 쓰던 사람이 돈 좀 벌더니 다시는 좋은 작품을 써내지 못했다는 풍문을 더러 듣곤 한다. 그것은 작가의 곤궁함이나 시대와의 불화가 뛰어난 작품을 만든다는 인식을 염두에 둔 발언일 것이다. 그러나 근대 이전 사회에서 작가의 명성은 때때로 부귀영화라는 세속적 기준과 연결되는 경우가 흔했다. 과거시험에 응시하더라도 시문을 창작하는 능력이 수반되지 않으면 급제는 꿈도 꾸지 못하는 시절이 아니었던가. 드물기는 하지만 뛰어난 시문 창작 능력에도 불구하고 과거시험에 실패한 이야기가 돌아다니긴 하지만, 그것은 워낙 희귀한 사례이기 때문에 사람들의 관심을 끌었던 것으로 보인다.

어떻든 작가와 작품은 언제나 상당히 넓은 부분의 교집합을 가지기 때문에, 우리는 작품을 읽으면서 작가의 면면을 떠올리는 것이다. 이렇게 작품을 통해서 작가의 인품이나 모습 등을 떠올릴 수 있으리라는 이른 시기의 발언은 『맹자(孟子)』에서 발견된다. 맹자는 만장(萬章)에게 다음과 같은 말을 한다. "천하의 훌륭한 선비와 벗하는 것을 부족하게 여겨서 또한 옛사람을 논한다. 그런데 그 시를 외우며 그 글을 읽으면서도 그 사람을 알지 못한다면 될 일인가?"[3]

시대와 공간의 차이 때문에 만날 수는 없어도, 우리는 그 사람이 남긴 글을 통해서 그의 가르침을 받고 인물됨을 본받을 수 있다. 천하에 훌륭한 선비가 있다고 해도 그와 벗하는 것이 마음에 차지 않는다면, 당연히 옛 성현들을 벗으로 삼아야 한다. 그럴 때 바로 그들이 남긴 시와 글이 중요한 매개가 된다. 시와 글 안에는 성현들의 마음이 그대로 담겨 있고 그들의 가르침이 잘 스며 있기 때문에, 열심히 읽고 익힌다면 성현들을 자신의 벗으로 삼을 수 있다는 것이 맹자 발언의 취지다. 그런데 시를 외우고 글을 읽으면서도 작자의 됨됨이나 가르침을 모른다면 말이 되겠는가. 『맹자』의 이 구절은 이후로도 오랫동안 문학론을 구성하는 기본 틀을 제공했다.

앞서 우리는 개인이 어떤 위치에 처해 있느냐가 작품의 경향이나 내용에 차이를 만든다고 했다. 이 문제를 처한 환경이나 사회적 지위에 따라 작품의 경향이나 내용이 어떻게 달라지는지에 초점을 맞추어 살펴보자. 청대(淸代)의 문인인 서증(徐增)은 다음과 같은 말을 한 적이 있다.

시의 등급은 다르다. 사람이 어떤 지위에 도달하게 되면 비로소 어떤 지위에 도달한 사람으로서의 시가 나오는 것을 보게 된다. 학문이나 견식은 마치 바둑 실력이나 주량과 같아서, 억지로

만들어낼 수 없다.[4]

  '시의 등급'이 작품의 문학적 수준을 말하는 것이라면, 그 수준은
일정한 등급의 지위에 도달한 사람이라야 성취할 수 있다. 물론 여기
서 말하는 '지위'가 꼭 벼슬을 의미하는 것은 아닐 것이다. 어떤 분야
에서 상당한 수준에 도달한 사람의 사회적 위치를 말하는 것으로 보
인다. 그러나 거기에는 반드시 학문과 견식이 전제된다. 자기 분야의
최고 수준에 이르기 위해 필요한 학문과 견식은 억지로 만들 수 없는
것이고, 따라서 그러한 바탕 위에서 창작되는 문학작품 역시 억지로
만들어낼 수 없다. 자기도 모르는 사이에 자기가 도달한 지위를 작품
속에 그대로 스미게 하므로, 작품을 창작하고 보면 어느새 자신에게
걸맞은 수준의 작품이 만들어져 있다는 뜻이다.
  이러한 논의가 구체화된 것으로는 조선 전기의 대표적인 문인 서
거정의 글을 예로 들 수 있다.

    시는 뜻을 말하는 것이고, 뜻이라는 것은 마음이 가는 바다. 그
    러므로 그 시를 읽으면 그 사람을 알 수 있다. 대개 대각의 시는
    기상이 호탕하면서도 풍부하고, 초야의 시는 정신과 기상이 맑고
    담박하며, 승려의 시는 정신이 메마르고 기상이 부족하다. 옛날
    에 시를 잘 보는 사람들은 대체로 이와 같이 분류하였다.[5]

  서거정은 당대 최고의 시승(詩僧)인 계정(桂庭)의 문집에 서문을
써주면서, 작가의 사회적 처지나 입장에 따라 시의 풍격(風格)이 어

떻게 달라지는지를 분류해서 서술한다. 그는 작가의 범주를 크게 셋으로 나눈다. 관리로서의 성공적인 삶을 누리는 사람, 시대를 만나지 못해 초야에 묻혀서 학문에 정진하는 사람, 출가해서 승려로서의 삶을 살아가는 사람 등이 그것이다. 이들의 시를 각각 대각(臺閣)의 시, 초야(草野)의 시, 선도(禪道)의 시로 명명하면서 각각의 문학적 특색을 거론한다.

관리는 국가를 경영하고 태평성대를 만들기 위해 애쓰는 사람이므로, 자연히 그의 문학작품은 기상이 호탕하면서도 내용이 풍부하지 않을 수 없다. 자신이 공부하며 만들어두었던 뜻을 천하 백성들을 대상으로 펼쳐내는 입장이니, 그의 기상이야 말해 무엇하겠는가. 이에 비해 초야에 묻혀 사는 선비는 아직 자신의 뜻을 펼칠 기회를 얻지 못한 사람이다. 그런 사람들은 정신과 기운이 맑고 담박하다. 세속적 욕망에서 한걸음 떨어져 있는 초야의 선비들 입장에서는 자연히 맑고 담박함이 작품 속에 넘쳐흐른다는 것이다. 또 한 부류의 시가 승려들의 작품이다. 이들은 세속적 욕망을 제거하여 깨달음으로 가기 위해 속인으로서의 삶을 포기한 사람들이다. 따라서 그런 사람들의 작품에서 메마른 정신과 결핍된 기상을 읽을 수 있는 것은 당연한 일이다.

이렇게 시를 분류한 것이 서거정만의 독창적인 생각은 아니다. 중국의 역사서인 『한서(漢書)』에서는 산림(山林)과 조정(朝廷)의 인사를 나누어서 말한 바가 있는데, 이러한 분류는 벼슬길로의 진출 여부를 가지고 지식인을 나누는 일반적인 방식이었던 것으로 보인다. 그것이 문장 분류법으로 활용된 셈이다. 송(宋)의 오처후(吳處厚, 미상~1093경)는 『청상잡기(靑箱雜記)』에서 산림초야지문(山林草野之文)과 조정대각지문(朝廷臺閣之文)으로 양분하여 문학의 성향을 짧게 논의한 바 있다. 구양수의 『귀전록(歸田錄)』에서도 "산림의 문장은 기운이 바짝 말라 있고 대각의 문장은 기운이 풍성하고 아름답다〔山林之文, 其氣枯槁, 臺閣之文, 其氣豊縟〕"라고 언급한 바 있다. 중국뿐만 아니라 우리나라에서도 이같은 발언은 쉽게 찾을 수 있다. 고려 후기의 뛰어난 문인인 이규보는 시를 산인(山人)의 풍격과 궁액(宮掖, 궁전을 의미함)의 풍격으로 나눈 바 있고, 조선 중기의 걸출한 문인 남용익 역시 자신의 글 「기아서(箕雅序)」와 『호곡시화』에서 대각(臺閣)과 산림(山林)으로 나누어 작품 경향을 언급한 바 있다. 특히 남용익은 『호곡시화』에서 조선 전기의 문인 정사룡(鄭士龍, 1491~1570), 노수신(盧守愼, 1515~90), 황정욱(黃廷彧, 1532~1607)을 관각삼걸(館閣三傑)로, 김시습(金時習, 1435~93), 남효온, 송익필(宋翼弼, 1534~99)을 산림삼걸(山林三傑)로 꼽은 바 있다. 이렇듯 벼슬살이의 여부에 따라 사람을 분류하고 시의 풍격을 논의하는 태도는 널리 알려진 것이었다.

화려하면서도 전아한 대각의 시

'대각'이란 중국 송대 한림원(翰林院)의 별칭이지만, 일반적으로는 '관(館)'이 붙은 관청, 예컨대 소문관(昭文館), 숭문관(崇文館), 예문관(藝文館) 등과 함께 '각(閣)'이 붙은 관청, 예컨대 보문각(寶文閣), 청연각(淸讌閣) 등을 지칭하는 말이다. 이들 관청은 주로 문한(文翰)의

직임을 맡았기 때문에 인품과 문장이 겸비되어야 들어갈 수 있는 곳으로 알려졌다. 이들 관청에 근무하는 관리들의 시문 창작 경향을 대각체라고 한다. 따라서 대각체의 작품이란 관리의 생활을 반영하면서도 전아한 수사와 화려한 색채의 대비를 통해 시대의 기상을 넉넉하면서도 힘차게 드러내는 것들이어야 한다.

근대 이전의 지식인들에게 관직 진출이란 필생의 목표였다. 물론 과거급제를 위한 세속적 공부를 비판하면서 개인의 수양과 도학적 학문에 침잠하기 위해 산림에 은거하는 사람도 있었다. 그러나 아무리 학문세계에 침잠한다 해도, 유학이란 기본적으로 '수기치인(修己治人)', 즉 자신을 수양하고 다른 사람을 다스리는 것을 지향하는 학문이기 때문에 완벽하게 혼자만을 위한 공부는 또다른 의미에서 비난의 대상이 되었다. 과거시험에 합격하기 위해서는 거기에 걸맞은 시문 창작 방법을 연마해야 한다. 처음에야 관료 준비생들의 능력을 평가하려고 시험제도를 마련했겠지만, 세월이 흐를수록 규격화된 글의 규범이 만들어져 관료 준비생들이 이를 따르게 되었다. 내용 이상으로 글의 형식이나 수법이 중요해졌고, 그것을 연마하다보면 자연히 시문의 이상적 모습에서 멀어졌다. '장옥문자(場屋文字)'라고 불리면서 비판의 대상이 된 것은 그런 사정 때문이다.

어려운 과정을 거쳐서 관직에 진출한다 해도 형편이 나아지는 것은 아니었다. 월과(月課)라는 이름으로 매월 주어진 양의 시문을 지어서 제출해야만 했다. 공무를 처리하랴, 월과에 필요한 시문을 챙기랴 바쁘기 이를 데 없었다. 그러니 시문 창작에 탁월한 능력을 가진 사람은 업무처리 능력도 좋으리라는 기대와 함께 사람들의 눈길을 한 몸에 받았다. 게다가 관료의 입장에서는 자신이 다스리는 현실이 당연히 태평성대라야 한다. 관리의 입장에서 창작하는 시문은 바로 그러한 현실을 반영할 필요가 있었다. 현실태든 가능태든, 태평성대의 모습이 시문 속에 반영될 때 거기에 표현되는 시적 특징을 '관각기(館閣氣)'라고 하고, 그러한 작품을 '관각문학' 혹은 '관각시'라고 한다.

앞서 언급한 '관각삼걸' 중에서 황정욱의 작품, 「이순인이 읊은 '옥당의 작은 복숭아' 시의 운자를 빌려서 짓다[次李伯生純仁詠玉堂小桃]」(『지천집(芝川集)』 권1)를 예로 살펴보자.

> 무수히 핀 궁궐의 꽃, 　　　　　　無數宮花倚粉墻
> 분칠한 담장에 기대 있어
> 노니는 벌 장난치는 나비들, 　　　遊蜂戲蝶趁餘香
> 향기를 쫓아다닌다.
> 노옹은 봄바람 보지 못하고 　　　老翁不及春風看
> 공연히 해바라기 마음으로 　　　　空有葵心向太陽
> 태양을 향한다.

이 작품은 크게 두 부분으로 구성되었다. 앞부분에서는 궁궐 담장에 피어난 꽃들과 향기를 따라 이리저리 날아다니며 노니는 벌과 나비를 통해 지금이 한창 봄이라는 점을 드러낸다. 뒷부분에서는 황정욱 자신으로 추정되는 '노옹'을 내세워서, 봄이 온 것을 주목하지 못하고 태양만을 쳐다보며 움직이는 해바라기의 마음으로 살아가는 자신을 노래한다. 화려한 봄 시절과 노옹의 노년 시절이 대비되면서, 봄의 흥성거리는 분위기에도 불구하고 여전히 태양을 바라보기만 하는 노옹의 마음을 한층 선명하게 보여준다. 그렇기는 하지만, 이 작품은 '꽃을 따르는 벌과 나비'와 '태양을 따르는 해바라기 마음을 가진 노옹'이라고 하는 동일한 구조를 반복하고 있다. 이는 임금을 향한 변치 않는 충성심을 그대로 드러내는 것이다.

여기에는 어떠한 그늘도 없다. 시간적·계절적 배경에도 그늘이 없고, 노옹의 마음에도 그늘이 없다. 밝고 아름답고 화려한 이미지로 가득하다. 임금을 상징하는 태양도, 그것을 바라보는 해바라기도 모두 밝고 선명하다. 이러한 작품이야말로 관료들의 관각시적 풍모를 단순하면서도 명료하게 보여준다고 하겠다.

맑고 담박한 초야의 시

근대 이전의 지식인은 두 얼굴을 가진다. 연암(燕巖) 박지원(朴趾源, 1737~1805)이 일찍이 갈파한 것처럼, "책을 읽으면 선비요, 정치에 종사하면 대부(讀書曰士, 從政曰大夫)"라는 표현은 그들의 두 얼굴을 정확히 지적한 것이다. 벼슬에 나가기 전에는 열심히 글을 읽는 지식인의 모습이지만, 정계에 진출하면 대부로서의 삶을 살아간다. 즉 초야의 선비는 예비 관리인 셈이고, 관리는 언젠가 초야의 선비로 돌아가야 할 몸이다. 그러므로 초야에서 학문에 정진하는 선비집단인 '산림(山林)'은 관료집단이라 할 수 있는 '관각(館閣)'과는 동전의 양면과 같은 관계다.

그렇지만 여전히 근대 이전에 재야 지식인의 존재는 대단히 상징적이면서도 현실적인 영향력을 가지고 있었다. 특히 조선시대는 '산림정치'라고 해도 과언이 아닐 만큼 재야 지식인은 중요한 위치를 점하고 있었다. 그들은 정치권력에 대한 비판과 학문적 성취에서 비롯된 정치이념의 제시를 통해 관리들과는 다른 측면에서 현실에 참여했다. 물론 산림세력에는 이같은 사람들만 존재하는 것은 아니었다. 현실정치나 백성들의 삶에 대한 관심에서 벗어나지는 않으면서도 여전히 관리로서의 삶은 포기한 사람들, 혹은 시대에 대한 울분을 직설적이고 강한 어조로 드러내는 사람들도 있었다. 때때로 이들은 '방외인(方外人)' 집단으로 분류되기도 하지만, 세상의 범주에서 완전히 벗어나지 않는 한 이들 역시 비판적 지식인의 중요한 부류를 형성하는 것이다.

재야 지식인의 입장에서 세계를 바라보는 것은 당연히 관각문인들의 그것과는 상당한 차이를 보인다. 조선 중기 예학(禮學)의 대가였던 송익필의 작품, 「남쪽 시내에 저물녘 배를 띄우고〔南溪暮泛二首〕」(『구봉집(龜峯集)』 권1)를 읽어보자.

노 하나로 꽃 어여쁜 물가에 기대어	一棹依芳渚
천 봉우리 위의 흰 구름 본다.	千峯看白雲
머리 돌려 술 찾노라니	回頭喚酒處
꽃비가 분분히 떨어져내린다.	花雨落紛紛

꽃에 홀려 배 돌리기 늦었나니	迷花歸棹晚
달 기다리며 느긋하게 여울을 내려간다.	待月下灘遲
취한 중에도 여전히 낚시 드리우니	醉裏猶垂釣
배 옮겨 가도 꿈은 옮겨 가지 않는구나.	舟移夢不移

송익필은 조선 중기의 예학을 정상에 올려놓은 대표적인 학자다. 그러나 매우 엄격하게 자신의 마음과 생활을 통제했던 그도 시작품에서는 대단히 풍부한 감성을 슬며시 드러낸다.

꽃이 만발한 물가에 작은 배를 대고 앉아 산봉우리 너머로 흐르는 흰 구름을 본다. 그러다 머리 돌려 술을 찾다 보니, 꽃비가 분분히 날리더라는 것이다. 딱히 해설이 필요없을 만큼 쉬우면서도 넘치는 감성이 돋보인다. 첫번째 수 내용은 다음으로 이어진다.

작자는 배를 타고 꽃구경을 하다가 저녁이 되는 것도 몰랐다. 꽃에 홀려서 배를 돌려 집으로 돌아가는 것이 늦었다는 말은 그것을 의미한다. 기왕 집에 돌아가는 시간이 늦었으니 조만간 떠오를 달을 기다려보겠노라 마음을 먹었다. 정해진 목표가 있는 것도 아니니, 배는 흐르는 물살에 맡겨두었다. 강 옆으로 핀 꽃을 보며, 혹은 달을 기다리며, 홀로 술을 몇잔 기울였다. 취기가 올랐지만 여전히 낚시는 드리운 채로 두었다. 굳이 물고기를 낚겠다는 뜻은 아니다. 그저 드리웠을 뿐이다. 배는 물살 따라 이리저리 옮겨 가지만, 달을 기다리며 술을 기울이느라 꿈은 움직이지 않는다. 이것이 작품에서 읊은 내용이다.

앞서 언급한 황정욱의 작품과는 금세 차이를 발견할 수 있다. 송익필의 시는 배경부터 산림처사가 은거하고 있는 강호자연을 등장시킨다. 어떤 세속적 욕망도 사라진 자리에, 남아 있는 것이라고는 인적 없는 강가, 산봉우리, 흰 구름, 꽃, 여울, 낚시, 술, 조만간 떠오를 달이 전부다. 욕망이 없으니 담박함과 고요함이 작품 전반을 주도한다. 작자가 처한 환경이 담박하고 조용하다는 진술로 보이지만, 사실은 그 마음속 경계가 그러하다는 말일 터다. 오랫동안 학문에 정진하면서 수양을 한 결과 이런 경지에 이르렀다. 서거정이 언급한 '초야의 시는 정신과 기상이 맑고 담박하다'는 것은 바로 이러한 경향을 말한다.

텅 빈 마음자리를 가리키는 선도의 시

불교의 사회적 지위는 조선 건국과 함께 전도되는 처지가 되었다. 승려들의 신분 역시 천민으로 격하되었고, 심지어 한양성 출입도 금지당했다. 그러나 세월이 흘러도 오랫동안 유지하고 있던 종교적 분위기는 여전히 남아 있었다. 출가 승려들의 수준이 현저히 떨어지고 있었지만, 선(禪) 수행과 불경 공부는 국가에서 그 최저선을 확보할 수 있도록 만들어주었다. 유학자들은 승려들과의 정신적 교류나 문학적 교류를 즐겼고, 그와 관련된 많은 기록을 자신의 문집에 남겼다. 시승(詩僧)이라는 이름 아래 문학적 명성을 누리는 승려들도 꾸준히 배출되었다.

조선의 시화서(詩話書)에는 승려들의 작품이나 일화가 종종 수록되어 있다. 그렇지만 그에 대한 평가는 앞서 서거정이 언급한 것처럼 '정신이 메마르고 기상이 부족하다'는 점에 초점이 맞추어지거나 '푸성귀와 죽순 기운〔蔬筍之氣〕이 있다'는 것에 주목하였다. 그것은 승려들의 삶 자체가 속세와는 일정한 거리를 두고 있으면서 자연 속에서 수행에 정진하므로, 자연스럽게 그러한 생활과 정신 경계가 작품에 반영되었다는 의미다. 선비들도 마찬가지지만, 특히 승려들에게 시문을 짓는 일이란 번뇌만 키우는 것이었다. 문자의 힘을 불신하는 것이 불교의 기본 입장이었지만, 문자를 통하지 않으면 불교의 깨달음을 전달할 수 없다는 점이 고민거리였다. 이 과정에서 그때까지 통용되던 관습적 표현을 뛰어넘는 새로운 표현을 개척하는 일을 불교가 담당하는 성취를 이루기도 했다.

어찌 되었든 승려들은 공부 내용과 생활환경 때문에 선비들로서는 그다지 마음에 들지 않는 시 경향을 보였다. 그렇지만 속세의 욕망으로 가득 찬 작품들보다는 그런 것에서 한걸음 떨어져 있는 승려들의 작품은 선비들에게 새로운 활력소로 작용했다. 이 점 때문에 유학자와 출가 승려들 사이에 문학적·정신적 교류가 가능했던 것이다. 그들 사이의 교류를 흥미롭게 보여주는 작품, 서산(西山) 휴정(休靜, 1520~1604)의 「조학사와 청학동에서 노닐다〔與趙學士遊靑鶴洞〕」(『청허당집(淸虛堂集)』권1)를 보자.

구름과 물 같은 산승의 게송	山僧雲水偈
성정을 담은 학사의 시.	學士性情詩
함께 읊조리며 낙엽에 썼지만	同吟題落葉

바람에 흩어지면 아무도 모를 것을.　　　風散沒人知

　조선 중기의 문인인 홍만종은 자신의 시화서 『시평보유(詩評補遺)』에서 휴정의 이 작품을 소개한 뒤, '공문본색(空門本色)'이라고 평한 바 있다. 승려의 본모습을 보여주었다는 의미다. 구름과 물은 어디에도 얽매임 없이 자유로운 삶을 상징하므로 흔히 승려들의 생활을 표현할 때 자주 사용되는 단어다. 반면 '학사(學士)'로 표현된 선비들은 성정을 도야하거나 성정을 시문에 담아내는 것으로 자신의 일상을 삼는다. 짧은 구절 속에 승려와 선비의 삶이 어떻게 다른가를 적확하게 드러냈다. 이들이 함께 시를 읊조리지만, 바람이 불어 흩어지면 아무도 모르는 상황이 된다.

　좋은 구절을 썼다 한들 어느 것 하나 번뇌 아닌 것이 없으니, 출가 수행자로서는 당연히 벗어나야만 한다. 성정을 수양한 뒤 그것을 시문에 담는다 한들 그것 역시 성인의 길로 나서는 데 장애가 될 뿐이다. 어느 경지에 이르면 바람에 흩어지듯 모두 벗어나야 한다. 좋은 구절과 생각으로 시문을 읊조리고 써두지만, 그것들 역시 종국에는 사라져야 할 번뇌요 망상이다. 그런 점에서 쉽고 짧은 작품이지만, 휴정의 작품이야말로 불교의 궁극적 입장을 간결하게 드러냈다.

　삶이 다르니 생각도 다르고, 작품 경향도 달라진다. 당연한 말로 들리지만, 사실은 참 어려운 이야기다. 자신의 생활과 생각을 충실히 작품에 담아 표현할 수 있어야 하나의 경향을 형성하는 법이다. 개인의 삶과 생각이 다르다고 해서 저절로 작품이 달라지는 경우가 과연 얼마나 되겠는가. 그만큼 하나의 개성을 만들고, 시적 경향을 만드는 것이야말로 진정 어려운 일이다. 서거정의 말처럼 대각의 시든 초야의 시든 선도의 시든, 작품에 대한 애정과 많은 습작을 거쳐야만 사람들의 입에 오르내리는 시구 하나를 얻는 것이다. 자신의 삶을 담아서 자기만의 언어로 표현하는 시야말로 큰 감동을 줄 수 있을 것이다. 세상을 바로 보고 자기의 삶을 깊이 성찰하는 선현들의 자세가 좋은 시를 만들었던 큰 힘 중의 하나가 아니었을까.

시절이 태평하니 시인이 넘치네

　내가 잘되고 못되는 것은 내 능력 때문인가 시대적 환경 때문인가. 우리는 자기 삶의 문제를 자주 남의 탓으로 돌린다. 자신의 능력은 충분히 차고 넘치는데 시대가 알아보질 못해서 늘 문제라는 것이다. 또는 자신의 능력이 넘치는 것은 아니지만 적어도 남들만큼은 되는데 주변환경이 도와주지 않으니 어쩔 수 없었다고도 한다. 잘되면 자기 탓이요 못되면 남의 탓을 하는 것은 동서고금을 막론하고 인간이라면 누구나 빠지기 쉬운 함정이다.

　따지고 보면 인간의 능력은 절대적인 차원에서 논의되는 것이라기보다는 대부분 주변의 사물이나 다른 사람과의 관계 속에서 만들어지고 평가되는 측면이 강하기 때문에, 이를 단순하게 재단하는 것은 어렵고도 힘든 문제다. 게다가 세상 사람들의 눈은 다분히 결과론적인 성향을 보이기 일쑤다. 높은 관직, 넉넉한 경제 사정을 확보한 사람들은 개인의 능력을 높게 평가받는 반면, 가난하고 이름없이 살아가는 필부들의 능력은 특별한 기준 없이 낮게 평가된다. 개인의 능력이 빈부귀천에 의해서 평가될 수 없다고들 누구나 말한다. 말은 그렇게 원론적으로 하지만, 실제로 삶 속에서 적용되는 방식을 보면 원론은 원론일 뿐 평가대상의 사회적 지명도나 외부환경을 통해서 평가하는 걸 자주 목격한다. 사정이 이러하니 평가를 받는 개인들도 평가기준에 뭔가 잘못이 있는 것처럼 느끼면서 자신이 빠져나갈 방도를 마련하려 한다.

문학작품 역시 이와 비슷하다. 작가의 창작 능력은 시대와 환경의 영향을 강하게 받는다. 시대의 기운이 흥성대고 활기가 넘치면 자기 능력 이상의 좋은 작품을 쓸 수 있고, 부패와 어지러움으로 가득한 시대의 작가는 명작을 내기가 어렵다는 평가를 하는 경우가 종종 있다. 작가의 능력과 시대와 환경의 여러 인자들이 만나서 작품의 평균적인 수준을 형성한다는 것이 이 논의의 대강이다. 과연 그런지 따져보는 것은 당장 어려운 일이지만, 적어도 이런 식의 문학론이 한때 인구에 회자될 만큼 이를 만들고 수용하는 사람들이 존재했었다는 점은 분명한 사실이다.

어느 시대에나 작가와 시대 사이에 밀접한 관계가 있다는 논의가 오갔다. 그렇지만 시대의 정치적 오르내림에 따라 좋은 작가의 출몰이 비례한다든지 '시대의 운세(時運)'가 한 시대의 문학 수준이나 좋은 작가의 탄생에 관계가 된다는 식의 문학론이 고려 말에서 조선 전기에 유행한 것은 흥미로운 현상이다.

임금과 신하의 아름다운 만남

왕조사회에서 문인들이 꼽는 가장 이상적인 시대는 임금과 신하 사이에 왕성한 시문 창화(唱和)가 이루어지는 시기일 것이다. 조선 정조시대가 대표적이다. 정조는 대단한 호학군주(好學君主)였으므로 신하들은 임금을 응대하기 위해 늘 긴장해야 했다. 특히 경연 자리에서의 날카로운 질문과 박학한 공부는 경연관들을 자못 궁지에 빠뜨리기도 했다. 공부를 좋아하는 임금과 그에 부응하는 신하는 오늘날 생각하기에도 정말 아름답지 않은가.

이와 비슷한 시대를 꼽자면 아마도 고려 중기 예종시대일 것이다. 예종은 윤관을 시켜서 북방민족을 정벌한 과감한 인물이기도 하지만 시가(詩歌)를 짓고 즐기는 풍류 넘치는 인물이기도 하다. 향가로 알려진 「도이장가(悼二將歌)」라든지 고려가요 「유구곡(維鳩曲)」을 짓기도 했고, 많은 한시를 지어서 신하들과 창화하기도 했다. 그 덕분에 예종 시기는 고려 전기의 문화가 가장 집약적으로 발전하여 난만(爛漫)한 시기로 기억된다. 문화적 수단을 매개로 군신 간의 관계가 이토록 화기애애했던 적은 흔치 않았기에, 후대의 문인들은 두고두고 그 시절을 그리워했다. 그 당시에 주고받았던 시문을 모아서 『예종창화집(睿宗唱和集)』이라는 책을 엮을 정도였다. 이 책의 말미에 글을 붙인 사람이 바로 고려의 대문호 이규보였는데, 거기에서 그는 이렇게 말한 바 있다.

대저 천하가 태평하지 않으면 비록 글을 좋아하는 임금이라

하더라도 학사(學士)·사신(詞臣)과 함께 풍월(風月)을 읊으며 한가롭게 노는 즐거움을 얻지 못할 것이다. 태평하여 여유가 많다 해도 임금이 글을 좋아하지 않는다면 심전기(沈佺期), 송지문(宋之問), 연국공(燕國公) 장열(張說), 허국공(許國公) 소정(蘇頲)과 같은 재주가 있더라도 어찌 맑은 연회 자리에서 임금을 모시고 온화하면서도 위의(威儀) 있게 임금의 시문에 화답할 수 있겠는가. 삼가 듣건대 예종(睿宗)의 총명함은 타고났고 제작(制作)은 신과 같아서, 태평의 경사를 누리고 화평한 시기를 타서 항상 곽여(郭璵, 원문은 璵) 등과 같은 사인(詞人)이나 빼어난 선비와 시와 노래를 지으니, 그 격률이 마치 종(鍾)과 경(磬)을 울리는 듯 소(韶)와 균(鈞) 같은 위대한 음악에 맞았다. 그것이 세상에 널리 퍼져서 많은 사람들의 입에 오르내리게 되니 진실로 태평시대의 성대한 일이다.[6]

이규보는 『예종창화집』을 말로만 듣다가 우연히 접했는데, 수록된 작품을 읽으면서 감격스러워 눈물을 흘렸다고 덧붙인다. 그러면 자신이 살고 있는 시대와 임금은 문제가 있다는 말인가? 당연히 이런 질문을 예상해서 그 뒤에 자신의 희망 어린 말을 결론 삼아 이야기한다. 즉 지금 자신이 모시는 임금은 글을 좋아하긴 하지만 아직 태평성대가 아니라는 것이다. 조만간 태평성대가 될 터인데, 그때가 되면 자신도 예종 시절과 같은 문화적 번성함을 누릴 수 있으리라고 했다. 물론 논란의 여지를 없애려는 의도로 덧붙인 말이긴 하지만, 그의 말을 곱씹어보면 우리는 시대와 작가 사이의 관계에 대한 이규보의 생각을 짐작할 수 있다.

그의 논리를 따라가보면 이렇다. '문장을 좋아하는 임금이 있더라도 그 시대가 태평하지 않으면 즐길 수 없다. 예종시대는 태평성대이므로 신하들과 함께 풍월을 즐길 수 있었다. 나는 그와 같은 자리에 참여할 능력이 충분히 되지만 아직은 내 시대가 그러한 환경에 못 미친다. 다행히 지금의 임금인 고종(高宗)이 글을 좋아하니, 조만간 태평한 시절이 오면 나도 그러한 입장이 될 터인데, 예종시대를 그리워할 게 무어 있겠는가.'

결국 좋은 시대를 만드는 조건은 글을 좋아하는 임금[好文君主]과 태평성대, 두가지가 필수적이다. 그런데 이 환경이 구비되었다고 했을 때 작가는 어떤 방식으로 결합하는 것일까? 즉 좋은 환경이 좋은 작가로서의 역량을 이끌어내는 것인가, 아니면 좋은 작가들이 좋은 환경을 만들어내는 것인가. 당연히 이규보는 전자의 입장을 분명히 하고 있다. 그 이면에 이규보 자신의 능력을 충분히 전제하고 있음은 물론이다. 좋은 환경 덕분에 개인의 능력을 충분히 발휘할 수 있고, 그것이 좋은 작품 생산의 원인으로 작동한다는 것, 그것이 바로 문학이론으로서의 시운론(時運論)이 주장하려는 논점이다.

작품 사이로 스며든 사회와 삶

작가와 시대 사이의 관계를 논하는 방식이 앞서의 논리처럼 구성되기만 하는 것은 아니다. 위대한 작가는 어떤 방식으로든 자신의 시

대를 증언하고 그것을 후대에 하나의 전형(典型)으로 제공한다고도
한다. 작가가 의도했든 하지 않았든, 작품은 작가의 손을 떠나는 순
간 그 나름의 운명을 지니는 것이다. 보수적인 생각을 가진 사람의
작품에서 우리는 시대의 진보를 읽어낼 수도 있고(그야말로 '리얼리
즘의 승리' 아니겠는가!), 그 반대일 수도 있다.

　그렇지만 시대의 변화에 따라 작품의 수준 역시 일정한 승강(昇降)
을 반복한다는 것도 작가와 시대를 읽어내는 하나의 방식이다. 좋은
작품은 언제나 그 시대의 기운을 담게 마련인데, 우리는 작품 읽기를
통해서 옛 시대를 읽음으로써 우리 시대와 다가올 미래를 준비하고
경계해야 한다. 그렇게 보면 작품의 창작 이면에는 시대의 기운이 작
동한다. 그 기운을 잘 받아 쓰면 좋은 작품을 만들어낼 수 있다. 문제
는 그 시대를 작가 자신이 변화시킬 수 없다는 점이다. 다분히 수동
적인 측면을 내포하고 있는 이 논의는 흔히 '문수세변(文隨世變)'의
입장에서 논의되었다. 즉 글이란 언제나 시대의 변화에 따라간다는
것이다. 오랜 옛날부터 이러한 논지는 상당한 영향력을 발휘해왔다.
예컨대 이런 식이다.

　　잘 다스려지는 시대의 소리는 편안하면서도 즐겁고 그 시대의
　　정치는 조화롭다. 어지러운 시대의 소리는 원망하면서도 분노에
　　차 있고 그 시대의 정치는 어긋나 있다. 망한 나라의 소리는 슬프
　　면서도 그리워하니 그 백성들은 곤고(困苦)하다. 그러므로 득실
　　을 바르게 하고 천지를 울리며 귀신을 감동케 하는 것으로 시보
　　다 더한 것이 없다.[7]

작품 안에는 그것이 탄생한 시대의 기운이 잘 들어 있다는 것이 글의 요지다. 뒤집어 생각하면 자기 시대를 오롯이 담지 못한 작품은 그리 좋은 작품으로 평가할 수 없다는 뜻이기도 하다. 작품에서 흥망성쇠를 읽고 문장 뒤편에서 작가의 생각을 읽는다. 그렇게 감응하면서 자신의 생각을 새롭게 만드는 것이다.

그렇지만 시운론의 논점은 여기서 살짝 비껴서 있다. 이규보의 글에서 이미 그 실마리를 확인했듯이 시대환경이 작가의 능력을 이끌어내서 좋은 작품을 만들어내고 한 시대의 문화를 풍성하게 만든다는 것이다. 얼핏 단순해 보이는 이 논리가 어떻게 활용되었을까.

시운론과 관료문인들의 문학관

사실 시운(時運)의 뜻은 글자 그대로 시대의 운수다. 그것은 한 시대의 전체적인 운수를 말하기도 하지만 한 인간이 시대를 만나는 행불행의 문제를 말하기도 한다. 시운을 만나지 못하여 자신의 뜻을 펼치지 못하는 시인들의 한탄이 시에 자주 등장하는 것은 바로 이같은 맥락 때문이다.

두보 씨는 학식이 깊고 빼어났으며 재능도 크고 아름다워서 한 시대에 우뚝 서서 천고를 내려다보았지만, 시대의 명운(命運)이 크게 잘못되어 임금과 재상에게 지우(知遇)를 받지 못했다.[8]

장유(張維, 1587~1638)는 두보(杜甫, 712~70)를 평하면서 그의 시운이 불행했던 것을 안타까워했다. 뛰어난 재능으로 천고에 우뚝한 인물이었지만 임금이나 재상 누구도 그의 능력을 알아주지 못했다는 것이다. 이 경우 '시대의 명운'은 바로 시운(時運)을 의미한다. 한편, 조선 전기의 관료문인이면서 22년 동안이나 문형(文衡)을 쥐고 조선의 문단을 이끌었던 서거정은 시운을 대단히 적극적으로 활용했다. 그는 자신의 글 여러 곳에서 '글은 시운(時運)'이라고 언급하였다. 널리 알려진 「관광록서(觀光錄序)」에서도 "글은 기(氣)이며 시운"이라고 한 바 있으며, 조선 초기 문신인 성석린(成石璘, 1338~1423)의 문집에 붙인 「독곡집서(獨谷集序)」에서도 이렇게 쓴 적이 있다.

> 글의 운수[文運]와 시대의 운수[時運]는 서로 표리관계를 이루어 오르내림이 있다. 대개 천지자연의 기운[光岳氣]이 온전하면 인재가 번성하고, 인재가 번성하면 빼어난 작품이 지어진다. 그러니 문사(文辭)와 정치교화는 완전히 통하는 관계다. 우리 조선이 처음 건국되자 천지의 운수가 번성하여 기이한 재사(才士)들이 출현하였으니, 그러한 때를 당하여 글로써 세상을 울리는 사람들은 모두 훈신석보(勳臣碩輔)였다.[9]

서거정은 시운과 작가의 관계를 말하기 위해서 '광악기(光岳氣)'를 개재시켰다. '광악'은 '삼광오악(三光五岳)'의 준말이다. 해와 달과 별을 삼광이라 하고, 다섯 명산을 오악이라고 한다. 그러니 삼광오악은 천지자연을 일컫는 셈이다. 자연의 기운이 온전하게 운행되면 그 기운을 받아서 뛰어난 인재들이 많이 배출된다는 논리는 이미 문학론에서는 널리 알려져 있었다. 인간 역시 자연의 기운을 받아 태어나고 살아간다는 생각 때문이다.

중세 지식인의 입장에서 서거정의 생각을 정리하면 이렇다. '뛰어난 인재들이 출현하면 나라에 큰 공을 세우는 관리가 된다. 학문에 매진하는 것은 임금을 잘 보필하고 백성들을 태평하게 다스리기 위한 것이다. 좋은 인재가 있으면 임금은 언제나 발탁해야 한다. 좋은 인재를 알아보는 임금이야말로 명군(明君)이다. 자신이 모시고 있는 임금은 언제나 명군이어야 하므로(그렇지 않다면 모든 관리들은 직무유기를 하는 셈이다. 임금을 제대로 보필하지 못했다는 비난에서 자유롭지 못하기 때문이다) 재야에 뛰어난 선비들이 있어서는 안 된다. 재능 있는 선비들은 모두 자기 능력에 걸맞은 직책을 받아서 관리로 발탁되었기 때문이다. 이런 시대에 태어난 사람들은 자신의 능력을 발휘하도록 적절한 환경을 제공받게 되고, 적절한 환경은 다시 잠재능력을 충분히 발휘하여 더 뛰어난 업적을 세울 수 있도록 만들어준다.' 이런 논리를 문학론에 적용시킨 것이 바로 시운론이다.

그렇게 보면 시운론은 이미 기득권을 가지고 한 시대를 이끌어 가는 사람들의 논리다.[10] 재능이 있으면 관리로 일하고 있어야 하고, 재야에 있다면 재능이 없다는 순환논리를 이들은 지지한다. 자신들은 태평성대를 실현하고 있는(혹은 이미 실현해서 누리고 있는) 주체이므로, 시운의 세례를 듬뿍 받고 있다는 점을 자랑스럽게 여긴다. 그러다보니 자연스럽게 자신이 모시는 임금과 함께 근무하는 신하들의 능력을 높이 평가한다. 과도하게 능력을 과장한다기보다는 시대를 아름답게 포장하고 태평성대의 기상을 노래하는 작품들을 특히 중요하다고 여기는 경향이 평가태도에 스며 있다. 그런 점에서 보면 시운론은 자칫 문학의 사회비판적 기능을 소홀히 한다는 비난을 받기 십상이다.

태평한 시절을 시로 증언하다

시운론은 한 시대의 운수를 논의하는 것이므로, 작품의 구체적 실상을 드러내기가 어렵다. 즉 어떤 작품이 시운을 잘 타고 나서 창작된 것인지 판단하기가 어렵다는 말이다. 그러나 관료문인들은 궁궐에서의 장엄하면서도 아름다운 사물과 풍경을 소재로 자주 시를 쓰거나 화려하면서도 넉넉한 느낌이 드는 언어를 이용함으로써 작품 속에 태평성대의 기운을 담으려고 애를 썼다. 조선의 개국공신 정도전(鄭道傳, 1342~98)의 작품, 「새로 지은 궁궐 양청에서 임금 모시고 잔치를 하다〔新宮凉廳侍宴作〕」(『삼봉집(三峰集)』 권2)를 보자.

궁궐에 봄이 깊어	禁院春深花正繁
꽃은 한창 흐드러졌는데	
원로대신 불러서 잔치 베푸셨어라.	爲招耆舊置金尊
조물주도 홀연 때를 아는 비 내려주시니	天工忽放知時雨
문득 온몸에 우로처럼 젖어드는	便覺渾身雨露恩

은혜 깨닫는다.

정도전은 조선의 건국과 함께 나라의 기틀을 만든 주역이다. 그의 문집에 의하면 이 작품은 경복궁을 새로 짓고 나서 군신들이 모여 잔치를 하면서 지은 것이라고 한다. 과연 그에 걸맞게 사용된 단어나 비유가 다분히 공식적이면서도 화려하다. 꽃이 활짝 핀 깊은 봄날 궁궐의 잔치, 상 위의 금빛 술동이를 의미하는 금준(金尊)* 등은 화려한 느낌을 한껏 드러낸다. '지시우(知時雨)'는 때를 알아 내리는 봄비를 의미하는 것으로 겨우내 숨어 있던 생명들을 일깨우는 생명의 비다. 비와 이슬이 내려 자기도 모르는 사이에 온몸이 흠뻑 젖듯이, 임금의 은혜 역시 그러하다. 비와 이슬이 모든 만물에 골고루 내리듯이, 임금의 은혜 역시 모든 백성에게 차별 없이 내린다. 이쯤 되면 이 노래는 임금의 은혜를 앙축하는 관료의 시다.

시대를 만나 자신의 능력을 마음껏 펼칠 수 있게 된 이들에게 삶이란 얼마나 풍요롭고 여유 넘치는 것인가. 시운은 언제나 그들 편이다. 권력의 편에서 느긋한 마음으로 문학작품을 바라보는 사람들의 눈에 시운이란 좋은 작가와 작품을 만들어주는 최상의 환경이었으리라. 그런 점에서 문학론으로서의 시운론은 기득권을 옹호하는 논리로 이용될 가능성이 다분했다. 그러나 다른 한편으로 보면 이것도 한 시대의 문학론일 뿐, 세상에 절대적 기준을 제시할 수 있는 문학론이 어디 있으랴.

---

* '尊'은 '樽(술동이 준)'의 뜻으로 쓰인 글자다.

천지의 정기 받아 시를 쓰다

　중·고등학교 교가에 항상 등장하는 노랫말이 있다. 바로 무슨 산의 정기를 이어받았다느니, 무슨 강과 바다의 기상을 익혔다느니 하는 말이 그것이다. 하늘이나 강산의 정기를 이어받은 존재로서의 인간을 상정하는 것은 동아시아 문명권의 오랜 전통 중의 하나다. 하늘과 땅의 정기가 모여서 인간이 되었으므로, 천지만물 중에서 인간이야말로 최고의 존재라는 논리로 이어지기도 한다. 이는 문학작품의 창작이 천지의 정화(精華)를 모아놓는 행위라는 것의 증거로 제시되기도 한다.

　왕발(王勃, 649경~76)이 지은 「등왕각서(滕王閣序)」에 '인걸지령(人傑地靈)'이라는 말이 나온다. 뛰어난 인물이 나타나는 것은 그곳의 땅이 신령스럽기 때문이라는 뜻이다. 개인의 빼어난 능력을 천지의 기운과 연결시키면서, 인간이 우주의 중심에 위치한다는 사실을 슬며시 토로한다.

또한 왕발은 개인의 능력을 천부적인 것으로 해석하면서도, 그 능력을 부여한 주체에 대해서는 능력의 특징마다 다르게 상정한다. 특히 별자리를 들어서 말할 때, 남극성(南極星)의 정기를 타고 태어나면 오래 살 운명이며, 천랑성(天狼星)의 정기를 받으면 악독한 인간이 된다고 한다. 그렇다면 문장을 관장하는 별은 무엇일까? 바로 규성(奎星)이다.

문장가의 운명을 관장하는 규성

이규보의 어릴 때 이름은 인저(仁氐)였다. 그의 나이 22세 때인 1189년의 일이다. 사마시(司馬試)를 보러 가기 전날 밤, 이인저는 이상한 꿈을 꾸었다. 시골 노인인 듯한 사람들이 검은 베옷을 입고 마루 위에 모여앉아 술을 마시고 있었다. 바로 '28수(宿)'였다. 28수는 인간의 일을 관장하기도 하고 우주의 운행을 관장하기도 하는 28개의 별자리를 말한다. 이인저는 깜짝 놀라서 황송한 마음으로 두번 절을 하고 나아가 물었다.

"제가 이번 과거시험에 합격할 수 있을까요?"

그러자 어떤 노인이 옆에 앉은 사람을 가리키면서 말했다.

"이분이 규성(奎星)이니, 당연히 알고 계시겠지."

규성은 28개의 별자리 중에서 글 쓰는 능력을 관리한다. 이인저는 얼른 그에게 가서 자신이 과거에 합격할 것인지를 물었다. 그런데 대답을 듣기도 전에 꿈에서 깨어났다.

규성의 답변을 듣지 못해 안타까워하던 이인저는 다시 잠이 들었다. 그런데 꿈에 아까 그 규성이 나타나더니 이렇게 말해주었다.

"자네는 이번 과거에서 장원으로 급제할 것이니 너무 걱정하지 말게나. 그러나 천기를 누설하면 안 될 일이니, 다른 사람에게는 말하지 말게."

다음 날 이인저는 무사히 과거시험을 치렀는데, 결과는 당연히 장원급제였다. 이때부터 이름을 '인저'에서 '규성이 알려주었다'는 뜻의 '규보(奎報)'로 고쳐 부르게 되었다고 한다.

하늘의 별자리가 인간의 운명을 좌지우지한다고 생각하는 것은 예나 지금이나 비슷하다. 그 운명 중에는 글을 잘하는 것도 포함되어 있다. 이규보의 사례에서 볼 수 있듯이, 글을 잘 쓰는 것도 일종의 운명적인 조건이라는 생각이 예전부터 널리 퍼져 있었다.

규성이 뛰어난 문인의 탄생을 예견하는 경우도 있지만, 그의 죽음을 관장하기도 한다. 이런 식의 이야기는 앞서 보았듯이 허균이 차천로를 두고 누가 규성의 기운을 받은 사람인지 마음속으로 경쟁하는 기록에서도 살펴볼 수 있다.[11]

천지의 정기와 시운

거대한 자연의 운행에서 볼 때 인간 역시 만물 가운데 하나의 존재일 뿐이다. 만물은 각각 떨어진 존재이기도 하지만 촘촘한 그물망처럼 서로 연결되어 세계를 만든다. 인간 중심으로 세계를 해석해온 유학자들의 경우, 천지의 정기 중 가장 뛰어난 부분을 받아 태어난 존재로 인간을 상정했다. 송의 유학자 주돈이(周敦頤, 1017~73)가 「태극도설(太極圖說)」에서 정리한 것처럼 "무극의 참됨과 음양오행의 정기가 오묘하게 합쳐져 응결되어 하늘의 도리는 남자가 되고 땅의 도리는 여자가 되었다. 두 기운이 서로 감응하여 만물이 변화하고 생성한다. 만물이 끊임없이 생겨나 그 변화가 끝이 없게 되었다(無極之眞, 二伍之精, 妙合而凝, 乾道成男, 坤道成女. 二氣交感, 化生萬物. 萬物生生而變化無窮焉)"라는 것이 인간존재의 근본원리를 이해하는 생각의 구도다.

인간은 하늘과 땅의 정기를 받아 그 사이에서 살아가는 존재라는 점을 논리적으로 명확히 보여준다. 이 발언은 후대 유학자들에게 절대적인 영향을 끼쳤으며, 인간과 만물의 관계를 설명하는 기본 원리로 받아들여졌다. 나아가 이것은 나라의 흥망성쇠에 영향을 끼치는 논리를 만들어낸다. 인간들이 맺는 관계를 통해 사회가 만들어지고 나라가 건설된다. 그 구성원들의 정신은 당연히 우주의 정기를 받는다. 그 정기가 얼마나 맑고 순수한가에 따라 사회의 청탁이 어느정도는 정해진다는 것이다.

정도전은 도은(陶隱) 이숭인(李崇仁, 1347~92)의 문집에 쓴 서문에서 바로 이 문제를 언급한다. 예악형정(禮樂刑政)으로 대표되는 인간의 문화는 하늘과 땅의 정기를 받아 만들어지는 것이라고 하였다. 그리고 선비란 하늘과 땅 사이에 태어나 그 빼어난 기운을 모았다가 이를 발휘하여 문장을 쓴다고 하였다. 천문과 자연의 운행이 순조롭다면 당연히 뛰어난 문인들이 출현하여 글을 통해서 시대를 아름답게 장식할 것이다. 다시 말하면 우리 시대에 뛰어난 문인들이 나타났다면 천지자연의 정기가 순조롭게 운행하는 것은 물론 그 정기는 바로 그 문인을 통해서 우리 시대에 드러나는 것이라 할 수 있다.

천지의 정기를 받은 문인들은 글쓰기를 통해 자기 시대를 만들어나간다. 어느 한 사람이 만드는 게 아니라 각각의 단편들이 모여서 시대와 사회의 색깔을 만든다. 이들 조각은 개성의 표현이면서 동시에 그 시대의 본질을 그대로 담는다. 한 시대의 글을 살펴보면 그 시대의 흥망성쇠를 알 수 있을 뿐만 아니라, 앞으로의 향방을 짐작할 수 있다는 시운론(時運論)도 여기서 비롯된다.

시문이 시대의 운세(時運)를 담고 있다는 생각은 조선 전기 관료 문인들 사이에 널리 퍼져 있었다. 천지의 기운을 받아 인간이 태어나고, 인간 중에서 가장 맑은 마음을 가진 사람이 선비며, 선비의 삶 중에서 그 정신을 가장 정묘하게 표현하는 것이 시문이다. 그러니 천지의 기운은 선비들의 시문 속에 응축되어 있다. 그 시문을 잘 살펴보면 시대의 운세가 올라가는지 내려가는지를 판단할 수 있다는 게 시운론의 핵심이다. 다른 시각으로 보자면 시운이야말로 선비들이 표현해야 할 중요한 요소인 셈이다.

그렇다면 뛰어난 문장을 쓰는 사람은 언제나 관료의 길을 걷는 것일까? 이 문제는 19세기 이전 문인들에게는 굉장히 미묘한 파장을 일으키는 질문이었다. 예나 지금이나 정상적인 사회라면 재능 있는 사람이 등용되어 자신의 능력을 펼칠 수 있어야 한다. '원칙적으로는' 그렇지만 현실에서는 그렇지 않다는 데 문제가 있다. 선현들이 언제나 능력 있는 사람들의 등용을 소리 높여 주장했지만, 그 주장이 계속적으로 나온다는 것 자체가 현실에서는 통용되지 않는다는 반증이다. 특히 관직에 진출해 있는 사람들 입장에서는 자기보다 뛰어난 사람이 재야에 있다는 사실이 달갑지만은 않을 것이다.

서거정의 글을 보면 이 문제를 어떻게 풀어갔는지에 대한 실마리를 찾아볼 수 있다.

천지의 정묘하고 빼어난 기운이 사람에게 모여 문장으로 표현되는데, 문장이라는 것은 인간 언어의 정화(精華)다. 그러므로 번성한 시대를 만나 노래를 읊조려 화답하는 사람이 있다면 그의 글은 마치 오위(五緯)가 하늘에서 휘황하게 빛나는 것처럼 밝게 드러난 것이다. 그러나 불행히도 때를 만나지 못하여 산림에서 읊조리며 헛된 말에 의탁하는 사람이 있다면 그의 빛나는 문장은 아름다운 구슬이 산골짜기에 버려진 것과 같지만 밝게 빛나서 끝내 그 휘황함을 가릴 수 없을 것이다. 시대를 만나든 만나지 못하든, 한 시대의 이목을 놀라게 함으로써 후세에 길이 이름을 전하게 된다는 점에서는 같다.[12]

뛰어난 재능에도 불구하고 시대를 만나지 못해 초야에서 늙어갔다면 너무도 애석한 일이다. 그러나 그가 어느 시골 구석에 있더라도 빛나는 문장은 언젠가는 사람들을 놀라게 하여 불후의 명성을 후세에 전하리라고 말한다.

이 글의 주인공 태재(泰齋)는 고려 말 조선 초의 문인인 유방선(柳方善, 1388~1443)의 호다. 서거정은 젊은 시절에 한명회(韓明澮,

1415~87), 권제(權踶, 1387~1445) 등과 함께 원주 법천리에 은거하고 있던 유방선에게 가서 공부를 한 적이 있다. 말하자면 자신의 스승이 었던 셈이다. 유방선은 두보의 시에 능통해서 당대에 널리 이름이 났다. 한글이 창제되고 나서 출간되었던 『두시언해(杜詩諺解)』는 유방선의 두시(杜詩) 공부에 힘입은 바 크다. 뛰어난 시문에도 불구하고 그의 삶이 순탄한 것은 아니었다.

서거정의 논리대로라면 유방선은 천지의 정기를 (이어받아) 뛰어난 시문으로 표현한 문인이다. 그러나 재야에서 평생을 지내면서 자신의 뜻을 펴지 못하고 타계했다. 이것은 과연 개인의 운명으로 치부해야 하는 것일까? 결국 그 논의가 성립되기 위해서는 후대에 길이 빛나는 문명(文名)을 배치해야 한다. 지금 당장은 사람들의 관심을 받지 못하여 불우하게 한 시대를 보냈지만, 후세에 반드시 사람들의 추앙을 받으며 그 명성을 남기리라는 것이다. 천지자연이 자신의 정기를 정묘하게 모아놓은 글을 그냥 둘 리가 없지 않겠는가.

이성계의 시와 원대한 기상

천지의 정기를 받아 시문이 창작된다 해도 문제는 여전히 남는다. 천부적인 재능만 있다면 좋은 시문이 저절로 써지는 것일까? 당연히 그렇지 않다. 시문 창작에는 오랜 시간을 들인 개인의 노력이 전제되어야 한다. 시문 창작의 전통을 충실히 익혀야 자신의 글을 쓸 수 있다. 한자와 한문을 익히면서 과거의 뛰어난 시문을 읽고 암송하는 과정에서 자연스럽게 글을 쓰는 능력을 배양해야 한다. 그 과정을 훌륭하게 수행한 뒤에야 비로소 천부적 재능이 발휘되는 것이다.

표현론적 차원에서 얼마나 자연스럽게 묘사했는가를 보면 그 재능의 발휘 여부를 판가름할 수 있다. 누구나 알 수 있는 쉬운 글자와 구절만을 가지고도 사람들이 미처 발견하지 못한 사물의 본질을 잘 표현했다면, 그것이야말로 천부적 재능을 잘 발휘한 것이다. 옛 문인들은 다른 사람의 작품을 평하면서 '기상(氣像)'을 중요한 기준으로 삼았다. 기상이란 사람에 따라서 함의가 다르겠지만, 대체로 천지와 소통하는 개인의 기운을 뜻한다.

어떤 의미로 정의하든, 기상론자들은 언제나 천부적으로 존재하는 기상이 있다는 것을 논리의 출발점으로 삼았다. 그들에게 기상은 배워서 익힐 수 있는 것도 아니고, 유전적으로 전해줄 수 있는 것도 아니다. 그 기상은 개인의 내부에 깊이 내재해 있다가 어떤 계기를 만나면 자신도 모르게 표출된다는 것이다. 그 표출의 순간에 후천적으로 학습된 문학적 표현이 덧씌워지는 경우는 있지만, 기상의 천부성은 손상되지 않는다는 것이 그들의 생각이다.

서거정의 『동인시화』 첫머리에 실린 이성계의 작품을 예로 들어보자.

> 넝쿨을 더위잡고 푸른 봉우리 올라가서 　引手攀蘿上碧峰
> 흰 구름 속 암자에 높이 누웠다. 　一菴高臥白雲中
> 내 눈에 보이는 걸 내 땅으로 삼는다면 　若將眼界爲吾土
> 초월의 강남인들 어찌 받아들이지 못하랴. 　楚越江南豈不容

이성계가 아직 왕위에 오르지 않았을 때 지은 작품이다. 서거정은 이 작품을 인용하면서 "이성계의 크나큰 도량은 말로 형용할 수 없다"라고 평하였다. 시의 구조나 표현이 신선하거나 탁발(卓拔)한 부분은 보이지 않는다. 다만 이 작품의 규모는 대단히 크다. 넝쿨을 손으로 잡고 높은 봉우리로 겨우 올라가서 눈에 보이는 곳을 모두 자신의 땅으로 삼는다면 아무리 넓은 땅인들 다스리지 못하겠느냐는 것이 그 내용이다.

초(楚)와 월(越) 땅은 중국의 강남지역에 속한다. 이곳은 장안에서 가장 멀리 떨어진 변방이다. 그 변방까지도 포괄할 수 있다는 발언에서 서거정은 이성계의 큰 도량을 읽은 것이다. 동시에 그러한 발상은 배워서 나오는 것이 아니라 원대한 기상이 천부적으로 내재해 있다가 자신도 모르게 표현되었으리라는 것이 그의 생각이다. 그 이면에는 이성계의 조선 건국이 천지자연의 순리에 따른 것이며, 그것은 이미 하늘로부터 타고 태어났다는 점을 전제로 하고 있는 듯하다. 천지자연의 이치에 따라 그는 크고 원대한 기상을 타고 태어났으며, 그의 조선 건국은 천지와 조화된 자연스러운 일이었다. 시대는 이성계의 위대한 기상을 원하고 있었고, 쇠미한 고려의 시운(時運)을 바꿀 시기가 도래한 것이다. 이처럼 기상론이 시대의 성쇠문제와 연결될 때 시운론의 모습으로 나타난다.

어찌 보면 기상론은 시인의 천부적 자질을 강조하는 것처럼 보인다. 태어날 때부터 규정된 기상의 크기에 따라 쓸 수 있는 작품의 수준이 정해졌다는 발언은, 사람에 따라서는 수긍하기 어려운 지점이 있다. 이 때문에 맹자의 '호연지기(浩然之氣)'와 결합 내지 보완되면서, 개인의 기상 역시 산을 오른다든지 위대한 인물의 책을 읽는 등의 방법으로 키울 수 있다는 논의로 발전된다.

새로운 시의 가능성

　조선은 사대부의 나라였다. 유교적 이념에 근거하여 나라의 기틀을 잡았고, 법과 제도를 만들었다. 어릴 때부터 유교경전에 기반한 공부를 시켜서 공부한 바가 생활에서 자연스럽게 배어나오도록 했다. 말할 것도 없이 과거시험은 유교경전에 근거해야 응시하여 합격할 수 있었다. 그러니 사대부가 유교적 문학론에 입각하여 시문을 창작하는 것은 당연한 일이었다. 불교나 노장(老莊)계열을 비롯한 제자백가서는 이단으로 공격을 받았다. 불교나 노장계열을 깊이 공부한 선비는 사람들의 마음을 흔든다는 점 때문에 사문난적(斯文亂賊)으로 몰려 그 집안이 풍비박산 나기도 하였다. 문학의 주요 담당층은 당연히 유학자들이었다. 그들은 문학의 생산자요 가장 중요한 소비자이면서 그것을 다음 세대에 넘겨주는 중책을 맡은 사람들이었다.

　이러한 구도에 새로운 바람을 불러일으킨 사람들이 중인계층이었다. 양반 사대부와 평민 이하의 계층 사이에서 수많은 공문서와 실무를 처리하는 일을 맡은 사람들이 바로 그들이었다. 임진왜란과 병자 호란 같은 큰 전쟁을 거치면서 조선사회는 여러 측면에서 균열과 새 로운 기운을 발아시켰다. 문학분야에서도 새로운 기운이 감지되었 다. 그중에서도 크게 꼽을 수 있는 것은 문학 담당층의 확대일 것이 다. 조선 전기에는 크게 주목을 받지 못하던 여성계층과 중인계층이 문학의 주요 담당층으로 새롭게 부상한 것이다.

중인계층이 문학사에서 크게 부상한 것에는 여러가지 요인이 작 용했다. 전쟁으로 인해 조선사회에 균열이 발생했고, 중인계층의 경 제적 능력이 커짐에 따라 문화적 욕구가 발생했다. 17세기 말이 되면 중인은 자신들만의 방식으로 다음 세대를 교육하고자 했고, 그들만 의 방식으로 문화를 생산하고 향유하고자 했다. 그들의 산발적인 노 력은 문학론의 바탕 위에서 더욱 새로운 모습으로 문학사에 영향을 주었다. 그런 점에서 이번 장에서 다루는 '천기론(天機論)'은 조선 후 기 문화사의 밑그림을 이해하게 하는 매우 중요한 문학론이다. 17세 기 사대부에 의해 모습을 드러낸 천기론은 18세기와 19세기 전반 조 선의 문화계를 휩쓸었다. 그것이 19세기 성령론(性靈論)으로 이어지 면서 문화사의 이론적 바탕을 제공했다. 성령론이 19세기를 대표하 는 문학론으로 큰 영향을 끼쳤는지에 대해서는 이견이 있을 수 있겠 지만, 적어도 천기론과 성령론으로 이어지는 문학론의 흐름을 읽어 낸다면 조선 후기 문화사를 풍부하고도 흥미롭게 이해할 수 있을 것 이다.

천기누설의 비밀

죽천(竹泉) 이덕형(李德泂, 1566~1645)이 시강원(侍講院)에 근무할 때의 일이다. 궁궐에서 입직을 하다가 잠이 들었는데, 꿈에 송도의 만월대(滿月臺)에 오르자 수많은 군마(軍馬)들이 달리는 듯한 느낌을 받았다. 너무나 선명한 꿈이었지만 그 꿈이 어떤 징조인지 알 수 없었다. 당시까지 이덕형은 만월대는커녕 송도에 가본 적조차 없었다. 그는 조만간 송도에 갈 기회가 생기려나 하는 막연한 기대만을 가지고 있었다.

며칠 후 이조(吏曹)에서 각 도에 순안어사(巡按御史)를 파견할 일이 생겼다. 이덕형은 문득 그 꿈을 떠올리면서 경기도지역에 파견될 수 있도록 요청했다. 그러나 막상 임금에게 최종명단이 올라가자 임금은 이덕형이 시강원의 책임자인데 멀리 보낼 수 없다면서 다른 사람으로 교체하도록 지시했다. 그는 서운한 마음으로 이전의 꿈이 그냥 허황된 것이라고 여겼다. 그런데 몇달 뒤, 이덕형은 임금의 특명으로 개성부의 시재어사(試才御史)가 되어 가게 되었다. 그제야 이덕형은 전날의 꿈이 하나의 징조였다는 사실을 깨닫게 되었다고 한다.

그렇다면 어째서 순안어사로 가는 것은 무산되고 시재어사로 가는 것은 성사되었을까. 꿈이 하나의 조짐으로 나타난 것이라면 순안어사로 가는 것도 성사되어야 마땅하지 않은가. 이 의문에 대해서 이덕형 자신은 이렇게 결론을 내린다. 꿈을 통해서 자신의 미래에 대한 징조를 포착했는데, 순안어사 임명 때에는 자기가 나서서 꿈의 징조를 현실화하려 했기 때문에 실패한 것이고, 시재어사 임명 때에는 자신의 인위적 노력이 없었기 때문에 현실로 나타날 수 있었다는 것이다. 즉 아무리 좋은 조짐이라 하더라도 천기(天機)를 누설하는 순간 그것은 물거품이 되고 만다. 이는 그가 자신의 저술인『죽창한화(竹窓閑話)』에 기록한 내용이다.

천기누설은 설화에 자주 등장하는 소재다. 어렵게 얻은 외아들이 문밖에서 놀고 있는데, 웬 노승이 지나면서 안타깝다는 표정을 짓는다. 우연히 그 광경을 목격한 아이의 어머니가 이상한 생각에 노승을 집으로 들인다. 그러고는 왜 자신의 아들을 보며 안타까운 표정을 지었는지 간곡하게 묻는다. 노승은 고민 끝에, 아이는 아홉살을 넘기지 못하고 죽으리라는 예언을 한다. 어머니는 노승에게 아이의 목숨을 연장시킬 방도를 묻는다. 어머니의 간청에 못 이긴 노승은 그 방법을 이야기해주는데, 그 일 때문에 노승은 하늘의 벌을 받아 죽음을 맞는다. 누구나 한번쯤은 들어보았음직한 이야기다. 한 인간의 수명은 하늘이 정하는 것이라서 인간의 힘이 미치지 못하는 영역이다. 그런데 그것을 노출시켰을 뿐만 아니라 하늘이 정한 수명을 인위적으로 바꾸어주었으니, 그야말로 천기를 누설한 셈이다.

지켜야 하는 중대한 기밀을 발설했을 때 우리는 종종 천기를 누설했다고 한다. 그럴 때 '천기'란 '하늘의 기밀' 혹은 '우주의 질서나 비밀'이라는 뜻을 지닌다. 이 단어는『장자(莊子)』에 처음 나온다. 물론 그 이전에도 이런 식의 단어를 사용했을 가능성은 있지만, 우주의 기밀이나 질서를 뜻하는 단어로 쓰인 것은『장자』가 처음일 것이다.

오랜 공부와 수양을 통해서 인간은 우주의 비밀을 알아챈다. 천기를 읽을 줄 안다는 것은 바로 그런 맥락에서 하는 말이다. 그렇지만 천기를 읽고 우주의 비밀을 눈치챘다고 해서 아무렇게나 누설하거나 자신의 이득을 위해 사용해서는 안 된다. 그렇게 한다면 우주의 질서를 인간이 흩어버리는 결과를 가져오기 때문에 예측할 수 없는 재앙을 불러온다. 천기를 읽는 뜻은 인간의 욕망과 인위적인 모든 것을 버리고 우주의 질서와 흐름 속에 자신을 일치시키기 위해서다. 그런데 그것과 반대로 행동을 한다면 당연히 우주의 기운은 산만해진다.

이덕형의 일화 역시 이러한 점을 지적하는 것이다. 꿈을 통해서 천기를 읽는 것은 누구나 경험할 수 있는 일이다. 그러나 자신이 읽은 천기를 마음속에 담아두었다가 그런 기회가 오면 자연스럽게 조화를 이루면 될 일이지, 자기가 나서서 실현시키겠다는 것은 문제가 있다. 그것이야말로 자연의 질서에 인위적 힘을 가함으로써 천지와 사회의 질서를 깨는 결과를 가져온다. 개성으로 갈 기회가 생기리라는 조짐을 읽었으면 마음에 간직했다가 그 기회가 현실로 나타나면 자연스럽게 받아들이면 된다. 그것을 참지 못하고 직접 나서서 개성으로 가겠다고 하는 것은 천기의 흐름을 무너뜨리는 짓이다. 이덕형은 꿈의 일화를 통해서 그런 점을 깨달은 것이다.

지식인이 하늘을 관찰하는 이유

무성하던 숲길도 때가 지나면 서서히 다른 빛으로 물든다. 우리가 모르는 사이에 시간이 흐르고 만물이 변한다. 세상에 변하지 않는 것이 어디 있으랴만, 언제나 그 모습 그대로 머무를 것이라고 착각하는 것이 중생의 삶이다. 정지된 시간이라고 착각하는 순간 고개를 들면 모든 것이 변해 있다. 만물의 덧없음을 느끼는 순간 자기 주변을 감싸고 있는 세계를 다른 시선으로 볼 수 있는 능력이 생긴다. 꿈틀거리는 욕망이라든가 명예욕의 덧없음을 깨닫고, 사람과 사람 혹은 사람과 사물의 관계를 다시 보게 된다. 모든 사람이 그런 것은 아니겠지만, 그 깨달음의 순간은 말 그대로 '순간적인 것'이어서, 깨달음의 경지를 오래도록 유지하지 못한다. 우리 인생에서 여러차례 그와 같은 순간이 오지만 삶이 근본적으로 바뀌지 못하는 것은 그 경지를 일생 동안 유지하지 못하는 것과 관계가 깊다.

그렇지만 그 계기를 통해서 우리는 우주의 질서가 얼마나 오묘한 것인지 어렴풋이나마 알아차린다. 자연의 흐름에 자기 삶의 흐름을 맞추는 일이 어렵기는 하지만 참으로 의미있는 일이라는 것도 알게 된다. 사회의 질서 역시 우주의 흐름을 벗어나는 순간 혼란으로 가득하게 된다는 것도 짐작한다. 근대 이전의 지식인들이 자연과 벗하고 하늘의 움직임을 관찰했던 것은 바로 우주와 사회와 인간이 같은 사이클 안에서 조화를 이루어야 한다는 점을 알고 있었기 때문이다. 그러나 그 사이클은 오랜 공부와 깊은 명상, 명석한 통찰을 동반해야 감지할 수 있다. 더욱이 그것을 알아차린다 해도 노골적으로 발설하는 순간 우주의 질서를 인위적으로 깨뜨리게 된다. 이른바 천기누설이 그것이다.

'천기'의 사전적 의미는 '하늘의 기밀 또는 천지의 조화, 임금의 밀지나 국가의 기밀'이다. 하늘이 운행하는 질서는 국가를 통치하는 질서와 같은 성질의 것이기 때문에, 하늘을 움직이는 핵(核)이 나라에서는 임금에 해당한다. 따라서 하늘의 질서와 국가의 질서는 언제나 같은 맥락에서 구성된다.

문제는 천기가 눈앞에 현현하지 않는다는 점이다. 보이지 않는 천기를 알아차리는 출발점은 어디인가. 바로 자연이다. 별자리의 운행을 관찰하거나 자연의 변화를 유심히 살피는 일이야말로 천기에 접근하는 좋은 길이다. 물론 '유심히 관찰한다'는 것 역시 넘어야 할 장애다. 그 수준을 넘어 의식하지 못하는 사이에 관찰하게 되고, 그것을 통해 자신과 사회와 우주가 하나가 되는 순간을 경험해야 마땅하다. 그렇게 될 때 비로소 천기는 자신의 일상으로 들어와서 조화를 이룬다. 김집(金集, 1574~1656)은 이러한 경지를 시로 노래했다.

뜨락가엔 이끼 끼고	苔侵庭畔掩閑扉
한가한 사립은 닫혔으니	
주인은 어딜 가서	人到何方久未歸
오랫동안 돌아오지 않는가.	
몇칸짜리 누추한 집	白屋數椽臨碧水
푸른 물가에 자리했고	
한조각 청산은 석양빛 띠고 있다.	靑山一片帶殘暉
깊은 구멍 아는 물고기는	魚知深穴依巖樂
바위에 의지해 즐겁고	
무심히 나온 구름은	雲出無心傍鳥飛
새를 따라 날아다닌다.	

묵묵히 천기를 감상하며   默賞天機成獨坐
홀로 앉아 있노라니
허공에 성긴 비가 세상 먼지 재운다.   半空疎雨世塵稀

　김집은 일찍이 구봉(龜峯, '귀봉'으로도 읽는다)이 지은 시의 제목과 운자를 빌려서 여러편의 연작시를 지었다. 이 작품은 그중의 하나인 「연암정을 찾아서〔次尋燕巖亭〕」(『신독재전서(愼獨齋全書)』 권1)다. 구봉은 조선 중기 예학(禮學)의 대가인 송익필의 호다.

　뜨락에 이끼가 침범한다든지 한가한 사립문이 닫혀 있다는 식의 표현은 아무도 찾아오는 사람이 없다는 뜻이다. 일견 상투적이기까지 한 이 표현을 통해서 시적 대상이 세상과 절연한 채 은거하고 있음을 드러낸다. 작중 화자는 그 은거자를 방문한 것이다. 아무리 기다려도 주인이 오지 않자 작중 화자는 집 주변을 살핀다. '몇칸짜리 누추한 집'으로 번역하긴 했지만, 원문에 해당하는 '백옥수연(白屋數椽)'은 서까래 몇개로 얼기설기 엮은 가난한 집이라는 의미다. 누추한 집일망정 푸른 시냇물 옆에 자리 잡고 청산에 비끼는 저녁 햇살을 늘 볼 수 있는 곳이다.

　이 작품에서 작중 화자와 집 주인이 공유하는 생각은 경련(頸聯, 5~6구)에 표현되어 있다. 제5구는 물고기의 즐거움을 언급한 것인데, 이는 『장자』에 수록된 이야기를 떠올리게 한다. 장자와 혜시(惠施, BC 380경~BC 309경)가 강가를 거닐다가 물고기가 노니는 것을 보고 그 즐거움에 대해 논변한 적이 있다. 이 이야기를 전적으로 인용한 것은 아니지만, 적어도 물속을 자유롭게 돌아다니며 자신의 천성을 한껏 누리고 있는 물고기의 모습에서 자연스러운 천기의 현현을 알아차리는 것이다.

제6구는 도연명(陶淵明, 365~427)의 명편 「귀거래사(歸去來辭)」의 한 구절을 떠올리게 한다. 도연명은 벼슬을 버리고 고향으로 은거한 뒤 자연 속에서 지내며 이렇게 노래한 바 있다.

구름은 무심히 산꼭대기 굴에서 나오고　　雲無心以出岫
새는 날기에 지쳐 돌아올 줄 아는구나.　　鳥倦飛而知還

구름이 산굴에서 나와 무심히 하늘을 떠다니는 모습, 새가 마음껏 날다가 저물녘 자기 둥지로 돌아오는 모습에서 도연명은 '자연의 자연스러움'을 느꼈다. 김집은 날아다니는 새 옆으로 무심히 떠 있는 구름의 모습에서 자신이 도달하고 싶은 경지를 드러냄과 함께 은거하고 있는 사람의 삶을 병치시키고 있다.

이런 모습들을 가만히 앉아서 살펴보노라면 어느새 천기의 움직임을 감지하게 된다. 그 경지에 이르면 세상의 온갖 욕망에 찌들어 있는 자신의 어지러운 마음이 고요히 가라앉는다. 허공에 은근히 날리는 성긴 빗방울이 세상의 먼지를 가라앉히는 모습에서 깨달음의 내용이 무엇인지 분명하게 드러난다.

이렇게 자연의 움직임에 자신의 삶을 조화시키려고 하다보니 자연이야말로 살아 있는 교과서이며 스승이다. '천기'가 비록 『장자』에서 먼저 사용한 단어요 개념이라 해도 유학자들 역시 자신들의 중요한 개념으로 중시해왔다. 이들 역시 우주와 사회와 인간의 조화를 중시했고, 그 경지에 도달하기 위해 노력했기 때문에 천기는 주자학에서 중요한 개념어였다. 그것을 노골적으로 다룬 시작품도 있다. 변계량(卞季良, 1369~1430)의 「솔개와 물고기〔鳶魚〕」(『춘정집(春亭集)』 권2)가 그것이다.

솔개와 물고기가 위아래로 나뉘니	鳶魚分上下
이로부터 천기가 움직인 것이지.	自是天機動
하늘과 땅 사이에 도가 있나니	道在穹壤間
사람 만물 공유함을 알아야 하리.	須知人物共

　　조선 초기의 대표적인 문인인 변계량은 조선 건국과 함께 문인들의 시문 경향을 만들어낸 중요 인물 중의 한 사람이다. 예나 지금이나 뛰어난 시인들의 작품이 모두 찬탄할 만한 것은 아니지만, 시문에 대한 변계량 자신의 자부심은 상당히 높았던 것으로 보인다. 그렇지만 이 작품은 사실 문학적 성취도가 그리 높은 편은 아니다. 다만 조선 건국 후 얼마 되지 않은 시점에서 성리학적 지취(旨趣)를 풍기는 작품을 썼다는 점이 흥미롭다. 이 역시 노골적인 철학적 진술에 불과하다면 어쩔 수 없는 노릇이긴 하지만, 당시의 지식인들 사이에서 성리학에 대한 이해가 아직 심화되기 전이라는 점을 감안한다면 이는 분명 주목할 만한 사실임에 틀림없다.

　　이 작품은 『시경』에 나오는 유명한 구절, "솔개는 하늘까지 날아오르고, 물고기는 못에서 뛰어오른다〔鳶飛戾天, 魚躍于淵〕"라는 내용을 그대로 활용한 것이다. 이 구절은 『중용(中庸)』에도 인용되어 있는데, 솔개가 하늘에서 날고 물고기가 연못에서 뛰어오르는 모습에서 대체로 천리(天理)의 유행(流行)을 볼 수 있다는 뜻으로 읽힌다. 자신이 부여받은 천성을 우주의 흐름 속에서 자연스럽게 표출해내는 모습이야말로 가장 조화롭다는 것을 이 구절에서 읽을 수 있다. 위와 아래, 하늘과 땅 사이에 존재하는 도(道)가 그저 솔개나 물고기 같은 생물에 국한된 것이 아니라, 인간에게도 똑같은 형태로 존재하고 있다는 점을 알아야 한다는 진술로 시를 맺음으로써 변계량의 이 작품은 시적 긴장감이나 문학적 성취에서 여러걸음 떨어지게 만들었다.•

변계량이 드러내는 만물의 자연스러움, 그리고 그것을 통한 천리(天理)의 흘러넘침이라는 것이 바로 천기(天機)와 상통한다. 조선 중기의 유학자이자 김집의 아버지인 김장생(金長生, 1548~1631)은 『근사록석의(近思錄釋疑)』에서 천기를 "천리가 자연스럽게 발동하는 오묘한 곳[天理自然發動之妙處也]"이라고 해석한 바 있다. 그렇게 볼 때 조선의 유학자들, 특히 조선 중기 이전의 지식인들에게 천기란 사전적 의미의 큰 틀에서 그리 벗어나지 않고 개념화되어 있었다.

• 그렇다고 해서 근대 이전의 문인이나 독자들이 이 작품을 통해서 감동을 받지 않았다는 것은 절대 아니다. 문학작품을 읽고 감동을 받는 구조는 시대에 따라 꾸준히 변하는 것이기 때문에, 과거의 독자들과 지금의 독자들이 감동을 받는 과정은 당연히 차이가 있다. 변계량의 이 작품도 역시 어떤 계층의 독자들에게는 상당한 감동을 주었으리라 생각한다.

"시는 천기다"

장유가 권필의 문집에 서문을 썼을 때만 해도 자신의 발언이 그렇게 큰 반향을 일으킬 줄은 몰랐을 것이다. 특히 글의 첫 문장, "시는 천기다〔詩, 天機也〕"라는 선언적 진술은 후대의 많은 사람에게 깊이 각인되었다. 여기서 사용된 천기라는 단어는 일견 범상해 보이면서도 이전의 지식인들이 사용하던 방식과는 미묘하게 차이가 있었다.

시는 천기다. 소리에서 울리고 때깔에서 빛나니, 맑고 탁하고 우아하고 속된 것이 자연스러움에서 나온다. 소리와 색깔은 만들어낼 수가 있겠지만 천기의 오묘함은 만들어낼 수가 없다. 소리와 색깔뿐이라면 무지한 사람도 도연명의 운을 빌릴 수가 있고 악착한 사내도 이태백의 언어를 모방할 수 있을 것이다. 그렇지만 그것을 닮으면 배우에 불과하고 그것을 본뜨면 참람한 일이다. 무엇 때문인가. 거기에는 참됨〔眞〕이 없기 때문이다. 참됨이란 무엇인가. 천기가 아니겠는가.[13]

장유의 이러한 발언은 참된 성품에서 참된 시가 나온다는 발상이다. 범상하기까지 한 이 발언이 이후에 전개되는 문학론에서 천기론의 새로운 신호탄으로 주목을 받게 된 것은 '천기'라는 단어의 문학론적 배치가 새롭게 받아들여졌기 때문이다. 어느 시인이 참된 마음을 전달하는 시를 원하지 않겠는가. 그렇지만 '참됨'의 경지, 즉 '성정의 참됨〔性情之眞〕'에 도달하는 방식에는 차이가 있다.

문학적 입장의 차이나 사상적 차이에도 불구하고 조선의 지식인들은 기본적으로 도덕주의적 태도에서 크게 벗어나지 못했다. 즉 문학의 출발점으로 시인의 성정이 참되고 순수해야 한다는 점을 당연히 전제하고 있었다는 뜻이다. 그 상황에서 새로운 생각을 만들어내고 새로운 시각으로 문학작품을 읽는 일은 쉽지 않다. 단단하게 고정되어 있는 문학적 지형도에 미세한 균열을 일으키는 하나의 출발점으로 장유의 발언을 주목할 필요가 있다.

조선의 유학자들이 가지고 있던 재도론(載道論)적 시각에서 보자면, 인간의 성정은 청탁(清濁)이 뒤섞여 있기 때문에 성리학적 수양을 통해서 정제된 상태로 만들어야 한다. 그 경지를 '성정의 올바름〔性情之正〕'이라고 불렀다. 올바름이라고 하든 참됨이라고 하든 인간이 태어날 때부터 부여받았던 인간 본연의 순수함을 지칭하는 것이야 다를 바 없다. 두 생각이 갈라지는 지점은 수양에 의해 올바름에 도달해야 하는가, 아니면 본연의 순수함을 자연스럽게 드러냄으로써 참됨에 도달하는가 하는 것에 있다.

장유가 권필의 시작품을 논의하기 전에 전제로 이야기한 천기는 이전의 문학가에 대한 모방으로는 결코 드러나지 않는다. 우리의 감각이 받아들이는 소리나 색깔의 표면적인 차원에서 발현되는 것도 아니다. 거기에는 참됨이 스며 있지 않기 때문이다. 그 참됨은 인위적인 노력에 의해서 이루어진다기보다는 참된 성정이 자연스럽게 흘러넘쳐서 이루어진다. 앞에 인용한 글의 뒷부분에서 장유는 권필의 시가 천기와 관련이 있다는 증거를 들면서 이렇게 말한다. "그의 성품은 술을 좋아하였다. 술을 마신 뒤에는 언어가 더욱 자유분방하여 오연(傲然)한 태도로 시를 읊조렸고 그의 풍신(風神)은 한가롭고 명랑하였다. 이에 종이를 잡아 붓을 대는 것을 기다리지 않고도 입에서 그려지고, 눈썹에서 움직이면 시가 아닌 것이 없었다. 글이 완성되면 그 정경이 온당하고 적절하며 운율이 조화로웠으니, 어떤 것이든 천기의 유동(流動) 아님이 없었다."[14]

인간의 정신이 가장 자유로울 때 나오는 언어야말로 천기가 흘러 넘쳐서 표현된 것이다. 물론 장유는 그것이 개인의 학문적 깊이, 수양의 정도에 어느정도 영향을 받으리라는 것을 암시하기도 한다. 권필의 유학 공부가 대단히 높다는 것을 언급하는 것에서 그 점을 엿볼수 있다.[15] 그러나 이것은 권필이 궁궐 안의 일을 소재로 삼아 함부로 시를 지었다는 혐의로 필화사건에 연루되었고, 그 때문에 비극적인 죽음을 맞았다는 점을 염두에 둔 진술에 가깝다. 눈여겨봐야 할 부분은 권필의 자유로운 정신이 시에 그대로 표현되었고, 그것이야말로 천기의 유동에서 비롯되었다는 주장이다.

장유의 찬탄에도 불구하고 권필의 어떤 시가 어떤 점에서 천기의 유동에 해당하는지 이야기하는 것은 정말 어렵다. 이는 권필의 시작품 전체와 그의 삶을 동시에 통찰한 결과이기 때문이다. 조선 중기 이후의 시화서, 예컨대 허균의 『성수시화(惺叟詩話)』, 홍만종의 『소화시평(小華詩評)』, 남용익의 『호곡시화』, 양경우(梁慶遇, 1568~미상)의 『제호시화(霽湖詩話)』 등 수많은 시화서에서 권필의 작품은 칭탄의 대상이 되었다. 그만큼 그의 작품은 후대 시인들에게 독서의 즐거움을 제공하고 상상력의 원천으로 작동했다.

만리에 모래먼지 뒤덮이고	萬里塵沙漲
온 산에 새와 짐승 울어댄다.	千山鳥獸號
강물은 지맥을 뒤엎고	江河翻地脈
숲과 골은 험준한 땅 안에서 울부짖는다.	林谷吼天牢
저물녘엔 소리가 막 장쾌해지더니	向晚聲初壯
한밤중이 되자 기세는 더욱 높아진다.	中宵勢益高
산사람은 깊은 방에 앉아서	幽人坐深室
잠 못 이루고 솔바람 소리 듣는다.	不寐聽松濤

　권필의 「큰바람〔大風用玄翁韻〕」(『석주집(石洲集)』 권3)이라는 작품이다. 이 시를 읽는 순간 우리는 작중 화자가 앉아 있는 깊은 산속에 함께 자리하고 있는 듯한 느낌을 받는다. 유인(幽人, 속세를 벗어나 은거하는 사람)으로 표현된 작중 화자는 밤늦도록 잠을 이루지 못하고 솔바람 소리를 듣는다. 큰바람이 불어와 천지를 뒤흔들더니, 어둠 속에서도 그 기세는 더욱 높아만 간다. 사용된 언어의 장대함을 통해서 밤늦도록 불어대는 큰바람이 온 우주를 뒤흔드는 듯한 느낌을 만들어낸다. 천지를 뒤덮은 모래먼지들, 온 산을 울리는 새들과 짐승들의 울음소리, 땅을 뒤집어엎을 듯한 기세로 세차게 흘러내리는 강물, 살아 있는 것들의 출입을 거부하듯 높이 솟아 있는 험준한 봉우리들과 그 안에서 울려나오는 깊은 울부짖음 등이 읽는 이로 하여금 우주의 비밀스러운 행위에 동참하는 느낌을 던져준다. 그것들은 당연히 거대한 바람이 만들어내는 장엄함이다. 그 안에서 우주의 움직임을 온몸으로 들으며 잠 못 이루고 오롯이 앉아 있는 한 선비의 모습이 눈

앞에 선연히 그려진다.

이러한 기세는 언어의 조탁이라든지 과거 문인에 대한 모방과 같은 인위적인 차원에서 만들어지지 않는다. 작가의 성정이 우주와 조화를 이루며 자신이 부여받은 참됨의 경지를 그대로 발현할 때 비로소 도달할 수 있다. 그것을 장유는 '천기의 유동'이라는 개념으로 말한 것일 터다.

새로운 문학론의 발현

한편으로 보면 천기를 누설하는 것이 시인의 숙명이요 의무처럼 보인다. 이규보는 「구시마문(驅詩魔文)」에서, 시마는 시인으로 하여금 자신도 모르게 천지의 비밀을 누설하게 만들어서 곤궁에 처하도록 한다고 성토했다. 물론 이 글은 시인으로서의 자부심을 드러내는 희문(戱文)의 성격이 강하기 때문에, 그 발언을 뒤집어 생각하면 시인의 임무 중의 하나는 바로 천지의 비밀을 찾아서 글에 표현하는 것이라는 의미일 것이다.[16] 그럴 때의 '천기'란 천지자연의 비밀을 의미한다.

이 맥락에서의 천기는 인간의 내부에 있는 그 무엇이 아니라 외부에 존재하는 하나의 힘이며 비밀이다. 그렇다면 천지자연 속에서 천기를 파악하는 시인의 눈이 중요하다. 천기가 시인의 성정과 조화를 이루는가의 여부는 문제가 되지 않는다. 적어도 고려 후기의 문인 이규보에게는 그렇다. 그러던 것이 조선 지식인들에게 유학이 깊이 수용되면서 수양과 실천의 문제가 대두하고, 그 이면의 원리로서 천지자연의 법칙이 주목받게 되자, 천기는 천리를 드러내는 중요한 지점으로 여겨지게 된다.

천기가 성리학자들의 도덕주의적 지형도 속에서 새로운 배치의 가능성을 찾기 시작한 것이 바로 장유의 글이다. 그 이후 사람들은 천기의 개념을 통해서 새로운 문학 창작의 가능성을 발견하게 되고, 새로운 작가층을 발견하게 된다. 조선 후기의 천기론은 그렇게 세상에 등장했다.

변두리 지식인, 시를 쓰다

시대의 변화는 전방위에 걸쳐서 감지되게 마련이다. 어느 시대나 마찬가지겠지만, 하나의 변화는 그것과 이어져 있는 촘촘한 그물망의 배치 속에서 변화의 계기를 만든다. 아니, '만든다'기보다는 그렇게 새로운 장을 구성한다. 그것을 감지하기 위해서는 굉장히 미시적인 차원의 분석과 함께 거시적인 차원의 고찰이 필요하다는 것은 더 말할 필요도 없다.

흔히 '임병양란'으로 병칭되는 전쟁은 동아시아사회에 거대한 변화를 가져왔다. 명(明)은 그들이 경멸해 마지않던 오랑캐의 나라 청(淸)에 자금성을 내주었고, 일본은 정치권력의 핵심이었던 막부에 변화가 있었다. 신기하게도 조선만은 그 변화에 둔감한 것처럼 보였다. 왕조가 바뀌지도 않았고 당파의 급격한 교체 역시 보이지 않았다. 시대를 한탄하고 새로운 전망을 제시하려는 유성룡(柳成龍, 1542~1607) 같은 지식인들의 반성문이 나오긴 했지만 대부분의 기득권 계층의 의식은 그리 변한 것 같지 않았다. 전쟁에 연루되었던 주변국의 획기적인 변화에도 불구하고 과연 조선은 변한 것이 거의 없었던 것일까.

사실 변화가 변화로 받아들여지기 위해서는 당시 사회의 내부로 시선을 돌려보아야 한다. 표면적으로 보기에는 큰 변화가 없는 듯했지만, 전쟁이 끝나면서 사회적 분위기는 꽤 달라져 있었다. 어떤 시각에서 보는가에 따라 다르겠지만, 문학분야에서 보자면 중인층의 부상은 큰 변화를 예고했다.

중인층은 조선사회의 실무적인 측면을 담당하는 중요한 계층이었다. 이들은 양반과 양민 사이에서 관절 같은 역할을 했다. 관절이라는 것이 잘 쓰고 관리하면 몸의 움직임을 자연스럽게 해주지만, 잘못 관리하는 순간 온몸이 삐걱거리게 만든다. 중인계층 역시 그러했다. 모든 중인이 그렇지는 않았겠지만, 적어도 서울 같은 대도시의 중인 중에 몇몇은 자신의 지위를 이용해 꽤 많은 돈을 벌어들이기도 했다. 17세기 말부터 진행되어온 대도시화와 경제의 성장은 이들에게 새로운 세계를 열어주었다. 양반이 모든 권력을 쥐고 있는 사회에서 그들은 아무 생각 없이 돈을 벌어서 생계를 유지하거나 혹은 지식인으로서의 갈등을 겪었다.

중인들의 실무적인 지식은 사회를 바라보는 시선에서 양반들과 차이를 만들어냈다. 성리학적 논쟁에서는 한걸음 떨어진 처지였지만, 현실문제에 대해서는 상당한 갈등과 고민을 드러냈다. 그것은 자신의 정체성을 어떻게 규정할 것인가 하는 문제와 관련된다. 글을 익혔으니 지식인이라 할 수 있지만, 자신이 익힌 지식을 현실에서 실현할 방도가 없으니 쓸모없는 지식을 쌓아둔 것은 아닌가 하는 의문을 가졌다. 그렇다고 농사일이나 상업 등의 다른 생업에 종사하는 것도 아니니 양민 이하의 신분도 아니었다. 어디에도 굳건히 뿌리를 박지 못하고 심리적으로 부유할 수밖에 없는 처지의 인간형, 그들이 바로 중인계층이었다. 최기남(崔奇男, 1586~미상)의「회포를 쓰다〔書懷〕」(『구곡시고(龜谷詩稿)』)는 그들의 심리를 잘 보여준다.

드넓은 천지 안의 한 늙은이	牢落乾坤一老夫
영락한 처지에 세월은 잘도 간다.	不堪淪躓歲頻徂
쌍룡검은 칼집 속에 깊이 두었고	匣中深鎖雙龍劍
오악도는 벽 위에 길이 두었다.	壁上長留伍嶽圖
머리카락 성그니 젊은 시절 아니고	鬢髮蕭疎非少壯
전쟁으로 어지러워 어려운 시절 만났다.	干戈擾攘値艱虞
아스라한 누각가에 근심스레 홀로 서니	愁來獨立危樓畔
창해는 아득하고 지는 해는 외롭다.	滄海茫茫落日孤

최기남은 원래 궁노(宮奴) 출신이었으나 후에 사면되어 서리를 지낸 인물로, 신흠(申欽, 1566~1628)과 그의 아들 신익성(申翊聖, 1588~1644)의 눈에 띄어 사대부들 사이에 널리 알려지게 된다. 그는 초기 여항문학•의 대표적인 인물로, 후에 중인층 자제들을 교육하는 데 관심

• '중인'과 마찬가지로 이들 계층을 지칭하는 용어나 이들의 문학을 지칭하는 용어 역시 의견을 달리하는 논자들이 있다. 그러나 여기서는 홍세태가 자신의 글에서 사용한 바 있는 '여항(閭巷)'이라는 단어를 사용하여 여항문학이라는 용어를 쓰기로 한다. 이 글에서 여항문학이란 중인층과 서얼을 포함하는 중서인(中庶人)의 문학 전체를 지칭하는 넓은 의미로 사용하였다.

을 가지기도 한다. 이 작품은 50대에 막 들어선 최기남의 처지를 잘 보여준다. 그의 칼은 칼집 속에 깊이 들어 있고 벽에는 오악도가 하릴없이 붙어 있다. 천하를 경영하고자 하는 장대한 뜻은 있지만 흐르는 세월 속에서 어떤 것도 이루지 못하는 그의 심정이 드러난다. 그러나 사실 최기남과 같은 처지의 중인계층이 조선사회에서 뜻을 펼친다는 것은 불가능한 일이었다. 전란으로 시대가 어지러운 때이므로 어쩌다 전공을 세워 발신(發身)할 수도 있겠지만, 그것은 극히 드문 경우에 속했다.

쌍룡검과 오악도로 상징되는 그의 장대한 뜻은 세월의 흐름과 함께 서서히 쇠락한다. 자신을 돌아보는 순간 어느덧 장년의 나이를 지나 머리 희끗한 노년이 되었고, 서산으로 떨어지는 외로운 해를 바라보며 아스라한 누각 난간에 기대어 있는 모습을 발견한다. 이것이야말로 드넓은 천지에 자기 한 몸 제대로 가눌 수 없는 최기남의 절망 내지는 한탄을 형상화하는 것이 아니겠는가.

아무리 뛰어난 능력을 가졌다고 해도 조선사회에서 중인들이 가지는 한계는 너무도 명백했다. 그러니 재주 있는 중인층 인사들이 마음 붙일 분야 중의 하나는 문학이었을 것이다. 최기남과 같은 시기에 활동한 인물 중에 또 꼽을 만한 사람이 바로 홍세태(洪世泰, 1653~1725)다.

홍세태와 참된 시

홍세태는 당시 여항문인들의 작품을 모아서『해동유주(海東遺珠)』라는 시선집을 편찬함으로써 여항문학의 성과를 본격적으로 정리한 첫 인물이다. 그의 모친이 사노(私奴) 출신이어서 신분은 낮았는데 후에 김석주(金錫胄, 1634~84) 등의 노력으로 면천했다는 기록도 있고, 혹은 애초에 기술직 중인집안 출신이었다는 기록도 있는 것으로 보아 정확하게 판단하기는 어렵지만, 그가 중인신분이었던 것은 분명하다. 역과(譯科)에 합격하여 오랫동안 역관으로 지냈는데, 그의 나이 서른에 통신사에 제술관(製述官) 자격으로 참여하여 일본을 다녀왔다. 일본에서 그의 문명은 대단하여, 그가 지나가는 길목에는 시를 한수 받기 위해 수많은 사람들이 운집해 있었다고 한다.

그러나 아무리 뛰어난 능력을 가졌다 한들 홍세태가 꿈을 펼칠 무대는 애초에 제한적이었다. 물론 그는 자신의 정체성을 명확히 인식하고 드러내는 작업을 다양하게 했으며,『해동유주』편찬은 그중에서도 중요한 업적이다. 앞 시대의『육가잡영(六家雜詠)』이 일부 중인층 문인들의 작품에 한정해서 정리를 했다면,『해동유주』는 양반계층이 아닌 문인들의 작품을 방대하게 수록함으로써 여항문학 발전에 큰 공헌을 했다. 그렇게 할 수 있었던 이론적 힘은 무엇이었을까. 그 힘 중의 하나로 우리는 천기론을 주목할 수 있다.

우리나라 문헌의 번성함은 중화에 비견될 정도다. 대개 관료 사대부들이 위에서 한번 창도하면 재야의 선비들이 아래에서 고

무하여 노래와 시를 지어 스스로 울렸다. 비록 배운 것이 넓지 않고 도움받는 것이 멀지 않지만, 그것은 하늘에서 얻은 것이므로 저절로 초절(超絶)하여 맑고 밝은 격조는 당시(唐詩)에 가까웠다. 맑고 원만한 경물 묘사는 봄새와 같았고 서정(抒情)의 비절함은 가을벌레와 같았으니, 느끼어 그것을 울게 하는 것은 천기(天機)에서 자연스럽게 흘러나오는 것 아님이 없었다. 이것이 이른 바 '참된 시〔眞詩〕'다.[17]

홍세태가 『해동유주』에 붙인 서문에서 언급한 내용이다. 참된 시에 대한 일종의 정의인데, 그 전제가 바로 천기다. 천기가 자연스럽게 흘러나와서 시가(詩歌)가 되어야 비로소 참된 시라고 할 수 있다는 말이다. 그렇다면 홍세태가 말하는 천기란 무엇인가.

그의 글에 의하면 천기란 두가지 전제를 가진다. 하나는 인간의 마음속에서 발견될 수 있는 것이고, 또 하나는 자연스럽게 흘러나와야 한다는 점이다. 이 점이 왜 특이한 것일까. 사대부들이 주로 근거했던 재도론(載道論)과 비교를 해보자. 재도론의 경우는 성리학적 수양론에 의지하고 있기 때문에 청탁이 뒤섞여 있는 마음을 수양을 통해서 걸러낸 다음에 맑고 깨끗한 본성만을 드러내야 하는 것이 관건이다. 그러나 천기론의 경우는 마음이 밖으로 드러날 때 '걸러내는' 과정, 즉 수양의 과정을 요구하지 않는다. 그것은 인간이 가진 그대로의 마음을 자연스럽게 드러낼 것을 요구할 뿐이다. 적절한 예가 되는지 모르겠지만, 홍세태의 시 한편을 보도록 하자. 「좋은 비〔好雨〕」(『유하집(柳下集)』 권1)란 작품이다.

좋은 비 만물을 촉촉이 적시니	好雨潤萬物
보슬보슬 여러날째 흐리구나.	濛濛連日陰
떠들썩한 날짐승들 제각기 봄노래	暄禽各春語
늙은 나무 또한 꽃 마음.	老樹亦花心
서안에 기대어 외로운 잠 이루고	隱几成孤睡
술동이 열어 몇잔 술 마신다.	開樽引細斟
빛나는 시절 점점 난만해지니	韶華漸爛熳
그윽한 흥치 금하기 어려워라.	幽興坐難禁

「좋은 비」는 봄비 오는 날의 풍경 하나를 잘 포착해서 그려낸 홍세태의 수작이다. 여러날 보슬비가 내리며 날은 잔뜩 흐린 상태인데, 그 비는 '호우(好雨)'라는 말처럼 천지의 생명을 키우는 힘이다. 중국의 시성(詩聖) 두보가 일찍이 '좋은 비가 때를 아나니, 봄을 맞아 이에 생명을 틔우는구나(好雨知時節, 當春乃發生)'[18]라고 읊은 바 있는, 바로 그 '좋은 비'다. 그 비 때문에 연일 그물거리는 날씨가 계속되기는 하지만, 그것으로 인해 만물이 소생하는 생명의 소리가 들린다. 이 작품은 바로 약동하는 생명의 울림을 너무도 생동감 있게 포착하고 있다.

봄을 맞은 새들의 노랫소리를 듣고, 작은 싹이나마 고목에 생명의 기운이 움트는 것을 통해서 꽃을 피우고 싶은 마음을 읽어내면서 생명들의 웅성거림을 듣는다. 서안에 기대어 책을 읽다가 나른한 봄기운에 슬며시 졸거나, 술동이 가져다가 몇잔 가볍게 마시는 태도에서 작자가 느끼는 봄이 드러난다. 그런 가운데서 느끼는 우주의 기운을 어떻게 말로 표현할 수 있으랴. '그윽한 흥치'라는 말 속에 그 미묘하면서도 깊은 감흥을 담아낸다. 이 작품을 읽고 있노라면 우리는 홍세태의 마음속에서 흘러나오는 우주와의 일체감 혹은 신체 리듬 같은 것을 느낄 수 있다. 이것이야말로 그가 말하는 '천기의 흘러넘침'이리라.

천기론 담당층의 변화

조선시대 양반들은 태어나는 순간 수많은 사회적 책무를 가진다. 하나의 개체로 탄생하는 순간 그는 한 가문의 일원이 되고, 가문은 그에게 많은 것을 요구한다. 일반 양민들이나 천민들은 지킬 필요가 없는 복잡하고 수많은 예절을 익혀서 실천해야 하고, 의례를 주관하거나 참여해야 하며, 그들만의 커뮤니티에서 버려지지 않기 위해 많은 것을 익혀야 한다. 그러나 결정적으로 그들을 평생 쫓아다닌 것은 과거시험에 대한 압박일 것이다. 과거시험은 조선 양반들에게는 천형이거나 축복이었다. 과거시험이 아무리 자주 치러진다 해도 선발되는 인원에는 제한이 있었고, 대부분의 응시자들은 탈락의 고배를 들어야만 했다. 10대의 어린 총각부터 70대 노인에 이르기까지 함께 어울려서 답안지를 쓰고 마음 졸이며 합격자 명단을 확인하는 것은 과거시험에서 흔히 볼 수 있는 풍경이었다. 그만큼 과거시험은 양반들의 마음을 억누르는 거대한 압박이었다.

과거시험에 합격하여 벼슬길에 나아간다 해도 모든 사람이 순탄하게 환해(宦海)를 항해했던 것은 아니다. 대부분은 지방의 미관말직에서 그치거나, 그도 아니면 실직(實職)은 없이 임명되기만 하고 끝나는 신세였다. 시대를 날카롭게 비판하는 지식인들이 과거시험의 폐단을 무수히 논파했지만, 적어도 근대 이전 사회에서 과거제도란 가장 공정한 방식으로 인재를 선발하는 도구였다. 어떻든 조선 양반들 입장에서는 몇몇 성공한 인사를 제외한다면 언제나 사회의 그물망에서 마음 졸이며 살아가야 했다.

그런 사정에 비하면 중인들을 비롯한 여항의 백성들은 그러한 압박에서 한걸음 떨어진 처지였다. 물론 그들 또한 나름의 고충과 압박을 느끼며 살아갔을 것이다. 신분의 불평등이 주는 괴로움이 얼마나 많았겠는가. 그럼에도 불구하고 여항의 지식인들을 옭아매는 사회적 그물망은 양반들의 것보다는 덜 촘촘한 처지였다. 경제적으로 어느 정도 성장한 중인들은 자신들의 신분적 불평등에 절망하기도 했지만, 다른 한편 그것을 받아들이면서 자신들만의 문화를 생산하고 소비하는 과정에서 새로운 희열을 느끼기도 했다. 그 자산들이 모여서 훗날 우리의 근대를 만드는 중요한 토대가 되었음은 물론이다.

이런 사정 때문에 천기론은 자연스럽게 중인들을 비롯한 여항의 지식인들에게 주목을 받았다. 어차피 사회적 신분 때문에 성리학적 수행을 한들 질시의 눈초리를 받거나 참람(僭濫)하다는 평을 받아 비난을 독차지할 것은 분명한 일, 그들에게 성리학의 교의는 무망한 일이었다. 물론 공부하는 일이 사회적 명망을 얻기 위한 것만은 아니기 때문에 인간의 완성을 위한 무한한 애정의 증표로 거론될 수도 있겠지만, 여항의 지식인들에게 주자학은 인간의 완성을 위해 복무할 수 있는 매력적인 요소가 그리 많지 않았던 것이다. 그런 사람들에게 수행을 통한 순연한 본성의 발로를 하나의 목표로 삼도록 요구한다는 것은 어려운 일이다. 여항인 자신들도 그런 점은 충분히 알고 있었으리라.

사회의 변두리에서 자기 정체성을 발견하거나 만들어나가기 위해 힘든 모색을 하는 지식인들에게 필요한 것은, 기득권층이 선호하는 철학이 아니라 변두리에서 부유하고 있는 철학이나 예술들이었다. 조선 후기 들어 여항인들이 예술분야를 중심으로 자신의 능력을 드러냈던 것도 그런 사정이 있었다. 재도론이 내세우는 '성리학적 수양'의 매개를 벗어버리고, 마음속의 창조적 에너지를 그대로 표출하는 것이 중요하다는 주장을 하는 천기론이 여항의 지식인들에게 주목을 받았던 것도 이런 맥락에서였다.

결국 마음속에서 움직이는 성정(性情)의 흐름을 얼마나 솔직하게 드러내는가 하는 점이 천기론 논의의 핵심이다. 그것은 필연적으로 한문문학보다는 국문문학 혹은 우리말 예술로의 주목으로 귀결되었다. 널리 알려진 김만중(金萬重, 1637~92)의 『서포만필(西浦漫筆)』 중 한 대목을 상기할 필요가 있다.

사람의 마음이 입에서 펼쳐지는 것을 말이라 하고, 절주(節奏, 가락)가 있는 말을 노래, 시, 문장, 부라고 한다. 사방의 말들이 비록 다르기는 하지만 진실로 그 말에 능숙한 사람들이 각각 자신의 말을 토대로 하여 거기에 절주를 붙인다면 모두 천지를 감동시키고 귀신과 통할 수 있을 것이니, 이는 중국의 말만 그러한 것이 아니다. 지금 우리나라의 시문은 우리말을 버리고 다른 나라말을 배워서 하고 있으니, 설령 매우 비슷하다 할지라도 이는 앵무새가 사람의 말을 하는 것과 같을 뿐이다. 마을〔閭巷〕의 나무하는 아이나 물 긷는 아낙이 흥얼거리며 서로 화답하는 것이 비록 비속하다고는 하지만, 만약 참과 거짓을 논한다면 사대부들이 말하는바 시부(詩賦)와 같은 차원에서 논할 수 없는 것이다. 하물며 이 세편의 별곡은 천기(天機)가 저절로 발현된 것인데다 오랑캐 풍속의 비리함이 없는 것임에랴! 예부터 우리나라의 참된 문장은 이 세편뿐이다.[19]

이 글은 원래 송강(松江) 정철(鄭澈, 1536~93)이 지은 세편의 가사작품, 「관동별곡(關東別曲)」 「사미인곡(思美人曲)」 「속미인곡(續美人曲)」을 평가한 발언에서 나온 것이다. 국문문학을 적극적으로 평가하는 것으로 알려진 이 글은, 엄밀히 말하면 국문문학 그 자체를 높이 평가한다기보다는 마음속의 감흥을 자연스럽게 표출하는 것이 중요하다는 점을 말하고자 하는 것이다. 즉 한문문학이 중요한가 국문문학이 중요한가를 따지자는 것이 아니라 '참된 문장〔眞文章〕'이 무엇인가를 따지자는 것이 이 글의 논점이다. 이 글이 제기하는 문제가 홍세태가 말한 '참된 시〔眞詩〕' 문제로 맥락이 이어지는 것은 물론이다.

김만중은 참된 문장의 중요한 조건으로 '천기'를 들었다. 사대부의 품격 높은 한시라 해도 어느 쪽이 참된 예술작품인가를 따지면 당연히 백성들이 살아가는 마을의 나무꾼 아이와 물 긷는 아낙네가 흥얼거리는 노랫가락이 훨씬 뛰어나다는 것이다. 천기를 드러내고 있기 때문이다. 이럴 때 천기란 인간이 태어날 때부터 가지고 있던 순연한 본성일 것이고, 그것을 자연스럽게 드러내는 것이 바로 아이와 아낙네의 노랫가락이다. 한시로 아무리 자신의 마음을 표현한다고 해도, 이미 우리말의 느낌이나 자신의 감정을 정확하고 아름답게 표현한다는 것은 애초에 불가능하다는 점을 전제로 한 논의다. 그러니 한시로 쓴 글이 천기 일렁이는 개인의 마음을 표현할 수 없다는 것은 당연한 것이다. 마치 앵무새가 사람의 말을 흡사하게 흉내 낸다 해도 결국은 자기의 말이 아닌 것처럼 말이다.

마음속의 감정을 솔직하게 드러내는 것이 중요하다면, 결국 참된 시문의 절대적 기준은 없어지고 작가의 개성이 중요한 문제로 부상한다. 그것도 자연스럽게 우러나오는 개성이 중요하다. 천기가 흘러넘친다고 하는 말이 그 모든 것들을 포괄하고 있다. 사정이 이렇게 되면 양반들과 여항의 지식인들 사이에 누가 더 천기를 잘 보존하고 있으며 그 천기를 누가 더 자연스럽게 발현할 수 있을 것인가를 판단할 수 있다. 당연히 사회적 책무에서 더 자유로운 여항인들이 천기를 잘 운용할 수 있다. 양반들에게서 제기된 천기론이 시간의 흐름에 따라 여항인들로 무게중심이 이동할 수 있었던 것은 이런 연유 때문이다.

천기, 개성 그리고 이옥의 한시

천기론이 여항의 지식인들에게 주목을 받으면서 우리 풍속이나 언어, 예술에 대한 관심이 부쩍 늘어난 것은 분명해 보인다. 개인의 본성을 자연스럽게 발현하는 것을 중시하는 입장에서 보면, 성리학적 수양이라는 매개를 거쳐서 감정을 걸러낸 뒤 문학작품으로 표현하는 방식은 개인의 감정을 솔직하게 드러내기 어려운 것이므로 천기를 억압한다고 여겼다. 그렇지만 천기의 자연스러운 발현을 어떻게 보장할 것인가. 또 그렇게 창작된 작품을 어떻게 알아보고 평가할 것인가. 이 문제는 그리 간단하지 않다. 문학작품은 수많은 구체적인 것들로 이루어진 거대한 숲이므로, 그 안에서 천기의 발현을 온전하게 구현하는 작품을 찾는다는 것은 쉽지 않다. 작가 입장에서도 마음속의 천기를 어떻게 자연스럽게 발현할 것인지 알 수 있을까.

천기를 발현한다는 의식도 없이 가장 자연스럽게 그것을 구현한 작가로 우리는 문무자(文無子) 이옥(李鈺, 1760~1815경)의 작업을 꼽을 수 있다. 그는 정조가 야심 차게 기획했던 '문체반정(文體反正)'의 덫에 걸려 과거시험 응시 자격도 정지되고 멀리 군역에 다녀오기까지 하면서도 자신의 문체를 버리지 않고 주옥같은 소품문과 아름다운 한시를 남긴 인물이다. 이옥이야말로 자신의 정체성을 정확하게 비정하려고 애를 썼다. 그 과정에서 자신은 건륭연간의 조선 한양에 사는 한 개인임을 분명히 인식하고, 그 점을 자기 문학의 출발점으로 삼았다. 즉 남들이 다 하는 일반적인 내용과 표현으로 작품을 쓰고 읽은 것이 아니라 자신만의 방식으로 느끼고 보고 표현하고 감상했던 것이다. 이것이야말로 조선 후기 천기론이 도달할 수 있었던 높은 봉우리라고 해도 과언이 아니다.

이옥은 인간의 가장 솔직한 감정을 남녀 간의 정에서 볼 수 있다고 생각했다. 그래서 그의 한시작품에는 여성적 목소리가 자주 등장하고, 여성들의 애환과 사랑이 등장한다. 그의 연작시 「이언(俚諺)」은 그의 문학적 입장을 잘 보여준다. 「이언」은 '아조(雅調)' 17수, '염조(艶調)' 18수, '탕조(宕調)' 15수, '비조(悱調)' 16수, 모두 66수로 이루어진 한시 연작이다. 각각의 주제에 맞게 여성들의 삶을 노래한 이 연작시를 통해 우리는 이옥이 생각했던 자연스러운 감정의 발로 혹은 천기의 흐름을 문학적으로 확인하게 된다.

해무늬 보자기로 싸서	包以日文袱
대나무 상자에 넣었답니다.	貯之皮竹箱
밤마다 낭군님 옷 마름질하니	夜剪阿郞衣
손도 향기롭고 옷도 향기롭네요.	手香衣亦香
사경이면 일어나 머리를 빗고	四更起梳頭
오경이면 시부모님 인사 올리네.	伍更候公姥
맹세컨대 친정집 돌아간 뒤엔	誓將歸家後
먹지 않고 종일토록 잠만 자리라.	不食眠日晡

이옥의 작품은 특별한 해설이 필요치 않을 정도로 쉽고 정겹다. 앞의 작품(아조 제14수)은 고운 옷감 쟁여두었다가 남편의 옷을 지으면

서 흐뭇한 마음을 드러내는 것이고, 뒤의 작품(아조 제7수)은 시집에서의 불편함과 친정에서의 편안함을 해학적으로 대비시키면서 시집살이의 힘듦을 드러낸다. 지금도 여전히 유효할 듯한 새댁으로서의 감흥을 절묘하게 보여준다.

또한 남편의 부재로 괴로워하는 여인의 목소리도 작품에 나타난다. 다음은 비조 제1수다.

가난한 집 계집종이 될지언정	寧爲寒家婢
이서의 아내는 되지 마세요.	莫作吏胥婦
순라를 돌고 돌아오자마자	纔歸巡邏頭
파루 치자 되돌아나간답니다.	旋去罷漏後

'비조'에서 이옥은 연쇄법의 방식으로 다양한 계층의 여성들의 목소리를 들려준다. 제1수에서 가난한 집 여종이 이서의 아내보다 낫다고 하더니, 제2수에서는 이서의 아내가 군인의 아내보다 낫다고 한다. 이서(吏胥)*는 하룻밤을 기다리게 하지만 군인은 1년에 100일 정도 집을 비우기 때문이다. 같은 방식으로 제3수에서는 군인의 아내가 역관의 아내보다 낫고(비단옷을 사다 주기는 하지만 외국에 한 번 나가면 오랜 시간 집을 비우기 때문이다), 제4수에서는 역관의 아내가 장사꾼의 아내보다 나으며(여러달 동안 장사하러 나갔다 오더니 다음 날이면 즉시 다른 지방으로 반년 동안 장사를 하러 나가기

●원래 '이서'란 관청의 하급관리나 중인신분의 관리를 의미하지만, 내용상으로 보아 여기서는 순라를 담당하는 하급포교를 지칭하는 것으로 보인다.

때문이다), 제5수에서는 장사꾼의 아내가 매일 술타령하는 난봉꾼의 아내보다 낫다고 하면서 여성들의 애환을 보여주고 있다.

연작시 안에 있는 또 하나의 연작시를 읽으면서, 우리는 삶이 아무리 힘들더라도 남편과 함께 지내는 아내의 행복이 얼마나 소중한 것인가를 느끼게 된다. 낮에는 온갖 중노동으로 시달림을 받더라도 밤이 되면 남편과 함께 지내는 귀한 시간이 있다는 것, 그것이 바로 계집종이 이서의 아내보다 나은 이유다.

이런 유형의 작품 외에도 「이언」에는 기생들의 애환을 다룬 것들도 있다. '탕조'가 그것이다. 그중 제1수를 보자.

제 머리에 즐겨 기대지 마세요,	歡莫當儂髻
당신 옷에 동백기름 묻잖아요.	衣沾多柏油
제 입술에 즐겨 가까이 마세요,	歡莫近儂脣
붉은 연지 부드럽게 흐르잖아요.	紅脂軟欲流

술을 마시러 온 손님을 배려하는 듯한 표면적 의미와는 달리, 이 작품 안에는 술 취한 남정네와의 접촉을 뿌리치고 있는 기녀의 슬픈 몸짓이 배경으로 깔려 있는 듯하다. 말을 이해하는 꽃이라는 뜻의 '해어화(解語花)'로 기생을 지칭하지만, 그것은 여성을 하나의 장식품 내지는 노리개로 보는 남성들의 시선을 그대로 반영하는 말이다. 이 작품에는 남성 중심의 현실에서 살아가고 있는 여성의 속마음이 은근히 표현되어 있다. 이처럼 이옥의 작품에는 남녀 간의 정이 여성의 시선으로 포착되어 전한다.

조선 후기 한시 창작 분야에서는 당시 조선의 민요를 받아들여서 인정물태(人情物態)를 표현하는 경향이 두드러졌는데, 이옥의 「이언」은 그 첨단에 서 있던 연작들이다. 그 이면에는 인간 개인에 대한 긍정, 인간의 감정에 대한 적극적 인식 등이 광범위하게 자리하고 있었는데, 그렇게 된 연원을 따져보면 천기론의 자장(磁場)이 얼마나 컸던가를 짐작할 수 있다.

양반의 시론, 중인의 시론

같은 사물이라도 처한 상황에 따라 다른 역할을 한다. 마찬가지로 하나의 개념은 어떤 문화적 지형도에 있는가에 따라 다른 의미로 해석되곤 한다. 누구나 알고 있지만 그 사실을 우리는 쉽게 간파하지 못한다. 그만큼 우리는 자신이 알고 있는 원리와 자신이 처한 현실 사이의 괴리 혹은 거리를 극복하지 못하고 있다. 진리의 절대성보다는 그것을 진리로 만드는 이면의 기묘한 구조를 찾는 일이 어렵듯이, 우리는 하나의 배치 속에 들어 있는 개념의 변화나 해석의 다양성을 찾기가 어렵다는 것을 알고 있다. 예컨대 탈춤에서 취발이가 자신이 모시고 다니는 샌님들과 함께 등장해서 "아, 이 양반들" 하고 말했을 때, 우리는 '양반'이라는 단어가 샌님들에게 해석되는 층위와 그 탈춤을 구경하고 있는 일반 대중들에게 해석되는 층위가 다르다는 점을 쉽게 짐작한다. 샌님들은 그야말로 삼정승 육판서를 다 지낸 집안의 대단한 양반을 떠올렸을 것이고, 관중들은 샌님들을 조금은 조롱하는 듯한 느낌의 단어로 받아들였을 것이다. 이처럼 하나의 단어, 하나의 개념, 하나의 사물은 어떤 배치 속에 들어 있느냐에 따라 다양한 해석적 층위를 가진다.

천기(天機)가 조선 지식인들의 글에 등장했을 때 그것은 천지자연의 기밀을 함축하고 있는, 대단히 심오하면서도 무언가 신비로운 구석을 간직한 단어였다. 장자(莊子)의 깊은 눈빛이 천기라는 단어 속에 스며 있는 듯이 여겨졌다. 천지운행의 비밀을 간직한 천기를 보는 능력은 사회적으로 높이 평가되었고, 천기누설과 같은 단어에서도 알 수 있듯이 미래를 예견하는 능력으로까지 연결되곤 했다. 이런 사정 때문에 그 말은 국가의 중요한 기밀을 의미하는 단어이기도 했다.

문학, 특히 시는 정묘한 언어 사용법 때문에 천지의 비밀을 간직하고 있는 갈래로 인식되기 일쑤였다. 범박하게 말하면 언어의 주술성 때문에 어떤 말이든 그 나름의 신비한 능력을 가지는 것으로 취급되지만, 시의 경우는 세계에 대한 시인의 깨달음을 짧고 깊은 언어로 드러내는 것이므로 특별한 갈래로 여겨진 것이다. 그렇게 시는 천지의 비밀을 담고 사람들 사이로 스며들었으니, 천기라는 단어와 쉽게 어울릴 수 있었다.

중세사회에서 인간은 우주를 구성하는 존재라는 점에서 언제나 자연의 운행 속에 위치하고 있었고, 그것의 결정체로서 우주의 축소판으로 인식되었다. 인간의 성정에서 시가 나온다고 할 때 좋은 시를 쓸 수 있는 조건은 무엇이겠는가. 당연히 마음속에 스며 있는 천기를 드러내는 것이다. 작가의 성정, 우주운행의 법칙, 시의 원리 등이 자연스럽게 합쳐지면서 '시는 곧 천기'라는 선언이 등장한다. 조선의 양반 지식인들의 천기론은 그렇게 시작되었다.

그렇지만 17세기 말이 되면서 천기론은 새로운 국면을 맞이한다. 이전 시기의 천기 개념을 새롭게 재해석하면서 변방의 지식인들을 일깨우는 이론적 토대로 전환시키는 사람들이 나타났다. 배치에 따라 새로운 해석이 이루어졌고, 그것을 통해 새로운 문학 담당층이 만들어진 것이다. 그리고 새로운 문학 담당층이 일으킨, 성리학이 요구하는 인간 본성의 보편적 차원보다는 개인이 가지고 있는 차이를 소중하게 여기는 분위기가 조선 후기 문화의 중요한 흐름이 된다. 천기론이 바로 그 바탕이 되었음은 물론이다. 하늘로부터 부여받은 천기를 마음속에 잘 간직하고 지켜서 예술작품으로 구현하는 일, 그것이야말로 변방의 지식인들에게 자부심을 주었던 근원이기도 하다. 자기 마음을 돌아보며 천기의 신령스러움을 새삼 확인하는 일, 그것을 통해서 개인적 차이와 그것을 여러 형식으로 드러내는 일이 얼마나 소중한 것인가를 느끼는 일, 이런 것들이 천기론을 통해 조선 후기 문화의 다양성을 확보하려 애썼던 당시 지식인들의 튼실한 발판이었던 것이다.

개성과 격조 사이에서

난 치는 법은 또한 예서 쓰는 법과 가까워서, 반드시 문자향 서
권기가 있어야만 도달할 수 있다. 또 난 치는 법은 화법(畫法)처
럼 하는 것을 가장 꺼린다. 만약 화법이 있다면 붓을 아예 대지
않는 것이 좋다. 조희룡 같은 무리가 나에게 난 치는 법을 배우기
는 했으되 끝내 화법이라고 하는 하나의 길을 벗어나지 못했으
니, 이는 가슴속에 문자의 기운이 없기 때문이다.[20]

김정희(金正喜, 1786~1856)의 『완당집(阮堂集)』을 읽으면서 자주 만
나는 이름 중의 하나가 조희룡(趙熙龍, 1789~1866)이다. 그는 김정희
를 진심으로 따르고 존경했던, 그리하여 정치적 불이익까지도 감수
했던 제자였다. 그의 글씨나 그림은 스승 김정희의 그것을 빼다 박은
듯했으므로 어떤 사람은 스승을 모방하기만 한 사람이라고 취급하
기도 했다. 둘 사이의 관계는 몇편의 글만으로는 쉽게 짐작하기 어렵

다. 김정희는 자신을 따르는 제자 조희룡을 어떻게 생각했을까?

이 편지는 그 유명한 '문자향(文字香) 서권기(書卷氣)'의 중요함을 강조하는 김정희의 글이다. 아들 김상우(金商佑, 1817~84)에게 보내는 이 편지에서 김정희는 난(蘭) 치는 법과 예서(隷書) 쓰는 법의 상동성(相同性)을 지적하면서, 가장 중요한 요소는 문자향과 서권기라고 하였다. 눈여겨봐야 할 대목은 '조희룡 같은 무리'를 싸잡아서 비난하는 부분이다. 문자의 기운[文字氣]이 없다는 것이 비난의 이유다. 조희룡은 자신을 그렇게도 따르던 제자였고, 자신이 북청으로 귀양을 갈 때 그 사건에 연루되어 남쪽 임자도로 유배를 가야만 했던 제자였는데, 왜 김정희는 아들에게 보내는 편지에서 그를 언급한 것일까. 그것도 이 편지만을 놓고 볼 때 그리 달갑지만은 않은 내용으로 말이다. 그렇다면 김정희는 마음속으로 조희룡을 경멸하고 있었던 것일까? 그렇지는 않았을 것이다. 아무리 못난 제자라도 쉽게 폄시(貶視)를 하지 못할 터인데, 자신을 극진히 모시면서 따르는 제자를 무단히 비난했을 리는 없다. 다만 김정희의 마음에 무언가 불만스러운 점이 있었던 것만은 사실로 보인다. 앞의 글이 조희룡에 대한 김정희의 평가를 대표하는 것은 아니지만, 김정희 자신이 중시했던 요소를 명확히 파악할 수 있게 한다. 도대체 김정희의 저 발언은 무엇 때문에 나온 것일까?

내 마음에 맞는 시문

이미 언급한 바 있듯이, 조선 후기 들어서 우리 문학의 새로운 담당층으로 떠오른 계층 중에 중인층의 부상은 자못 놀라운 데가 있다. 하나의 계층이 중요한 문학 담당층으로 나서기 위해서는 그 바탕에 문화적 혹은 문학적 이론이 있어야 한다. 이론적 바탕이 없이 시대적 분위기에 편승해서 사람들의 시선을 끄는 문학 경향은 그저 스치는 바람에 불과하다. 그것이 사회 전반에 영향을 끼치고, 나아가 문화적 풍토에 새로운 지형도를 그릴 수 있기 위해서는 당연히 그것을 견인할 수 있는 이론이 필요하다.

조선 후기 중인들에게 천기론(天機論)이 중요한 의미를 지닌다는 점은 앞서 언급한 바 있다. 양반들에 비해 예속(禮俗)에서 자유로울 수 있었던 중인들은 바로 그 자유로움에 주목했다. '태어날 때부터 부여받은 자유로운 정신을 예속에 매이면서 서서히 잃어가는 양반들에 비하면, 중인들 자신은 비교적 온전히 그것을 보존하고 있는 게 아닌가. 맑고 순수한 성정을 진실되게 드러내는 것이야말로 시를 창작하는 과정에서 가장 중요하게 생각해야 하는 부분이라면, 양반들보다 자신들이 훨씬 유리한 고지에 서 있는 것이 아니겠는가.' 천기론은 바로 그것을 떠받치는 이론적 토대였다.

그런데 19세기로 접어들면 작가의 입장에서 성령론(性靈論)을 언급하는 사람들이 나타난다. '성령(性靈)'의 원래 뜻은 인간 본성의 영묘함을 일컫는 말이지만, 19세기 조선 문인들 사이에서는 시인의 진실하고 자연스러운 감정을 지칭한다.[21] 그것이 때때로 천기(天機)와 비슷한 함의를 지닌 단어로 사용되기는 하지만, 대체로 천기론이 생기론적(生機論的) 화해관에 바탕을 두고 작품 창작 과정에 초점을 맞춘 것이라면 성령론은 인간 본심에 대한 인성론적 이해를 바탕으로 작가에게 초점을 맞춘 것이라는 점에서 차이가 있다.[22] 어떻든 요점은 성령론이 인간의 가장 맑은 마음과 거기에서 우러나오는 순수한 감정을 중시한다는 것이다. 그것은 사람마다 다르니 개성을 의미하는 것이기도 하다.

지금도 예술가들 스스로 강점으로 내세우는 것 중의 하나가 바로 순수한 마음이 아니던가. 그 마음을 잃어버리는 순간 예술적 성취는 내리막길을 걷는다고 말한다. 돈에 휘둘리거나 명예욕에 빠져서 허우적거리는 작가들을 보면서 우리는 그가 예술적 경지의 정점에서 급전직하(急轉直下)하는 걸 조만간 보게 될 거라면서 우려를 표명하곤 한다. 예술가의 맑고 순수한 마음이 인간의 욕망에 묻혀 사라지는 순간 그의 작품 역시 별것 없어지리라는 것을 알고 있기 때문이다. 오랜 세월 동안 많은 예술가들이 증언한 사실이기도 하다.

순수한 마음을 잘 간직하고 있는 작가야말로 좋은 작품을 써낼 수 있는 가능성을 가지고 있으므로, 어떤 조건보다 유리한 고지를 선점하고 있는 셈이다. 이러한 생각들의 구도를 뒷받침해주는 것이 바로 성령론이다. 이 이론은 중국 양명좌파를 이어받은 공안파(公安派)와 원매(袁枚, 1716~98경)에게서 정제된다. 원매는 "『시경』부터 오늘날의 시에 이르기까지 전하고 있는 시작품은 모두 성령에서 나온 것이지 학식을 쌓아서 이룩하는 것과는 관련이 없다"[23]라고 말한 바 있다. 원매는 작가의 맑고 순수한 마음과 감정이 작품으로 표현되는 것이 중요하다는 점을 내세운다. 책을 읽고 열심히 공부해서 전고(典故)나 용사(用事)를 잘 활용해서 시를 짓는 것은 좋은 작품이 될 수 없다는 말이다. 바로 그런 점에서 우리는 성령론이 지향하는 바를 짐작할 수 있다.

중국의 성령론에 적극적으로 반응했던 사람들은 김정희와 그의 주변 인물들이었다. 그들은 인간의 감정과 재능을 자연스럽게 발휘하면 된다는 논지에 열광했을 것이다. 비록 실패하기는 했지만 철종 시기 서얼통청운동 역시 이러한 분위기에 힘입은 점이 있다. 그들의 성령론이 모두 같은 층위와 의미를 지니는 것은 아니었지만, 전체적으로 같은 노선을 걷고 있었던 것은 사실이다. 그중에서도 특히 최성환(崔瑆煥, 1813~91)의 논의는 우리의 눈길을 끈다.

최성환의 호는 어시재(於是齋), 자는 성옥(星玉)으로 충주인(忠州人)이다. 훗날 무과에 급제하여 한동안 무관직에 근무하기도 했지만, 그의 신분은 원래 중인이었다.[24] 여러 책을 짓거나 편찬했지만, 그중에서도 『성령집(性靈集)』편찬은 문학에 대한 그의 생각을 잘 보여주는 작업이다.

옛사람의 성(性)이 곧 나의 성이요, 옛사람의 성이 좋아하는 것이 곧 나의 성이 좋아하는 것이다. 옛사람의 성으로 옛사람이 좋아하는 것을 말하는 것이 다만 이와 같은 것에 지나지 아니하고, 나의 성으로 내가 좋아하는 것을 말하는 것 또한 이와 같은 것에 지나지 않을 뿐이라면, 옛사람이 말한 것이 곧 나의 말인 것이다. 어찌 나의 입에서 나오지 않았다고 해서 나의 마음이 아니라고 할 수 있겠는가? 그렇다면 나의 마음에 맞는 것은 진실로 나의 말이요, 나의 마음에 맞지 않는 것은 나의 말이 아니다. 맞는 말을 취하여 나의 말로 삼는다면, 그 말이 문장으로 표현된 것 또한 나의 문장이다. 누가 그렇지 않다고 말하겠는가? 이것이 내가 『성령집』을 편찬한 까닭이다.[25]

『성령집』은 최성환이 편찬한 중국 시선집이다. 조선의 지식인들 가운데 중국 시선집을 편찬한 사람이 여럿 있지만, 현재 전하고 있는 선집들 중에서 이 책의 방대한 분량은 단연 최고다. 한(漢)·위대(魏代)부터 청대(淸代)에 이르기까지 역대 시인들의 대표작들을 뽑아서 39권 20책 분량으로 편찬하였다. 인용한 글은 『성령집』을 편찬하기 위한 하나의 기준인 셈이다. 그 내용을 정리하면 '옛사람이나 지금 사람이나 좋아하는 것이 같다면 옛사람이 말한 것이 곧 지금 사람이 말한 것과 같다. 그러니 다른 사람의 작품을 평가하면서 여러 사람의 비평 기준을 따를 것이 아니라 자기 마음이 움직이는 것을 따르면 된다. 남들이 나쁜 작품이라고 말하더라도 자기만 좋다면 그것은 좋은 작품이다'라는 것이다. 왜 그런가? 인간의 본성은 원래부터 영묘한 것인데, 그것이 표출되는 방식이나 발동하는 순간은 사람마다 다르기 때문이다. 최성환에 따르면 남의 기준이 중요한 게 아니라 자신의 기준에 의해서 판단하고 즐기면 된다. 그럴 때 '성령(性靈)'이란 인간의 순수한 성정(性情)을 의미하게 된다.

최성환의 입장에 설 때 옛사람들의 작품이나 여러 고사에서 빌려 온 구절들은 작품을 창작하거나 감상할 때 결코 도움이 되지 않는다.

자기 마음이 움직이는 것을 진실되게 표현하는 것이 중요하므로 자연히 용사(用事)를 이용하거나 창작 모델을 상정하는 태도는 버려야 한다. 설령 당시(唐詩)가 한시의 최고봉에 도달했다고 평가할지라도 "시를 지을 때는 반드시 성당시를 모범으로 삼으라〔詩必盛唐〕"라고 한다면 비판의 대상이 된다. 자기 마음에 맞는 시를 찾는 일이 무엇보다 중요하기 때문이다. 성령론에 입각한 시로 장지완(張之琬, 1806경~미상)의 「남전도중기견(南甸途中記見)」을 살펴보자.

푸른 숲으로 닭과 개 우짖는 소리,　　　　山木蒼蒼鷄犬吠
비끼는 햇살에 지팡이 세우고　　　　　　拄筇斜日問前程
갈 길 묻는다.
마을 소녀는 너무도 부끄러워　　　　　　村中少女太羞澀
붉은 치마로 반쯤 가린 채　　　　　　　　半掩紅裙背面行
등 돌리고 가는구나.

해가 뉘엿뉘엿 기우는 시간, 숲은 푸르러 울울창창하다. 마침 숲 저편에서 개, 닭이 우짖는 소리가 들린다. 마을이다. 가야 할 길을 물었지만, 마을 소녀는 너무도 부끄러워하며 대답도 없이 등을 보이며 달아난다. 여행을 하다보면 쉽게 마주칠 만한 순간이지만, 소녀의 모습에서 슬며시 미소를 짓게 하는 따스한 광경이 드러난다. 특별히 고사를 사용하지도 않았고, 옛사람의 시구나 단어를 쓰지도 않았다. 그저 조선의 산골마을에서 경험한 일을 담담하게 진술할 뿐이다. 이것이야말로 성령의 발동이며 마음에 딱 맞는 순간이다.

자기 마음의 움직임을 숨김없이 드러내고, 그것을 통해 감흥의 자발성을 강조하는 것, 그것이야말로 좋은 시를 쓰는 지름길이다. 거창하게 우주와의 합일을 통해서 성정의 올바름을 추구하지 않더라도, 작은 일에서 삶의 다양한 감정을 느끼는 것이 바로 시인이 지향해야 할, 혹은 시의 독자들이 향해야 할 지점이 아니겠는가.

격조 넘치는 개성

성령론의 입장을 충분히 이해하면서도 한편으로는 도대체 어떤 작품이라야 성령론의 기준에 맞는 것인가 하는 의문이 들기도 한다. 마음에 떠오르는 생각과 감정이면 무엇이든 밖으로 표출하면 되고, 그렇게 창작된 작품은 누가 뭐라든 좋은 작품이라는 것인가? 극단적으로 말하면, 마음에서 떠오르는 것을 마구 표현해낸다면, 어린아이가 쓴 글이라 해서 못 썼다고 평가할 수 있는 근거는 어디에도 없다. 누가 쓰든 표현되었다는 것만으로도 인정해야 한다고 말할 수도 있을 것이다.

성령(性靈)을 드러내는 것은 창작의 출발점이지만, 그것만으로는 좋은 작품으로 나아갈 수 없다는 점은 분명하다. 사실 마음에 떠오르는 감정을 누구나 느낄 수 있지만, 그것을 글로 써내는 일은 누구나 할 수 없다. 심지어 일기를 쓸 때도 자신의 생각을 솔직하게 드러내기 어려운데, 시문으로 써내는 것이야 말할 나위도 없는 것 아니겠는가. 정지윤(鄭芝潤, 1808~58)이 말한바 "가장 영롱한 곳에 성령이 존재하는 것, 깊은 공력을 들이지 않으면 쉽게 말하지 못한다"[26]라는 발언은 그런 점을 염두에 둔 것이리라.

김정희의 고심은 바로 여기에 있었던 것으로 보인다. 자유로움을 빙자해서 무엇이든 쏟아내는 것을 인정한다는 것은 뭔가 찜찜하지 않았을까. 그가 '문자향 서권기'를 이야기하게 된 계기도 여기에서 찾아야 할 것이다.

구양수가 시를 논하면서 '곤궁해져야 시가 좋아진다'라고 했다. 그러나 이는 단지 빈천함에서 오는 곤궁함만을 말하는 것이다. 부귀하다가 곤궁하게 된 연후에야 그 곤궁함을 곤궁하다고 말할 수 있겠으며, 곤궁하여 시가 좋은 사람은 또한 빈천으로 곤궁하여 시가 좋은 경우와는 다르다고 하겠다. 빈천함에서 오는 곤궁함으로 시가 좋아진 것은 그다지 이상할 것이 없으며, 또한 부귀로운 사람이라고 해서 어찌 시를 잘 쓰는 사람이 없겠는가. 부귀하면서 시를 잘 쓰는 사람도 또한 곤궁하게 된 뒤에 더욱 그 시가 좋아지는 것이니, 빈천함에서 오는 곤궁함으로는 도달할 수 없는 바가 있다. 아! 이것이 동남(東南)의 이시(二詩)가 좋아진 까닭이다. 그러나 성령과 격조가 구비된 연후라야 시도(詩道)가 마침내 좋아지는 것이다. 그렇지만 『대역(大易)』에 이르기를, "나아감과 물러남, 얻음과 잃음에 있어 그 올바름(正)을 잃지 않는다"라고 했다. 무릇 그 올바름을 잃지 않는다는 것을 시도(詩道)로 말하자면 반드시 격조로써 성령을 잘 다듬어서 넘쳐흐름과 기괴함을 면한 뒤라야 시도가 좋아질 뿐 아니라 그 올바름을 잃지 않

게 된다는 뜻이다. 하물며 나아감과 물러남, 얻음과 잃음의 즈음에 있어서랴.[27)]

김정희는 평생의 지기였던 권돈인(權敦仁, 1783~1859)의 시에 붙이는 글에서 성령과 함께 격조를 언급하고 있다. 격조란 오랜 공부와 사유 끝에 획득되는 것이므로, 한순간의 번뜩임과 같은 깨달음과는 다른 차원의 문제다. 부귀하게 지내던 사람이 정치적으로 혹은 사회적으로 곤궁한 처지로 떨어지고, 그런 환경에서 깊은 고민과 사유를 곰삭여서 좋은 기틀을 만들어낼 수 있다는 것이 이 글의 전제다. 흔히 '궁이후공론(窮而後工論)'이라고 하는 시론이다. 이것은 성령이 가지고 있는 가벼움, 어떤 사람의 눈으로 보면 경박함으로까지 비쳐질 수도 있는 그 점을 염두에 둔 발언이다. 개인의 감정과 재주를 통해서 사물을 보고 표현하는 것은 대단히 중요하지만, 그것이 적절한 선에서 제어되지 않으면 도에 넘쳐버리거나 기괴한 것만을 표현할 뿐 그밖의 어떤 것도 담을 수 없다는 점을 주목하고 있다.

그것은 단순히 재주와 감성만으로 자신의 경지를 개척하지 않았던 김정희 자신의 이력과도 관련이 있다. 그는 권돈인에게 보낸 편지에서, "제 글씨는 비록 말할 것은 못 되지만, 70년 동안 10개의 벼루를 갈아 바닥이 뚫어지게 만들었으며 1천여 자루의 붓을 닳게 만들었습니다"[28)]라고 말한 바 있다. 그만큼 엄청난 노력을 했던 결과로 그의 글씨가 탄생했다는 점을 생각하면, 단순히 번뜩이는 재지(才智)와 성령만으로 새로운 경지에 도달한다는 것을 쉽게 이해하지 못했을 것이다.

그렇다면 조희룡은 그런 점을 고려하지 않았던 것일까? 그의 글에 다음과 같은 구절이 있다.

> 어떤 이가 시를 짓는 빠른 방법을 물었다. "책을 많이 읽을 뿐만 아니라 구름이 가고 비가 모이고 새가 홰치고 벌레가 우는 것이 하나라도 마음에 관섭되지 아니함이 없다. 가나 머무나 앉으나 누우나 일찍이 잠시라도 이를 잊지 아니하면 이로부터 생각의 길이 훤하게 트이게 된다."[29]

책만 읽어서는 안 된다는 말을 하고 있기는 하지만, 조희룡이 책을 읽고 사물을 정묘하게 관찰할 것을 동시에 언급하고 있다는 사실에 주목하자. 어떤 것이든 한쪽으로 치우치는 순간 그 뒷부분에 드리운 그림자를 보지 못하는 법 아니던가.

섬세한 관찰, 움직이는 성령

작은 사물이라도 자세하게 관찰한 후 그것을 통해 자신의 마음속에서 움직이는 성령을 끌어내자는 것은 김정희와 그의 주변 인물들에게는 공통의 생각이었다. 조희룡의 「홍매」를 꼼꼼히 살펴보면, 정말 매화의 세세한 부분이 표현되어 있을 뿐만 아니라 각각의 점들이 모여서 화려하면서도 몽환적인 분위기를 만들어내고 있다. 이것이 어찌 성령의 움직임을 포착하는 것만으로 도달한 것이겠는가. 당연히 수많은 화첩을 보고 책을 읽고 연습을 해서 이룩한 결과일 것이다.

김정희는 자신이 쓴 편지 한 구절 때문에 어쩌면 조희룡에게 두고 두고 미안해했을지도 모를 일이다. 의도와는 달리 조희룡은 '문자향 서권기'를 도통 모르는 사람으로 알려졌기 때문이다. 그러나 조희룡의 문집을 읽어보면 그가 단순히 기예만을 추구한 사람은 아니었다는 사실을 쉽게 알 수 있다. 그의 공부는 참으로 방대하고, 그의 예술적 경지에 대한 열망은 글 곳곳에 스며 있다.

그렇지만 작은 사물에서 자신의 성령이 움직이는 것을 포착하고, 그것을 격조 있는 시문으로 표현하는 일은 굳이 성령론을 들지 않더라도 글 쓰는 사람이라면 누구나 바라는 것이 아닐는지. 김정희의 시 「소나기〔驟雨〕」를 읽으면서 성령론의 다양한 맥락을 생각해본다.

나무마다 더운 바람에　　　　　　　樹樹薰風葉欲齊
잎사귀는 가지런하려는 듯
때마침 봉우리 서쪽에서　　　　　　正濃黑雨數峰西
검은 비 몰려온다.
쑥보다 푸른 작은 개구리 한마리　　小蛙一種青於艾
파초 가지 끝으로 뛰어올라　　　　跳上蕉梢效鵲啼
까치처럼 우는구나.

제2부

대필작가부터 표절시비까지,

명문장은 어떻게 만들어지는가

좋은 글을 탐하다

아름다운 절에 염불소리 그치자	琳宮梵語罷
하늘빛 맑기가 유리 같아라.	天色淨琉璃

우연히 발견한 시 한 구절에 김부식(金富軾, 1075~1151)의 눈이 번쩍 뜨였다. 유리처럼 빛나는 저 글자들의 이미지는 범상한 솜씨가 아니었다. 누구의 시인가 봤더니, 과연 정지상의 것이었다. 평양 출신의 신진관료인 정지상은 선명한 색채 이미지의 활용과 절묘한 운율 사용으로 사람들의 이목을 끌고 있었다. 이 구절에서도 그 진가를 확인할 수 있었다. 깊은 숲속 절에서 울려퍼지는 염불소리는 온 숲을 신성한 공간으로 만드는 힘이 있다. 숲의 모든 생명들이 그 소리에 집중해 있는데, 어느 순간 소리가 그치면서 천지는 정적으로 빠져든다. 소리가 사라진 자리에는 우주의 원초적인 고요로 가득하다. 순간 눈 가득 들어오는 하늘빛이 어쩌면 저리도 맑은지, 유리의 그 빛나고 투

명한 이미지를 연상시킨다. 과연 정지상의 솜씨였다.

순간 김부식은 이 구절을 자신의 것으로 만들고 싶어졌다. 자신은 이미 고려 최고의 자리에 오른 사람이지만 정지상은 관직에 진출한 지 얼마 되지 않은 신인이었다. 그렇더라도 정지상의 시명(詩名)은 고려 지식인 사회에 널리 알려진 터가 아닌가. 김부식은 잠시 망설였지만, 그 망설임의 순간보다는 시구절에 대한 욕심이 너무도 강했다. 문장에는 누구보다 자신 있던 그였지만, 시 창작에 있어서만은 언제나 부족한 듯했다. 사실 이전부터 관료사회의 관행이 되다시피 한 문장들, 즉 형식적인 수사와 내용 없는 화려함을 주로 하는 기존의 문장 폐단을 비판하면서 고려사회의 문장 쓰기에 새로운 활로를 개척한 것은 김부식 자신의 공이었다. 쉬우면서도 간결하고 명쾌한 정통 고문(古文)을 쓰자는 것이 그의 주장이었고, 그런 점에서 김부식은 문장에서 상당한 성취가 있었다고 자부하는 처지였다. 그렇지만 시를 짓는 데에는 무언가 아쉬운 점을 느끼고 있었다. 특히 정지상처럼 신선하고 명징한 어휘를 사용하는 사람들의 작품을 만날 때마다 그런 아쉬움은 깊어갔다.

결국 김부식은 이 시구절을 달라고 정지상에게 부탁했다. 당연히 정지상은 거절했다. 김부식이 고려사회 권력의 핵심에 있는 사람인 것은 분명하지만, 정지상은 시인으로서의 자존심을 꺾고 싶지 않았을 것이다. 거절하는 것은 당연한 순서였다. 김부식으로서는 그의 거절에 어쩔 도리가 없었다. 부끄럽고 황망하지만, 정지상이 거절을 하니 어쩔 것인가. 좋은 시구절에 감동하여 자기 것으로 만들고 싶은 욕망이야 굴뚝같았지만, 그 마음을 접을 수밖에 없었다.

이 일 때문에 입었던 상처를 고스란히 가슴에 담아두었던 김부식은, 훗날 묘청(妙淸, 미상~1135)의 난이 일어났을 때 정지상을 그 사건에 연루시켜 처형하였다고 한다. 실제로 김부식이 그 일 때문에 원혐(怨嫌)을 품고 있었는지는 확실치 않지만, 김부식이 묘청의 난을 진압하기 위해 출정하기 전날 밤 정지상을 먼저 처형해버린 것은 역사서에 기록으로 남아 있다. 게다가 정지상과의 일화는『고려사(高麗史)』에도 실려 전하고 있으며, 조선 중기 홍만종이 편찬한『시화총림(詩話叢林)』에 포함된 이규보의『백운소설』에도 전한다. 그러고 보면 김부식과 정지상 사이의 일화는 고려 후기 이래 이 땅의 지식인들 사이에서 널리 전하고 있었던 모양이다.

정지상의 처형이 과거의 시구절 때문인지는 확실하지 않다. 그러나 후세 사람들은 재능 있는 젊은 시인이 권력자이자 큰 문장가인 김부식의 손에 죽었다는 사실을 안타까워하고 있었던 것 같다. 그렇기에 사람들은 정지상을 김부식에 의해 부당하게 희생당한 사람으로 만들었다. 훗날의 설화에 등장하는 정지상은 자존심 강하면서도 재기 발랄한 시인이며, 김부식은 좋은 시구절을 얻기 위해서는 무엇이든 저지르는 권력자다. 선명한 대비 속에서 정지상의 비극적인 죽음은 오랫동안 지식인들의 안타까움을 받았다. 김부식은 자신의 욕망 때문에 천고에 오명을 남긴 셈이 되었다. 그렇지만 그의 심정을 전혀 이해 못 할 것은 아니다. 좋은 시구절을 만나면 감탄하게 되고, 자신의 재능을 한탄하게 된다. 좋은 시구절을 쓴 사람을 부러워하기도 하지만 다른 한편 질투하기도 한다. 표절하고 싶은 유혹이 불끈 솟아오르는 것도 바로 이 지점이다. 김부식의 문학적 질투심이 정지상의 죽음을 불러온 것은 아닐까 싶다. 그렇게 보면 시인의 질투는 자신의 문학적 역량을 채찍질해서 성장하게 하는 동력이기도 하지만, 터무니없는 짓을 저지르게 하는 계기를 마련하기도 한다.

옛것으로 새로운 길을 열다

좋은 시구절에 대한 욕심 때문에 시인의 질투가 발생하였다면, 그 욕심을 공식적으로 표명하면서도 칭송을 받는 방법이 있다. 남의 글귀를 따서 자기 것처럼 사용하면 표절로 비난을 받지만, 옛사람들의 글귀나 행적 등을 빌려와서 자기 방식대로 활용하여 자신의 생각을 표현한다면 이는 권장할 만한 일이다. 이것을 바로 '용사(用事)'라고 한다.

한시를 짓는 일은 여러가지 규칙을 익혀야만 가능하다. 압운(押韻)도 해야 하고 평측(平仄)도 맞추어야 한다. 대구(對句)도 정교하게 사용해야 하고 시상의 전개도 주도면밀하게 계산해야 한다. 게다가 이같은 규칙은 다섯 글자 혹은 일곱 글자로 구성된 시행 안에서 모두 이루어진다. 한시에 조금이라도 관심이 있다면 이러한 규칙은 거의 상식에 속한다. 이밖에도 많은 규칙이 암묵적으로 존재하지만, 알려진 것만 지키자 해도 어려운 일이다. 그런데 중세 지식인으로서 세상에 나아가기 위해서는 이 능력을 갖추는 것은 필수적이다. 과거시험을 보면 가장 먼저 요구되는 것이 시를 잘 짓는 능력이다. 딱히 과거시험이 아니더라도 사회적으로 지식인들의 사교공간에서 역시 시를 짓는 능력은 필수적이다. 어렵다고 해서 버려둘 일이 아니다.

그런데 문제는 한자가 가진 근원적인 한계에 있다. 알려진 것처럼 한자는 문장의 어느 위치에 놓이느냐에 따라 명사도 되고 동사도 되고 형용사도 되며 부사도 된다. 한시에는 글자 수도 정해져 있다. 정해진 한자를 가지고 정해진 형식에 맞추어야 한다. 정해진 규칙을 통해서 인간의 무한한 상상력과 사유를 담으려 하니, 애초에 어려운 일이 아닐 수 없다. 좋은 구절은 이미 옛날의 위대한 문장가들이 썼으니, 후세 사람들은 그들의 문장을 열심히 익혀서 이용하기만 하면 된다는 이야기가 바로 이런 맥락에서 나온 것이다.

천하에 새로운 것이 어디 있겠느냐는 말도 있지만, 용사론자(用事論者)들에게 이 말은 자신들의 입장을 튼실하게 받쳐주는 경구다. 물론 모든 용사론자들이 과거의 것에 얽매여 있다는 말은 아니다. 그들 역시 새로운 것을 표현하기 위해 분투한다. 그러나 생각을 표현하는 데 있어서 과거의 것을 적절하게 이용한다는 점에 그들의 특성이 나타난다.

용사란 옛이야기(故事)를 인용하여 자신의 생각을 표현하는 작시 방법을 말한다. 한시를 지을 때 용사를 중시하는 사람들은 각 구절마다 용사를 한 전거가 없다면 좋은 작품이 아니라고 할 정도로 용사를 시를 품평하는 중요한 기준으로 삼았다. 옛이야기를 인용하는 것이라고는 하지만, 용사를 제대로 쓰는 것은 그리 쉽지만은 않다. 우선 많은 책을 읽어야 가능하다. 흉중에 만권서가 들어 있어야 필요한 부분을 적재적소에 활용할 수 있다.

다산(茶山) 정약용(丁若鏞, 1762~1836)이 아들에게 쓴 편지에는 다음과 같은 구절이 있다.

> 전혀 용사를 하지 않고 바람과 달을 읊조리거나 바둑과 술 이
> 야기를 한다면 진실로 압운을 하는 것에 능숙한 사람이라 하더
> 라도 이는 궁벽한 시골훈장의 시작품이다. 이후로 시를 짓는 것
> 은 모름지기 용사를 위주로 해야 할 것이다.[1]

정약용은 이 편지의 앞부분에서 두보와 한유(韓愈, 768~824), 소식(蘇軾, 1036경~1101) 등이 뛰어난 문인으로 우뚝 선 이유를 용사에서 찾았다. 그들은 용사를 하였지만 흔적이 없었기 때문에 한참을 살펴보아야 비로소 어떤 것을 인용하여 자신의 글에 활용했는지 알 수 있다고 지적한다. 이어서 용사를 하지 않은 시는 좋은 작품이 되기 어렵다는 취지의 말을 한다.

문제는 과거 사적이나 인물들의 행적, 언행을 인용한다 해도 흔적을 전혀 남기지 말아야 한다는 점이다. 작품에서 노골적으로 인용 부분이 드러난다면 이는 좋은 작품이 되지도 못할뿐더러 용사의 목표에도 어긋난다. 옛것을 인용하는 목적은 당연히 자기 생각을 효율적으로 표현할 뿐 아니라 독창적으로 드러내려는 것에 있다. 긴 이야기를 한두 글자 혹은 구절에 담아서 표현하기 때문에, 작자 입장에서는 표현의 효율성을 기약할 수 있고 독자 입장에서는 짧은 시행 속에서 깊고 무한한 의미를 유추할 수 있다.

작품의 맥락으로 봐서 시상의 전개가 순조롭지 않은데 억지로 인용하는 것, 이것을 이규보는 '강기종인체(强己從人體)'라고 부른 바

있다. 자기 생각을 강요함으로써 다른 사람을 따라오도록 만드는 시체(詩體)라는 것이다. 다른 글이나 이야기를 인용하더라도 독자들이 쉽게 알아차리지 못하도록 만드는 것이 중요하다는 지적이다.

시 한편에 숨은 뜻

18세기 재야학자 중에 이광려(李匡呂, 1720~83)라는 사람이 있다. 조엄(趙曮, 1719~77)이 고구마를 들여왔을 때 실제로 재배하여 성공한 사람이기도 하다. 강준흠(姜浚欽, 1768~1833경)의 『삼명시화(三溟詩話)』에 의하면, 이광려는 기상이 원대하고 도를 닦은 수준이 매우 높았다고 한다. 여름에 외출을 하게 되면, 발에 미투리를 신고 손에 나막신을 들고 가다가 진창길을 만나면 나막신으로 바꿔 신었다고 한다. 『삼명시화』에 실린 이광려의 작품을 보자.

서쪽나라 성인을 나는 아직 못 봤지만	西土聖人吾未見
주처와 하육을 인연대로 따르리라.	周妻何肉且隨緣
선이든 악이든 마음에 두지 않으리니	不敎善惡留方寸
발 닿는 곳 따라가면 이게 바로 선.	着處提斯便是禪

이 작품에서 이광려는 자신의 마음상태를 표현하고 있다. 불교가 말하는 마음자리나 그 운용이 무엇인지 알지는 못하겠지만, 마음속에 선도 악도 모두 머무르지 않도록 만드는 순간 불교가 말하는 '선

(禪)'의 경계에 도달하는 것이 아니겠는가 하는 것이 주된 내용이다. 전체적인 의미는 그리 어렵지 않지만, 작품에 나오는 '주처하육(周妻何肉)'이 무엇인지 도대체 알 수가 없다. 조선 중기 문인인 허균의 작품에도 등장하는 '주처하육'은 『남제서(南齊書)』「주옹전(周顒傳)」에 나오는 일화를 인용한 구절이다.

주옹은 청빈한 삶에 욕심도 없어서 오직 나물만을 먹었으며, 처자식이 있었지만 산에 있는 절에서 지냈다. 당시 하윤(何胤)이라는 사람 역시 불도에 열심히 정진하였는데, 그는 아내가 없었다. 당시 태자가 주옹에게, "그대가 정진하는 것을 하윤과 비교하면 어떠한가?" 하고 물었다. 그러자 주옹은, "삼도(三塗)와 팔난(八難)은 누구나 면할 수 없는 것입니다만, 저마다 특별히 더 얽매이는 것이 있는 법입니다" 하고 대답하였다. 여기서 얽매임이란, 주옹의 처자식과 하윤의 육식이었던 것이다. 즉 두 사람 모두 수행에 열심히 임했지만, 주옹은 채식을 하는 대신에 처자식을 과감히 버리고 출가하지 못했고 하윤은 처자식이 없는 대신에 고기 먹는 생활을 버리지 못했다는 것이다. 이 고사 때문에 '주처하육'이라는 구절은 인간에게 피하기 어려운 기본적인 욕망을 의미하는 뜻으로 사용된다. 이광려는 바로 이 점에 착안하여 자기 작품을 쓸 때 이용한 것이다.

이 고사를 전제로 하면 이광려 작품의 첫 구절의 의미가 좀더 명확하게 드러난다. 서쪽나라 성인이란 바로 부처를 말한다. 부처가 어떤 가르침을 주었는지는 모르겠지만, 이광려 자신은 오직 마음이 움직이는 바를 따라 살아가겠노라는 의지를 표명하였다. 처자식을 거느리는 것은 색욕의 계율을 범하는 것이고, 고기를 먹는 것은 육식과 살생의 계율을 범하는 것이다. 그러나 계율에 얽매여서 형식적인 수행을 하는 것보다는 마음의 움직임을 따라 삶을 주체적으로 끌고 간다면 그것이 바로 선불교가 말하는 종지(宗旨)가 아니겠느냐고 말한다.

어떤가. 긴 이야기를 불과 네 글자로 된 구절 안에 넣어서 표현하였다. 정말 효율적이지 않은가. 다만 작자가 사용하는 용사의 내용을 독자들이 충분히 알아차려야만 용사의 효과를 볼 수 있다. 앞서 말한 것처럼 방대한 양의 독서를 전제로 하지 않는다면 결코 소통될 수 없는 창작 방법이다. 그 이면에는 당연히 중세 지식인들의 폐쇄성을 일정하게 깔고 있다. 책을 마음 놓고 접하기 어려운 일반인들에게 '용사'는 사용하기도 어렵고 독해하기도 어렵다. 어떤 사람들은 어려운 용사를 즐겨 사용하는 것으로 정평이 나기도 했다. 그렇지만 당시의 지식인들이라면 당연히 읽었을 법한 책을 중심으로 이루어지는 용사야말로 시작품에 재미와 긴장을 주는 것이었으리라. 바로 그런 점에서 옛것을 이용하여 자기 사유의 새로운 경지를 보여주는 중요한 창작 방법으로 용사를 꼽는 것이 그리 과도한 평가는 아닐 것이다.

표절과 창조, 그 미묘한 차이

　'그림자 작가'라는 표현이 있다. 관련 업계의 정확한 용어로는 무엇이라 부르는지 모르지만, 실제 작가와 표면적인 작가가 다를 경우 겉으로 드러나지 않는 작가를 그림자 작가라 부를 수 있겠다. 동서고금을 막론하고 그림자 작가의 존재는 때로 중요한 역할을 해왔다. 대부분은 공식적인 자리에서 소용되는 글을 쓸 때 이들의 존재가 빛을 발하는 것이지만, 그렇지 않은 경우도 상당수 찾을 수 있다.

　고위급 인사들이 여기저기 불려 다니면서 연설을 해야 하는 경우 이들의 원고는 그림자 작가들에 의해 작성된다. '스피치라이터(speech-writer)'라는 이름으로 불리는 이들은 일종의 그림자 작가들이다. 자서전을 대필해주는 사람이나, 방송작가들의 경우도 그림자 작가군에 포함시킬 만하다. 심지어 유력자의 시집을 대필해주는 사람도 있다고 하니, 그림자 작가들의 활동영역은 참으로 넓다.

　'그림자'라는 말을 붙이기는 하지만, 그 말의 이면에 숨겨진 의미는 다채로운 스펙트럼을 형성하고 있다. 내용에 대한 기본적인 틀뿐만 아니라 세세한 내용까지도 지시한 뒤에 문장을 쓰도록 하는 경우부터 애초에 어떤 성격의 모임이라는 것 정도만 이야기한 뒤에 글을 쓰도록 하는 경우까지 혹은 대필작가에서 스피치라이터까지, 천차만별이다. 그렇다면 그림자 작가가 개입할 수 있는 범위는 어디까지일까 궁금해진다. 냉정하게 말하면 어떤 경우든 다른 사람의 글을 자신의 글이라고 내세우는 것이니 모두 표절에 해당한다.

각 기관장들의 경우 공식적인 자리에서의 연설은 곤혹스러운 경우가 많다. 글솜씨에 아무리 자신이 있더라도 모임이 많을수록 그 부담은 배가(倍加)된다. 모임에서 모양새는 갖추어야겠고 그럴 만한 능력이나 시간은 부족하다면, 그림자 작가의 필요성을 절감하고 활용하는 데까지 이른다. 우리는 이런 사정을 어느정도 감안하여 표절의 범주에서 거론하지 않음으로써 그들의 죄책감을 덜어준다. 그것을 일종의 관습적 행위로 간주하는 것인데, 이 분위기가 사회적으로 만연하게 되면 표절에 대한 경각심은 현저히 떨어지고 표절에 대한 윤리적 의식 역시 모호하게 된다. 물론 이러한 관행을 표절의 기준 설정과 관련하여 어떻게 무리 없이 해결할 것인가 하는 문제는 사회적으로 논란거리다. 시대의 변화와 함께 그것은 꾸준히 제기될 문제고, 그때마다 공개적이고 치열한 토론을 통해서 시대와 사회에 걸맞은 표절의 범주를 만들어가야 할 것이다. 그런 점에서 보면 표절의 범주는 절대적으로 정해져 있다기보다는 처한 상황에 따라 달라지는 것으로 보인다.

그러나 이따금씩 기관장의 연설문이 책으로 출간되는 경우에는 표절의 경계에 대한 고민을 쉽게 떨치기 힘들다. 연설문은 현장에서 한번 읽힌 뒤 잊히는 경우가 태반이어서 작가가 누구인지 큰 문제가 되지 않지만 책으로 출간된 후에는 실제 글을 쓴 사람은 사라지고 표면적인 저자만 남게 된다는 생각 때문이다. 연설문 속에 든 생각이 연설자 자신의 철학이니 그까짓 문장 몇줄 다듬은 것을 가지고 표절 운운하는 문제 제기에 불편해할 사람이 꽤 있을 것이다. 그러나 분명히 하자. 그게 정말 사회적 관습에 불과한 것인가. 자신의 이름을 앞세워 책으로 낼 만큼 떳떳한 일인가. 그런 것들을 고민하는 사회가 오히려 정상적이고 건강한 사회가 아닌가.

관행으로서의 '대작'

최치원(崔致遠, 857~미상)은 당(唐)에 건너가 빈공과(賓貢科)에 급제했지만, 상당 기간 벼슬자리를 얻지 못했다. 과거에 급제하는 것 자체가 관직으로 나아가는 것을 보장하지만은 않았던 탓에, 그는 자신을 천거해줄 사람을 찾아서 한동안 고민했을 것이다. 그가 고병(高騈, 미상~887)의 막하(幕下)에서 참모 격으로 일을 하게 된 것도 그런 과정에서 있었던 일이다. 고병이 우리 문학사에서 비교적 이름을 널리 알리게 된 것은 최치원과의 관계 때문이다. 그는 9세기 후반에 일어난 황소(黃巢)의 난을 진압하였는데, 군사를 이끌고 난을 정벌하는 과정에서 최치원을 자신의 막하에서 일하도록 배려하였다. 고병은 황소의 난을 토벌하러 출전하면서 격문(檄文)을 발표한다. 그 유명한

「토황소격문(討黃巢檄文)」이 바로 그것이다. 문제는 이 글이 고병의 것이 아니라 최치원이 지은 글이라는 점이다.

특히 이 글을 황소가 읽어내려가다가 "천하 사람들이 모두 너를 도륙할 것을 생각하고 있을 뿐만 아니라 땅속 귀신들도 이미 몰래 너를 죽이려고 의논을 하였다〔不唯天下之人皆思顯戮, 仰亦地中之鬼已議陰誅〕"라는 부분에서 자신도 모르게 앉아 있던 상(床)에서 굴러떨어졌다는 일화는 유명하다. 이것이 최치원의 문명을 널리 떨치게 만든 사건이다. 「토황소격문」은 전체적으로 준열한 꾸짖음과 적장에 대한 회유 등이 적절하게 조화를 이루면서 격문의 형식을 충실히 따르는 글이다. 사륙병려체(四六騈麗體)의 기본을 잘 지키면서 대구와 전고를 섞어서 쓴 글인데, 최치원의 빼어난 글솜씨를 살펴보기에 적절하다.

요즘으로 치면 기관장이 어떤 사안에 대해 자신의 입장을 천명하는 내용의 성명서를 발표하는 과정에서 그 글을 그림자 작가라 할 만한 누군가가 대신 써준 것과 비슷한 상황이다. 그러나 요즘의 기관장들이 그림자 작가의 글을 자기 이름으로 출판하는 행태와는 달리, 「토황소격문」은 최치원의 문집인 『계원필경(桂苑筆耕)』에 수록되어 있다. 즉 최치원이라는 작가를 그림자로 남겨둔 것이 아니라 분명히 드러냈다는 점이다. 물론 이 문집이 최치원의 편집이라는 점, 당에서의 활약상을 신라의 임금에게 분명히 보여주기 위해 편찬되었다는 점, 국가의 공식적인 글을 작성하는 능력을 보여주기 위함이라는 점 등 암묵적 의도를 감안한다 해도, 최치원이라는 작가를 분명히 노출시켰다는 점은 중요하다.

물론 근대 이전의 대필이 모두 이와 같은 취급과 평가를 받았던 것은 아니다. 이와 관련된 흥미로운 기사가 유몽인(柳夢寅, 1559~1623)의『어우야담(於于野談)』에 수록되어 있다.

중국 명대(明代) 말기에 우리나라에 사신으로 와서 오랫동안 조선의 지식인들에게 기억되었던 인물로 주지번(朱之蕃, 생몰년 미상)이라는 사람이 있다. 그는 시문에도 뛰어났고 조선에 파견된 중국 사신으로서는 상당히 높은 관직에 있었는데, 조선의 문필 수준을 높이 평가했다. 그는 조선 문인들의 문장을 읽으면서 좋은 글이 있으면 무릎을 치며 감탄을 했다. 특히 영의정 유영경(柳永慶, 1550~1608)의 문장을 읽을 때면 매번 감탄하면서 "동방 최고의 문장"이라고 칭탄했다. 그러나 유영경이 지은 것으로 알려진 글들은 당시 동지중추사(同知中樞使)로 있던 최립(崔岦, 1539~1612)의 작품이었다. 유영경은 글을 쓸 일이 있을 때면 매번 최립에게 부탁하여 자신의 이름으로 내놓았다고 한다. 중국 사신들이 왔을 때 주고받은 시문을 모아놓은『황화집(皇華集)』이라는 책이 있는데, 여기에 수록된 유영경의 작품은 모두 최립이 대신 지어준 것이라고 한다.

최립의 글은 중국 관리들에게 꽤 깊은 인상을 주었던 모양이다. 유몽인이 중국에 사신으로 갔을 때의 일이다. 중국 관리들은 조선에서 중국 예부(禮部)에 올리는 정문(呈文)을 읽고 난 뒤 뛰어난 문장이라며 감탄을 했다. 그 글은 정경세(鄭經世, 1563~1633)가 지은 것이었는데, 중국 관리들은 정경세의 글을 칭찬하면서도 최립의 문장 수준에는 미치지 못한다는 평을 내놓았다고 한다. 그 정도로 최립의 문장은 조선과 중국에 널리 알려져 사랑받았다. 최립은 조선 중기의 의고문파(擬古文派)로 분류되는 문장가인데, 당시 8문장가에 꼽힐 정도로 능력이 출중했다. 그런 사람도 윗사람의 지시에 따라 대신 문장을 짓기도 했다. 그렇게 지어진 글이 『황화집』에 자신의 이름으로 실리지 못했던 것을 보면 근대 이전에 이미 그림자 작가가 존재했던 모양이다.

근대 이전에도 표절은 여전히 논란거리였다. 남의 나라 글자, 그것도 일정하게 정해져 있는 한자를 가지고 자신의 사상과 감정을 표현하는 것은 쉽지 않은 문제였다. 더욱이 한문을 배우는 과정에서 과거의 뛰어난 문장가의 글을 전범으로 익히다보니 자연히 그들의 글을 모방하게 되고, 자기도 모르는 사이에 표절의 경계를 오락가락하게 되었다. 최립의 경우는 흔히 '대신 짓는다'는 뜻의 '대작(代作)'이라는 사회적 관행이 존재했으므로 문제가 되지 않는다는 식으로 처리할 수도 있지만, 유몽인은 분명히 그런 관행에 문제를 제기하는 의미로 이 기록을 남긴 것이다. 그렇다면 근대 이전에 표절은 어떻게 논의되었던 것일까.

옛사람의 교묘한 표절

문인으로서 표절을 정당화하는 사람은 없다. 독자들도 어떤 작품에서 조금이라도 표절의 혐의가 발견되면 작가에 대한 자세한 잣대를 들이대면서 어디가 어떻게 같고 다른지를 증명하려 든다. 옛사람들도 마찬가지다. 표절의 경계가 어디인지 논하는 많은 글을 확인할 수 있는데, 이러한 글의 목적이 단순히 표절을 경계하기 위함만은 아니었다. 오히려 그렇게 많은 논의가 있다는 것은 표절에 대한 경계의 의미와 함께 실제 창작 과정에서 수많은 표절이 알게 모르게 자행되었음을 보여준다. 표절이 용사론(用事論)의 이름으로 은연중에 정당화되는 경향이 있었음은 널리 알려진 바와 같다. 그렇지만 그보다 더 노골적인, 동시에 교묘한 방식의 표절이 있다. 서거정이 『동인시화』에서 여러차례 언급한 적이 있는 '점화(點化)'를 그 예로 들 수 있다.

간밤 시골집에 비가 부슬거리더니　　　　　村家昨夜雨濛濛
대숲 저편 복숭아꽃 홀연 붉게 피었다.　　竹外桃花忽放紅
취중에 양쪽 귀밑머리　　　　　　　　　醉裏不知雙鬢雪
희어지는 걸 모르고
무성한 꽃가지 꺾어 머리에 꽂고　　　　折簪繁蕚立東風
봄바람에 서 있다.

서거정은 고려 후기의 문신인 왕백(王伯, 1277경~1350)의 작품을 언급하면서 "말이 영롱하고 기상이 편안하면서도 한가롭다(詞語玲瓏氣象舒閑)"라고 평했다. 시골에서 지내는 작중 화자의 느긋함이 전편에 넘쳐흐르는 탓이다. 봄비 내리는 밤이 지나자 대숲 밖 복숭아꽃이 한꺼번에 만개하는 광경은 푸르고 붉은 색채 이미지와 어울려 봄날의 화사한 풍광을 잘 드러낸다. 봄의 화려함은 생명의 약동과 함께 젊은이들의 계절이다. 그렇지만 봄비 내린 다음 날 활짝 피운 복숭아꽃을 보며 춘흥(春興)을 일으킨 작중 화자는 세월의 흐름을 잊고 그

봄의 아름다움을 마음껏 즐긴다. 술도 한잔 기울여 취기가 살짝 오른 상태. 아마도 그 술은 복숭아꽃 밑에서 마셨으리라. 술잔을 기울이느라 산가지로 사용한 복숭아꽃 가지를 비녀 삼아 머리에 꽂은 모습은 완연한 신선이다. 근심걱정 없이 시골마을에서 늙어가는 한 노인의 삶을 이렇게 편안하고 한가롭게 그려내기가 쉽지 않다. 서거정이 평가하는 것은 바로 이 점이었을 것이다.

여기서 소동파(蘇東坡)의 작품, 「길상사에서 모란을 감상하다(吉祥寺賞牡丹)」(『동파집(東坡集)』 권3)를 읽어보자.

늙은이는 머리에 꽃 꽂아도 부끄러워 않지만	人老簪花不自羞
꽃은 늙은이 머리 위에서 응당 부끄러우리.	花應羞上老人頭
술 취해 돌아오는 길에 사람들 응당 웃으리니	醉歸扶路人應笑
십리길 주렴은 반쯤 걸어두었다.	十里珠簾半上鉤

작품의 표절 혹은 비슷함을 판단하는 것은 쉽지 않다. 독자가 어떻게 그 작품을 읽느냐에 따라서 비슷하게 느낄 수도 있고 다르다고 느낄 수도 있다. 그 기준은 전적으로 개인의 느낌에 기대어 있다. 그렇지만 많은 사람들이 비슷하다고 느낀다면 분명 그러한 요인이 존재한다는 것이다. 소동파의 작품에 등장하는 작중 화자 역시 봄날의 화려함을 한껏 즐기면서 취흥이 도도해진 늙은이다. 머리에 꽃을 꽂는

다는 뜻의 단어로 '簪(잠)'을 사용한다든지, 술에 취한 이미지를 사용한다든지, 부끄러워하지 않는 노인의 이미지 등은 두 작품이 비슷하다는 느낌을 주는 여러 요인들이다.

서거정은 왕백의 작품을 거론한 뒤, 이 작품이 당시 지식인들에게 선풍적인 인기를 끌고 있던 소동파의 시구절을 이용해서 표현한 것으로 보았다. 특히 첫번째 구절을 이용하여 작품을 썼다고 생각했는데, 이러한 방식이 단순히 표절의 차원은 아닌 것으로 판단했다. 서거정이 왕백의 시를 "장점한 것 역시 절묘하다[粧點亦妙]"라고 평가한 것을 보면 두 작품 사이의 연관성은 분명히 가지되 표절은 아니라는 생각이 드러난다. 일종의 창조적 변용이라 할 만하다. 그렇다면 서거정이 사용한 단어, '화장을 한다'는 뜻의 '장점(粧點)'은 어디서 온 말일까?

환골과 탈태

'장점'은 서거정이 자주 사용한 비평어 '점화(點化)'와 같은 뜻의 말이다. 화장을 해서 아름답게 꾸민다는 의미인데, 이는 옛사람의 시문을 자신의 작품에 활용하는 것을 통칭하는 말이다. 하늘 아래 새로운 것이 없다는 입장에 서는 순간 우리가 쓰는 글은 모두 점화인 셈이다. 모든 표현이 이미 성립해 있던 것을 이용하는 것이기 때문에, 새로운 것을 창조하는 작업의 전제조건으로 언제나 과거의 글이 있다. 그러나 이런 차원의 폭넓은 범위를 설정하지 않고 직접적인 관련성을 분명히 가지는 것에 한정한다면 점화나 장점이야말로 창조와 표절 사이를 아슬아슬하게 줄타기하는 표현수법이다.

이러한 입장을 강조하는 문학론은 원래 송(宋)의 문인인 황정견(黃庭堅, 1045~1105)에게서 명확히 형성되었다. 점철성금법(點鐵成金法)이니 환골탈태법(換骨奪胎法)이니 하는 것이 모두 그러한 수법을 지칭하는 것이다. 별것 아닌 평범한 표현을 옛사람의 글에서 찾아내어 자기 시에 활용함으로써 그것이 본인의 시에서 빛나는 표현과 역할을 하도록 만드는 것을 점철성금법이라고 한다. 쇠를 두드려서 금을 만든다는 뜻이니, 황정견이 말하는 취지에 딱 맞는 명명이라 하겠다. 그러나 황정견의 문학론에서 가장 널리 알려진 것은 환골탈태법이다.

원래 환골탈태는 평범한 인간이 신선으로 우화(羽化)할 때 일어나는 현상을 묘사하는 말이다. 범인(凡人)으로서의 뼈를 완전히 탈바꿈하고 어머니에게서 받은 태를 벗어나야 비로소 신선의 몸이 완성된다는 뜻으로 사용되었다. 이것은 인간과 신선 사이에 넘을 수 없는 벽을 오랜 수련을 통해 얻는 순간의 현상을 집약한 말이기도 하다. 황정견은 바로 그 말을 작시이론의 용어로 활용한 것이다. 그 명명조차 '환골탈태법'에 의해 환골탈태한 셈이니, 참 흥미로운 명칭이다.

환골탈태법은 '환골'과 '탈태'로 구성된다. 고려 후기의 문인 이인로는 『파한집』에서 이렇게 말한 바 있다.

옛날 황산곡이 시를 논하면서, "옛사람의 뜻을 바꾸지 않고 새로운 표현을 만들어내는 것을 '환골'이라 하고, 옛사람의 뜻을 본받아서 그려내는 것을 '탈태'라 한다"라고 하였다. 이는 비록

날것으로 먹어치우는 것[活剝生呑]과는 하늘과 땅의 차이가 있
다고는 하지만 표절하여 몰래 훔치는 것을 작품의 공교로움으로
여기는 태도를 면치 못한다. 어찌 이른바 '옛사람이 도달하지 못
한 경지에서 새로운 뜻을 만들어낸 오묘한 경지'라 하겠는가.[2]

고려 후기에는 송의 문인들이 높은 인기를 구가했는데, 소동파, 황
정견 등이 특히 사랑을 받았다. 조선 전기 이전의 지식인들 사이에
소동파 열풍이 대단했다는 언급을 이미 한 바 있지만, 이인로 이후
조선 초기까지 환골탈태에 대한 논의가 여러 사람들의 기록에 등장
하는 것을 보면 황정견에 대한 당시 지식인들의 관심도 역시 충분히
알 만하다.

황정견은 문학작품 창작 과정에서 온전히 작가 자신의 새로운 표
현과 생각은 있을 수 없다는 생각을 바탕으로 문학론을 구축한다. 기
존 문인들의 생각과 문학적 성과를 바탕으로 후대의 사람들이 작품
을 만들어나가는 것이라면, 문제는 이미 존재하는 작품들의 생각과
표현을 어떻게 활용하여 나만의 독특한 풍격을 만들어낼 것인가 하
는 점이다. 그 과정에서 제시된 문학론이 바로 환골탈태법이다. 이인
로가 소개한 글에 의하면 옛사람의 의경(意境)은 그대로 활용하면서
표현만 자신의 것으로 바꾸어 글을 쓰는 것을 환골(換骨), 의경뿐 아
니라 그것을 표현하는 부분까지도 빌려서 쓰는 것을 탈태(奪胎)라고
한다. 황정견의 말을 인용하면서 전개된 환골탈태법은 중국에서는
송의 강서시파(江西詩派)에 속하는 시인들이 주로 사용하였다. 그들
의 문학적 영향이 지속되는 조선 초기까지 황정견의 환골탈태법은

이 땅의 지식인들에게 상당한 영향을 끼쳤다.

문제는 환골탈태라는 문학적 수법이 자칫하면 표절로 전락하게 된다는 점이다. 당시 이 수법을 말하는 사람들도 표절시비에 걸릴 것을 염려한 듯 신중하면서도 단호하게 경계의 말을 던졌다. '점화(點化)', '장점(粧點)', '환골탈태'를 여러차례 언급했던 서거정 역시 자신의 시화집『동인시화』에서 이 수법이 가지는 치명적 문제점인 표절시비를 의식한 듯 그것을 구별하기 위해 애를 썼다. 그는 고려 충렬왕 때의 문신인 홍자번(洪子藩, 1237~1306)과 한종유(韓宗愈, 1287~1354), 고려 말 조선 초의 이색(李穡, 1328~96), 권근(權近, 1352~1409) 등의 시구절이 당나라 시인 두목(杜牧, 803~53경)의 시를 어떻게 이용했는지를 보여준 바 있다.[3]

부끄러워라, 숲속에서 경전 넘기던 손으로　愧將林下轉經手
비끼는 석양 받으며 제경으로 향한다.　　　遮却斜陽向帝京

슬프게도 강호에서 낚시하던 손이　　　　　惆悵江湖釣竿手
저무는 해 받으며 장안으로 향한다.　　　　却遮西日向長安

앞의 시는 홍자번의 것이고, 뒤의 시는 두목의「도중일절(途中一絶)」이다. 두 사람의 구절은 문장 구성, 단어의 사용, 시상(詩想) 등이 비슷한 느낌을 준다. 더욱이 강호자연에 은거하고 있던 작중 화자가 어떤 이유에서인지 황제가 있는 서울로 향하면서 느끼는 감회를 노래하고 있다는 점에서 비슷한 느낌을 강화시킨다. '林下(임하)'와 '江

湖(강호)', '遮却(차각)'과 '却遮(각차)', '斜陽(사양)'과 '西日(서일)', '向帝京(향제경)'과 '向長安(향장안)'은 글자만 다를 뿐 같은 뜻을 가진 단어다. 이 정도면 글자만 슬쩍 바꾸었을 뿐 다른 사람의 창작이라고 주장하기가 민망한 수준이다. 이런 것까지 환골탈태의 수법으로 설명하는 것은 애초에 불가능하기 때문에, 서거정은 이를 '도습(蹈襲)'이라고 지목했다. 훔쳤다는 뜻이다.

아무리 뛰어난 시인도 다른 사람의 글을 오랫동안 읽다보면 자기도 모르는 사이에 좋아하는 시인의 표현을 사용할 때가 있다. 무의식 중에 표절이 자행되는 것이다. 문제는 이런 현실을 자신이 인지하지 못한다는 사실이다. 도둑질인 줄도 모르고 도둑질하는 것, 그것 역시 표절이 아니겠는가. 옛사람들이 '도습'을 피해서 시문을 짓다가 대가로서의 풍모를 지니게 된다는 서거정의 말은 방대한 독서와 독창적 작시(作詩) 사이에서 고민하는 시인으로서의 고민을 엿보게 한다.

표절과 창조 사이에서 갈등하다

글이 하나의 권력인 한 글을 쓰는 사람들은 언제나 표절의 유혹에 직면한다. 좋은 글을 쓰고 싶은 욕망은 누구나 가질 수 있지만 욕망의 출발점이 어디인가에 따라 실현되는 모습은 달라질 것이다. 글쓰기의 욕망이 자신의 사유를 드러내고 그것을 통해서 세계를 바꾸어보고 싶은 것에서 출발했다면 문명(文名)은 부차적인 결과 중의 하나일 것이다. 하지만 글쓰기의 욕망이 이름을 널리 알림으로써 그것을 통해 권력을 확보하기 위한 방법에서 출발했다면 그의 문명은 목표로서 존재했던 셈이다. 문명을 얻은 모습은 비슷할지 모르지만 그 내용은 전혀 다른 차원의 것이다.

고려 후기의 문인 이규보는 표절을 도둑질에 비유하면서, 뛰어난 도둑질도 해서는 안 되는 법인데 너무도 졸렬한 수법으로 도둑질을 하는 세태가 안타깝다는 취지로 글을 남긴 적이 있다. 세상에 비밀이 어디 있으랴. 수많은 글들이 가상공간을 휘젓고 다니고 세상 구석구석에서 책과 작품이 명멸한다. 그리하여 그 글들 중에서 한 부분을 슬쩍 훔쳐 와서 자기 이름으로 발표해서 문명을 드날리게 되었다손 치자. 그렇더라도 세월이 흐르면 언젠가는 그것이 교묘한 도둑질이었음을 사람들은 알게 된다. 인간의 정신을 훔치는 짓이야말로 글을 쓰는 사람에게는 최악의 범죄다.

그럼에도 불구하고 사회적으로 표절이 언제나 논란거리로 등장하는 것은 표절과 모방, 혹은 모방과 창조 사이에 기준을 만드는 일이 쉽지 않기 때문이다. 어렸을 때부터 많은 작품을 읽으면서 자신의 문화적 토대를 쌓아가는 일반적 형태를 감안한다면 온전히 자기만의 창작품이 어디까지인가를 판단하는 것은 불가능한 일일지도 모른다. 그렇지만 옛사람이 말하지 못한 경지를 자신이 새롭게 말해보겠다는 웅대한 기상을 가슴에 품는다면, 표절에 대한 엄정한 태도를 지켜낼 수 있을 것이다.

조선 중기가 되면 그 이전의 환골탈태론이 서서히 사라지고 의고문파(擬古文派)에 대한 논쟁이 심화된다. 자신의 문학적 전범으로서의 '고문(古文)'을 설정하고 글을 쓸 경우 그 과정에서 창작된 글은 표절인가 아니면 과거의 문학적 관습을 충실히 지키면서 자신의 생각을 표현하는 것인가 하는 문제가 논쟁의 중심에 선다. 그러나 여전히 표절과 창조 사이에서 기준을 어떻게 설정하는가가 논쟁의 관건이었다. 과거의 관습을 딛고 서서 새로운 것을 만들어가는 것이 인문학의 운명이라면, 표절과 창조 사이에서 갈등하는 것 역시 글을 쓰는 사람들의 운명이다. 그러나 분명한 것은, '갈등한다'는 사실이다. 강력한 구심력을 가지는 표절을 벗어나 자기만의 자장을 만들어가는 것, 그것은 끊임없는 갈등 속에서 만들어지는 것이기 때문이다.

그림 속의 시, 시 속의 그림

'시는 형상 없는 그림이요, 그림은 형상 있는 시'[4]라는 표현을 들으면 아름다운 자연을 그림으로 옮기거나 그것을 소재로 지은 시가 먼저 떠오른다. 흐르는 강물 위로 인적 하나 없는데 조각배 한척이 한가롭게 떠 있고, 멀리 이내에 싸인 희미한 산과 그 사이로 언뜻 비치는 버드나무 늘어진 가지, 이런 경물들이 적당한 여백과 함께 포치(布置)된 그림이 떠오른다. 그러나 이렇게 아름답고 여유로운 그림만 있는 것은 아니다. 사군자를 그린 기상 넘치는 문인화도 있고, 화원들이 정교하게 그려낸 영모도도 있다. 그런가 하면 승려들이 그린 선화(禪畵)도 있고, 규수들이 그린 화조도도 있다. 초상화와 같은 인물화에 민화까지 합치면 그 종류야말로 무궁무진하다.

이들 그림은 단순히 그림으로만 남아 있을 때에는 화가 개인의 기능이 구현된 작품에 머물지만, 이들이 시와 연결되어 감상자 앞에 섰을 때 그것은 예도(藝道)의 경지로까지 승화한다. 우리는 시와 그림이 각각의 사물로 남아 있지 않고 전혀 다른 형태의 예술작품으로 조화롭게 완성된 것을 보면서 색다른 감흥과 예술적 향기를 느낀다.

형사와 신사 사이에서 노닐기

시인이든 화가든 그들이 제일 먼저 애쓰는 것은 눈앞의 대상을 정확히 묘파(描破)하는 것이다. 묘사해내는 능력은 오랜 세월 집적되므로 사람들은 그 능력 하나만으로도 상당한 권위를 부여받는다. 세밀화를 그리는 사람들은 우리가 사물을 바라보는 것보다 훨씬 정확하고 정밀하게 대상을 재현한다. 시인들의 경우도 마찬가지다. 이들은 자신이 읊고자 하는 대상을 정확히 파악하고 난 후 작품에 옮기려고 한다. 말을 그리기 위해 마구간에서 오랫동안 말을 관찰했던 이공린(李公麟, 1049경~1106) 같은 화가도 있었고, 시 한 구절에 들어갈 글자를 찾기 위해 냇가에 나가서 비를 맞으며 강물 위를 날아가는 물새를 관찰했던 시인도 있었다. 이들은 다루는 재료의 차이에도 불구하고 사물을 정확히 재현하기 위해 자기 나름대로 엄청난 노력을 들인 것이다.

시와 그림은 자주 동일시되었다. 시서화(詩書畫) 삼절(三絶)이라는 관용구가 의미하는 것처럼, 문인들에게 시와 그림과 글씨는 하나의 예술적 흥치를 통해 인격을 도야하고 드러내는 중요한 수단이었다. 이러한 전통은 위진(魏晉)시대 심미적 자연의 발견 이후 당대(唐代)를 통해 성행하게 된다. 물론 시와 그림의 포함관계를 거론하면서 이들이 상호보완관계를 지니는, 매우 발전적인 갈래라는 점을 본격적으로 이야기하게 된 것은 대체로 송대(宋代)로 보인다. 송대의 문장가 소식은 왕유(王維, 699경~759)의 시와 그림을 이렇게 평한 바 있다.

왕마힐(王摩詰, 왕유의 자)의 시를 맛보면 마치 시 속에 그림이 있는 듯하고, 왕마힐의 그림을 보면 그림 속에 시가 있는 듯하다.[5]

시를 보면서 그림의 맛을 보고, 그림을 완상하면서 시를 연상하는 태도 속에서, 소식이 문학이 가지는 이상적 경지 중의 하나로 시화일치(詩畵一致)를 상정했음을 알 수 있다. 물론 그것은 시와 그림이 단순히 합일되는 경지를 말하는 것은 아니다. 시나 그림이 그 자체로서 하나의 독립적 의의를 지니는 예술 갈래이면서 동시에 그 갈래의 저편 혹은 다른 편에 있는 갈래의 장점을 가지고 와서 자신의 단점을 보완하는 의미에서의 시화일치론이다.

그렇게 나아가면 결국 이 논의는 자연히 형사(形似), 신사(神似) 문제와 마주하게 된다. 대상의 모습을 정밀하고 핍진하게 묘사하는 형사와, 그 이면에 있는 정신까지 그려내야 한다는 신사는 서로 떼려야 뗄 수 없는 관계이면서 동시에 하수와 고수를 구분하는 결정적인 결절점이다. 정밀하게 초상화를 그려내는 거리의 초상화가와, 선 몇개 툭툭 종이 위에 얹어놓는 간단한 소묘만으로도 대상의 정신세계를 정확히 표현하는 뛰어난 화가가 서로 구분되는 지점이 바로 이곳이다.

대상의 묘사는 언제나 형상을 뛰어넘는 것을 지향한다. 그렇게 형상을 뛰어넘어 새로운 경지로 나아감에는 두가지 태도가 있다. 하나는 형상을 중시하면서 그것을 넘어서야 한다는 태도이고, 다른 하나는 형상을 묘사하는 것과는 관계없이 내적인 것을 어떻게 표현하는가에 중점을 두는 태도다. 대상의 정밀한 묘사에만 관심을 두는 것은, 적어도 중세 동아시아의 예술전통에서는 찾아보기 힘들다. 그러다보니 대상을 정확히 묘사하는 것보다는 대상의 왜곡된 묘사라 해도 그것의 특징적인 부면(部面)을 잘 부각시켰다면 그 자체로 의의가 있다는 쪽으로 논의가 기울게 된다.

신사를 강조하는 사람들의 경우라 해도 형사의 중요성을 간과하는 것은 아니다. 다만 세상 사람들이 지나치게 형사에 얽매여서 벗어나지 못하는 현실, 이 때문에 결국은 형사가 넘어야만 할 대상 저편(만약 그런 것이 있다면!)의 세계에 도달하지 못하는 현실에 대한 안타까움이 신사를 강조하는 것으로 나타났으리라. 문제는 신사의 강조가 지나치면 형사 자체를 부인하는 결과를 낳기도 한다는 것이다. 묘오(妙悟, 언어와 논리를 벗어나 마음속에서 순간적으로 얻는 깨달음)나 천기(天機)를 말하는 사람들은 대체로 형사를 넘어선 신사의 문제를 직접 거론한다. 그들은 세계에 대해 깊이 고민하고 이리저리 헤아리는 순간 인간내면의 가장 원초적이고 본연한 것은 흔적 없이 사라지고, 인위적인 것들에 의해 장악됨으로써 작위적인 하급의 작품이 나올 수밖에 없다고 생각하였다.

중세 동아시아의 예술전통에서 그림은 문인들의 벗이었다. 그만큼 문인과 화가들은 서로 영향을 주고받으면서 영감을 얻었다. 시문은 그림과 어울려 한편의 전혀 다른 예술작품으로 승화하고, 그림은 시문의 도움으로 다충적인 의미를 획득하곤 했다. 감상자들은 그림을 보면서 형상 저편으로부터 자신에게 다가오는 어떤 기운의 생동함을 느끼기를 원했다. 그 생동함에 깊이를 더해주는 매체가 시문이었다. 많은 그림에서 화제(畵題)는 그런 의도에서 창작되어 그림 한켠에 등장했고, 이를 통해 그림과 시문은 조화롭게 만날 수 있었다. 뿐만 아니라 시문을 통해 독자들은 상상속에서 그림을 그려보고 흐뭇한 이상세계를 건설하기도 했으며, 그곳에 도달하기 위해 실천으로 옮기기도 하였다.

그림 속 시의 세계

달도 어둑한 밤, 으슥한 뒷골목에서 웬 선비 하나가 아낙 하나와 서로 바라보고 서 있는 그림이 있다. 조선 후기 신윤복의 그림 중에 꽤 널리 알려진 그림이다. 아마 선비는 기생을 붙잡고 뭔가 비밀스러운 이야기를 나누는 것으로 생각된다. 그 그림의 한쪽에 아주 짤막한 그림의 제목[畵題]이 달려 있다. "月沈沈, 夜三更, 兩人心事兩人知(달은 어둑어둑, 밤은 삼경. 두 사람 마음이야 두 사람만 아는 것)."

그 화제(畵題)를 읽는 순간 우리는 슬며시 웃음이 나온다. 사실 어둑한 달밤, 으슥한 뒷골목에서 젊은 남녀가 만나 무슨 얘기를 하겠는가. 그림만으로도 충분히 짐작할 수 있지만, 화제를 읽는 순간 우리는 화가의 농담을 직접 듣는 듯한 느낌을 받는다. 아마 그림 속의 두 남녀도 이 화제를 읽었더라면 얼굴을 붉혔을 터다. 이 경우 화제는 그림이 가지고 있는 풍정을 한층 심화시키면서 감상자들에게 눈짓으로만 얘기하던 것을 웃음으로 드러낼 수 있는 계기를 마련해준다.

그림에서 화제(畫題)는 화분(畫糞)일 수도 있고 화안(畫眼)일 수도 있다. 어느 쪽으로 기능하는가 하는 것은 화제를 이용하는 화가의 안목에 달렸으며, 감상자의 창조적인 감식안에 달린 것이다. 화제는 한두 글자로 그림의 풍정을 집약시키는 경우도 있고, 장편의 글을 빽빽하게 써넣는 경우도 있다. 신윤복의 경우가 전자라면, 김홍도의 「추성부도(秋聲賦圖)」는 후자에 속한다. 거친 필묵(筆墨)으로 성글게 그린 그림, 갈필(渴筆)이 주는 거세면서도 뭔가 쓸쓸한 느낌, 그리고 한쪽 여백에 구양수의 「추성부(秋聲賦)」를 빽빽하게 써넣은 이 작품에서, 우리는 김홍도 말년의 심사를 짐작할 수 있다.

화제는 어떤 용도의 그림에 붙이는가에 따라 내용상의 차이를 보인다. 화가가 자신의 그림에 화제를 붙일 수 있는 능력이 있다면 그야말로 최고지만, 대체로 자신의 그림에 화제를 붙일 수 있었던 경우는 문인화에 국한되었다. 설령 자신이 화제를 쓸 능력이 된다 하더라도 주위의 다른 문인들에게 화제를 구하는 경우가 많았다. 문집에서 흔히 발견되는 제화시(題畫詩)는 그렇게 해서 창작된 것들이 대부분이다. 이들은 그림을 보거나 화가의 구상이나 그림을 그리게 된 계기를 듣고 그 내용에 걸맞은 시를 짓는다. 어떤 시들은 그림을 보고 거기에서 영감을 얻어 창작한 작품들도 있다. 그러나 이 경우에는 제화시로 취급하기 어렵다. 기본적으로 제화시란 한시작품이 그림 속으로 들어가 그 자체가 하나의 그림으로 기능하는 것을 말한다. 또한 병풍에 사용되기 위해 지어진 작품들도 간혹 눈에 띄는데, 이 역시 제화시의 범주에 들 수 있는 것은 아니다. 예컨대 임금이 앉는 옥좌 뒤에 사용될 바람막이 병풍에 쓸 목적으로 지은 김양경의 작품[6]은 어떤 목적을 가지고 창작되어 서예작품으로 만들어진 것이기는 하지만, 제화시의 범주에서는 벗어난다.

　제화시는 크게 두 부류로 구분된다. 하나는 그림 속의 풍광을 있는 그대로 묘사만 할 뿐인 작품유형이 있고, 다른 하나는 그림과 별반 상관없어 보이지만 실상은 그림 속 풍광 저편에 있는 좀더 깊은 세계를 표현하고자 한 작품유형이 있다. 말하자면 뒤의 것은 화의(畫意)를 표현한 것이라 할 수 있다. 그렇지만 딱히 제화시의 유형을 깔끔하게 정리하기 어려운 것은, 한시의 형식 자체에 이미 선경후정(先景後情)의 구조가 포함되어 있기 때문이다. 절구의 경우 앞의 두 구절은 경치를, 뒤의 두 구절은 정서적인 측면을 다루는 것이 한시의 전형적인 결구 방식이다. 말하자면 경관을 묘사하는 것은 제화시의 경우가 아니더라도 어느 한시에서나 쉽게 만날 수 있다는 것이다. 다만 제화시는 그림을 대상으로 하여 한시를 창작한다는 범위를 비교적 명확하게 전제하고 있다는 점에서 하나의 논의거리로 삼을 만할 뿐이다.

　실제 작품을 가지고 이들을 살펴보면 그래도 어느정도는 유형화하여 논의할 수 있는 실마리를 발견한다.

쓸쓸히 내리는 상강의 비	淅瀝湘江雨
희미하게 보이는 반죽숲.	依俙斑竹林
이 순간 그려내기 어려운 것은	此時難寫得
그날 두 왕비의 마음.	當日二妃心

이행(李荇, 1478~1534)의 「그림에 쓰다〔題畫〕」란 시다. 이 시는 제화시 중에서 비교적 흔하게 발견되는 소상야우(瀟湘夜雨)에 붙인 작품이다. 소상팔경(瀟湘八景) 중에서 가장 널리 알려진 것이기도 하면서 우리나라에 팔경문화를 처음으로 보여준 소재가 바로 '소상야우'다. 우연(雨烟) 가득한 화폭 한켠에 희미한 대숲, 넓은 소상강의 모습이 하나의 전형을 이루는 이 그림은, 그 지명도만큼이나 많은 문인들의 제화시로 각광을 받았다. 그곳에서 자라는 대나무가 반죽(斑竹)인데, 검붉은빛이 대나무 줄기에 얼룩진 것이 특징이다. 여기에는 중국 고대의 이상적인 군주였던 순임금의 두 아내 아황(娥皇)과 여영(女英)에 얽힌 고사가 있다. 아황과 여영은 요임금의 딸로, 모두 순임금에게 시집갔으나 순임금이 죽자 상강에 투신하여 자살한다. 이들의 눈물이 떨어져 소상강가의 반죽이 되었다고 한다.

이행은 작품에서 비 내리는 소상강의 밤을 먼저 묘사한다. 쓸쓸하게 내리는 밤빗소리는 소상강의 쓸쓸함을 연상시키고, 희미하게 보이는 대나무숲은 아련한 슬픔을 드러낸다. 청각적 이미지와 시각적 이미지를 서로 병치함으로써 소상강의 밤경치를 묘사한 것이다. 그리고 다음 구절에서는 시상을 변화시키면서 겉으로 보이는 경물을 넘어서 다른 문제를 제기한다. 정말 그리기 어려운 것은 아황과 여영이 물에 몸을 던지던 당시의 그 마음, 남편을 향한 정절 혹은 그리움이라고 하였다. 비 오는 소상강의 대숲을 그리기 어렵다기보다는 그 정경 속에 두 왕비의 마음을 담아서 표현할 수 있어야 한다는 것이다. 이 지점에서 화가는 기능인 신분에서 고금의 시간을 넘어 두 여인과 교통하는 시간의 여행자이면서 도덕의 생산자로 변모하는 것이다.

이처럼 선경후정 방식으로 단순한 묘사 저편의 문제를 제기하는 작품이 있는가 하면, 윤덕희(尹德熙, 1685~1776)의 시처럼 풍경만을 담담하게 표현함으로써 그림의 분위기를 한층 고조하고 감상자의 정서를 고양하는 경우도 있다. 윤덕희의「그림 그린 부채에 쓰다〔題畵扇〕」[7]라는 작품을 보자.

물이 줄자 바위 드러나고	水落巖骨露
서리 맑아지자 나뭇잎 드물다.	霜淸木葉稀
저녁 햇살 비끼는 청산 저편으로	夕陽靑山外
아스라이 기러기 한마리 돌아간다.	杳杳一鴈歸

윤덕희는 조선 중기의 뛰어난 관료문인이었던 윤선도(尹善道, 1587~1671)의 현손이다. 그림에도 뛰어났던 화가이자 좋은 시를 썼던 문인이었다. 그의 문집에 상당량의 제화시가 수록되어 있는 것으로 보아 시와 그림 모두를 통섭하는 작업을 오랫동안 했다는 사실을 알 수 있다.

이 작품은 부채 그림에 화제(畵題)로 쓴 것이다. 제목을 고려하지 않는다면 이 작품이 제화시라는 것을 쉽게 알아차리기 어렵다. 그저 늦가을에서 초겨울로 넘어가는 어느 시기의 한 풍경을 포착하여 묘사하는 것으로 보일 뿐이다. 앞의 두 구절은 구양수의 명문「취옹정기(醉翁亭記)」에 나오는 "바람은 높고 서리 맑으며, 물이 줄어들자 바위가 드러났다(風霜高潔 水落而石出)"부분에서 가져왔다. 가을과 겨울을 묘사하는 구양수의 문장은 윤덕희의 시 속으로 들어와서 그림이 묘사하고 있는 풍경을 전달해주는 표현수단이 되었다. 그림을 보지 않아도 윤덕희가 보고 있는 부채의 그림은 늦가을과 초겨울 어름 석양 무렵 햇살은 청산에 비끼는데 기러기 한마리가 어디론가 날아가고 있는 광경을 그렸음을 충분히 알 수 있다. 그림은 시상 전개와 경물 묘사에 제한을 주기는 하지만 사람들은 제화시를 통해서 그림에 담겨 있는 여운을 강렬하게 느낄 수 있다. 이처럼 제화시는 그림 속의 풍경을 묘사함으로써 감상자들이 그림의 흥치를 한층 깊이 느낄 수 있도록 도와주는 역할을 한다.

묘사에서 심화로

그림을 보고 쓴 시의 경우에는 구체적인 시적 대상을 가진다. 그런 맥락에서 보면 제화시는 한시작가가 다룰 수 있는 범주나 내용, 수법 등이 어느정도 제한될 수밖에 없다. 화제가 그림과 맞지 않는다면 시와 그림이 겉돌게 되거나 연관성을 가지지 않기 때문에 모두에게 도움이 되지 않는다.

그런데 제화시와는 달리 한시의 묘사가 뛰어나서 시를 읽으면 마치 그림 한편을 감상하는 듯한 느낌을 주는 작품이 있다. 구체적인 그림을 대상으로 하지 않거나 그림을 염두에 두지 않고 쓴 시들 중에서 매우 시각적이고 회화적인 성향을 가지는 시들이 있다는 말이다.

이러한 시들을 평할 때 조선시대 문인들은 "시 속에 그림이 있다(詩中有畵)"라고 했다. 이달의 「산사(山寺)」를 예로 살펴보자.

절은 흰 구름 속에 있는데   寺在白雲中
흰 구름을 스님은 쓸지 않는다.   白雲僧不掃
나그네 오자 문 비로소 여니   客來門始開
온 골짜기에 소나무꽃 흐드러졌네.   萬壑松花老

구름으로 둘러싸인 산사. 스님이 구름을 쓸어내지 않는다는 것에서 인적 없이 고요한 산사의 모습을 잘 보여준다. 손님이 오자 비로소 문을 여는 모습에서 정적인 시상이 동적인 이미지로 옮겨 가고, 문을 여는 순간 온 골짝에 송화가 만발해 있는 화사한 봄날을 보여줌으로써 정중동의 이미지를 효과적이고 성공적으로 그린다. 단순한 경물을 다루는 것처럼 보이지만, 시를 읽는 사람은 자신의 마음상태에 따라 다양하게 해석할 수 있다. 만개한 봄날의 한순간을 아름답게 포착함으로써 무심히 스러질 허무한 세월의 한 부분을 오래도록 기억하게 만들어준다고 생각하는 사람도 있을 것이다. 그런가 하면 사람이 주목해주지 않아도 세상에 존재하는 모든 사물은 자기만의 방식으로 우주의 운행에 자연스럽게 참여하고 있음을 감동적으로 보여준다고 생각하는 사람도 있을 것이다. 이달의 이 작품은 무심히 봄날의 정경을 보여줄 뿐인데 사람들은 마음속에 그림을 하나 그려내면서 다양한 생각을 이어붙인다. 이런 것이 바로 시인의 능력이요 시의 힘이 아닐까.

물론 이런 경향의 시만 있는 것은 아니다. 그의 또다른 작품 경향 중에는 하나의 정경을 포착한 그림이 아니라 서사를 갖춘 영상을 떠올리게 하는 것들도 있다. 다음은 「대추를 터네〔撲棗謠〕」라는 작품이다.

이웃집 꼬마들 와서 대추를 털자	隣家小兒來撲棗
주인 늙은이 문 나서며 꼬마들 쫓는다.	老翁出門驅小兒
꼬마들 도리어 늙은이 향해 소리치네,	小兒還向老翁道
내년 대추 익을 때까지 못 사실걸요.	不及明年棗熟時

어린아이들이 노인 몰래 대추서리를 하다가 걸려서 도망친다. 그러고는 돌아서서 노인을 놀린다. "(할아버지) 내년 대추 익을 때까지 못 사실걸요." 아이들의 발랄하고 익살스러운 모습, 짓궂으면서 와자한 분위기, 노인의 호통소리와 다급하게 달아나는 발걸음소리가 귀에 닿을 듯 생생하다. 이 시를 읽으면서 노인의 인색함이나 아이들의 개살을 욕하는 사람은 없을 것이다. 농촌의 일상 한폭을 아름답게 그려내어 푸근한 미소를 짓게 하는 점이 훨씬 강하다. 경치를 묘사하는 것에서 사람의 정을 느끼게 하는 방식이라고 할 수 있다. 작품에서 우리는 시인이 담아놓은 이야기를 듣고, 정겨운 시골마을을 떠올린다. 이 역시 정경의 묘사를 통해 마음속의 그림을 그려내도록 만든다.

이런 작품들을 읽노라면 우리는 어째서 시를 '마음속의 그림〔心畫〕'이라고 표현하는지 알게 된다. 그림이 선과 색을 통해서 마음속 풍경을 드러내는 것이라면 시는 문자를 통해서 그와 같은 일을 한다.

표현매체는 다를지라도 작가는 자기 마음을 드러냄으로써 독자 혹은 감상자의 마음에 울림을 준다. 한시를 통해 우리는 마음속에 아름다운 그림을 그려내고, 그것은 다시 우리 생각을 정화함으로써 세상을 한층 아름답게 살아가는 힘을 준다.

그림을 앞에 두고 시를 짓는 마음

시와 그림을 논하며 교유했던 근대 이전의 지식인들에게 시화일치론은 그리 낯선 개념이 아니었다. 좋은 그림을 만나면 당연히 벗들을 불러모아 함께 감상했고, 그림을 앞에 두고 시를 지었다. 일례로 안평대군은 자신의 꿈을 그린 안견(安堅, 생몰년 미상)의 「몽유도원도 (夢遊桃源圖)」에 시를 지었을 뿐 아니라 당대 최고의 문인들에게 시와 문장을 받아 그림의 성가(聲價)를 높였다. 조선 후기 중인 출신 문인인 천수경(千壽慶, 미상~1818)이 결성한 중인시인 동인모임이라 할 수 있는 송석원시사(松石園詩社)는 대를 이어가며 당대 문인들의 문화를 흥성하게 만들었다. 이 모임에 속한 인물들은 이후에도 김홍도의 집 앞마당에 모여 아름다운 그림과 시와 음악을 즐기면서 밝은 달밤의 흥치를 한껏 즐겼다. 그들의 풍류는 김홍도를 비롯한 몇 사람의 그림으로 아름답게 남아, 오늘날도 그들의 멋진 문화적 분위기를 엿보게 한다.

근대에 접어들면서 이런 전통이 희미해졌다. 문인과 화가들이 서로 자신의 길을 가면서 마치 모르는 사이인 양 돌아섰다. 다양한 분야의 예술인들이 모여서 함께 술과 이야기를 나누며 밤늦도록 노닐고, 그러다 흥이 나면 그림과 글을 써서 하나의 작품이 만들어지는 광경은 참으로 드물어졌다. 좋은 작품에 영감을 받아서 멋진 그림을 그리거나 아름다운 그림에 촉발되어 뛰어난 문학작품을 써내는 일이 없는 것은 아니다. 그러나 시와 그림과 음악 등 여러 예술 갈래들이 서로의 장기를 통해 다른 예술인들의 가치를 높여주며 함께 성장하는 모습이 흔치 않은 것도 사실이다. 시와 그림의 원리는 본래 같다는 것은 많은 사람들이 동의하겠지만, 그것을 실천으로 옮기는 것은 쉽지 않다. 근대 이전 문인들이 그림과 문학의 결합을 통해서 한 시대의 문화를 증언했던 것처럼, 이제 우리 시대의 예술이 어떻게 손을 잡고 새로운 문화를 이끌어낼 것인가를 고민해야 하지 않을까.

한시 속에 스민 음악

　조선 세조 때의 무관 중에 박휘겸(朴撝謙)이라는 사람이 있었다. 생원 출신으로 나중에 무과를 보아 급제한 사람이었다. 부장(部將)이 되어 북방지역의 여진족을 정벌할 때 상당한 공을 세웠지만, 그것을 자랑하지 않고 물러나 천안지역에 은거하였다. 그가 지은 시 중에 「노장시(老將詩)」라는 제목의 작품이 있다.

버드나무에 매인 백마 바람에 울고	白馬嘶風繫柳條
장군은 일이 없어 칼집에 칼 꽂았다.	將軍無事劍藏鞘
나라 은혜 갚지도 못하고 이 몸 먼저 늙어	國恩未報身先老
꿈속에 가본 고향 눈 아직 녹지 않았다.	夢踏關山雪未消

　조선 전기 문인인 남효온의 『추강냉화』나 어숙권(魚叔權, 생몰년 미상)의 『패관잡기(稗官雜記)』의 기록에 의하면 박휘겸은 시를 잘 지어

서 상당한 명성이 있었다고 한다. 전하는 작품이 많지 않은 가운데, 이 작품은 무인으로서의 기개와 탄식을 잘 표현한 것으로 이름이 높다. 북방민족을 치러 가서 일이 없노라며 짐짓 여유와 탄식을 뱉고 있지만, 그 이면에는 무인으로서의 기개가 자리하고 있다. 북방에서 불어오는 바람 속에 울부짖는 백마, 칼집에 칼을 꽂아놓고 일없이 있는 장군 등 작품 속의 이미지는 대체로 평화로운 상태다. 그러나 그 평화가 근본적으로 보장된 것은 아니다. 여전히 북방민족은 호시탐탐 조선을 노리고 있고, 언제 칼을 뽑아야 할지 모르는 긴박한 상황이다. 그렇게 지내는 사이 장군은 늙어 고향 꿈이 어지럽다.

작품의 전체적인 구성이나 사용한 어구는 비교적 부드럽고 무난하다. 그러나 이 일화를 기록한 이수광(李睟光, 1563~1628)은 『지봉유설(芝峯類說)』에서 이렇게 평한다. "鞘(초)자는 거성(去聲)인데 평성(平聲)으로 만들어 쓴 것이 흠결이다." 다른 평가는 없이 딱 한줄로 써넣은 것이 바로 성률의 문제다. 이 글자는 원래 거성 중에 '嘯(소)'자 운에 속하는 것인데, 하평성 '蕭(소)'자 운에 속하는 '消(소)'와 함께 압운자로 사용한 것은 잘못이라는 의미다.

한시를 오래 지어온 사람들은 글자의 평측을 대부분 짐작한다. 또 편법처럼 쓰이는 것 중에 우리말 'ㄱ, ㄹ, ㅂ'을 받침으로 쓰는 한자는 측성에 해당하고 나머지는 평성으로 처리하는 것이다. 이 방법이 대부분의 글자에 맞기는 하지만, 그렇다고 완벽한 것이라고 할 수는 없다. 결국은 운서(韻書)를 찾아서 확인해보는 것이 가장 확실하다.

우여곡절 끝에 지어진 작품은 대체로 음송된다. 일정한 음을 넣어서 소리 높여 읽는다는 것이다. 그렇게 읽을 때에는 글자의 평측에 따라 길게 읽거나 짧게 읽고, 소리를 높이거나 낮추는 방식으로 구별을 했다. 이렇게 읽는 것이 버릇이 되다보니, 평측에 맞게 음송을 하는 것도 중요해졌다. 요즘 사람들이야 아무도 그렇게 한시를 읽지 않지만, 옛사람들에게는 이것 역시 한시를 읽는 즐거움 중의 하나였다.

죽음 앞에서 듣는 거문고 연주

한시에서 성률을 중시하는 것은 그것을 낭송했을 때의 음악적 효과 때문이다. 지금도 중국 사람들이 유장하게 한시를 음송하는 소리를 들으면 참 상쾌한 느낌이 들 때가 많다. 예전 어른들이 느긋하게 한시를 음영하는 소리 역시 그 나름의 멋이 있다. 그럴 수 있는 것은 한시의 성률이 주는 효과에서 비롯한다. 더 예전으로 올라가보면, 한시가 악기 반주에 맞추어 노래로 불리던 시절이 있었다. 악부(樂府) 와 같이 애초에 노랫가락에 얹어서 불릴 것을 전제로 쓰는 한시도 있었지만, 한시가 발생하던 초기에는 한시와 음악이 불가분의 관계에 있었다는 것은 널리 알려진 사실이다. 이 때문에 한시는 언제나 음악과 나란히 병칭되기도 했고, 한시를 짓는 방법을 음악 연주에 빗대어 설명하기도 했다.

이유원(李裕元, 1814~88)의 『임하필기(林下筆記)』에 조선 후기의 문인 서유구(徐有榘, 1764~1845)의 일화가 기록되어 있다. 그의 나이 82세 되던 해, 병이 위독해졌다. 그는 시중드는 사람에게 자기 옆에서 거문고를 타게 했는데, 그 연주가 끝나자 세상을 떠났다는 것이다. 이유원의 기록에 의하면, 서유구는 고위관직을 지내면서 부귀영화를 누렸지만 만년에는 모든 재산을 다 나누어 주고 가난한 삶을 살았다고 한다. 그렇게 그는 자신이 축적한 가산을 죽기 전에 다 나누어 주고 거문고를 들으면서 평온하게 잠들면서 조금도 슬퍼하는 기색이 없었다고 한다. 그 기록을 보면서 필자는 죽음의 순간에 거문고 연주를 듣는 그의 경지가 경이로웠다.

어쩌면 조선의 선비들이 예(禮)와 악(樂)을 생활화했기에 도달할 수 있었던 것이 아닌가 싶다. 거문고 연주를 잘하지는 못해도 자신의 서재에 거문고를 걸어두는 것은, 그것을 보면서 자기 마음을 바로잡으려는 수양론적 태도가 있었기 때문에 가능했다. 정조시대의 문신인 남공철(南公轍, 1760~1840)이 「민생시집서(閔生詩集序)」에서, "시를 배우는 사람은 마땅히 거문고를 배워야 한다. …… 시는 성정(性情)에서 발현되는 것인데, 거문고는 사람의 마음을 바르게 하는 것이기 때문에 악기 중에서도 거문고가 시와 가장 가깝다"[8]라고 쓴 것도 바로 음악과 시가 가지고 있는 수양론적 태도를 전제로 한 것이다.

내 마음속 조화로움에 도달하는 길

정해진 규정을 따르는 것 중에서 음악만큼 철저한 것이 있을까 싶다. 악보가 만들어지고 나면 누가 연주하든 그 악보의 범주를 벗어날 수 없다. 연주자가 악보를 벗어나는 순간 연주되는 음악은 전혀 다른 작품이 된다. 그 사이에 미묘한 변주와 울림이 존재할 수도 있지만,

가장 근간에는 이미 만들어져 있는 악보가 자리한다.

예와 함께 악(樂)은 근대 이전 지식인들의 정신세계를 구성하는 두 개의 핵이었다. 이것들은 모두 생활에서 실천적으로 구현되는 것이었지만, 예가 다른 사람과의 관계 형성에 초점을 맞추는 것이었다면 음악은 자신의 내면을 다스리면서 스스로와의 관계를 만들어내는 매재(媒材)였다. 조선 선비들의 문집에서 음악에 관한 언급을 찾는 것은 그리 어렵지 않다. 삶의 현장에서 즐기는 것이든 사유의 공간에서 즐기는 것이든, 음악은 당시 지식인에게는 생활의 일부였다. 나아가 음악에 대한 논의는 개인적 차원을 넘어서 국가적 차원에서 논의되기 일쑤였다. 도대체 무엇 때문에 음악을 중시했을까.

국가의 근간은 학문에 정진하는 지식인, 곧 학인(學人)들이다. 그들의 수행과 공부가 현실에서 발현될 때 비로소 온 백성들에게 그 은택이 미친다고 생각했다. 통치자가 언제나 지식인들의 정신적 향배에 관심을 기울이는 이유가 여기에 있다. 그러나 문제는 지식인들의 정신세계는 가시적인 차원에서 논의될 일이 아니라는 점이다. 그들의 정신이 건강한지 어떤지를 무엇으로 보겠는가. 결국 이들의 정신적 차원이 현실태로 드러나는 부분을 주목하게 되는데, 그것이 바로 시문(詩文)과 예악(禮樂)이었던 것이다. 주기적으로 당대 지식인들의 시문 창작에 주목하고 그것을 바로잡으려고 애썼던 것도 이 때문이고,● 예와 음악의 시행과정을 틈틈이 점검하면서 문제점을 보완하려

●특히 조선 후기 정조(正祖)가 의욕적으로 추진했던 '문체반정(文體反正)'을 생각하면, 근대 이전 국가가 당대 지식인들의 시문에 주목하고 있던 정도를 짐작할 수 있다. 이 사건은 복잡한 정치적 국면이 얽혀 있는 것이기는 하지만, 적어도 시문이 가지는

고 노력했던 것도 이 때문이다.

음악은 언제나 예와 짝을 이룬다. 음악과 예는 인간의 안과 밖을 담당하면서 가장 이상적인 인간상 구현과 함께 인간관계의 모범적인 모델을 만드는 것이기 때문이다. 사회 속에서 인간과 인간 사이의 관계 형성과 질서에 기여하는 것이 예라면, 음악은 인간내면의 질서를 형성하는 데 큰 역할을 한다.

인간의 마음처럼 시시때때로 변하는 것도 흔치 않다. 조금만 '마음을 놓으면'(이것이 바로 '방심(放心)'이다. 공부를 하는 이유를 맹자는 '놓친 마음을 되찾는 것(求放心)'이라고 말한 것을 기억할 필요가 있다) 쉽게 잃어버리는 것이 마음이다. 마음은 가시적인 것이 아니기 때문에 무슨 마음을 먹든, 무슨 생각을 하든 손쉽게 할 수 있다. 그러나 마음이 이처럼 방일(放逸)하게 되면 언젠가는 행동으로 나오게 되고, 이것이 빌미가 되어 사회의 조화 역시 어긋나게 된다.

이렇게 격동하는 마음을 다스리는 도구로 옛사람들은 음악을 선택한 것이다. 질서 지어지지 않은 마음에 새로운 질서를 부여함으로써 마음의 조화 혹은 화평을 획득하기 위함이다.

무릇 음(音)이 일어나는 것은 마음으로 인하여 만들어진다. 마음이 움직이는 것은 사물이 그렇게 만든다. 사물에 감응하여 움직이기 때문에 소리에 드러나고 소리가 서로 응하기 때문에 변화를 만들어낸다. 변화가 일정한 형식을 만든 것을 '음(音)'이라

중요도를 단적으로 보여준다는 점은 분명하다.

고 한다. 음을 배열하여 그것을 연주하고 여러 춤의 도구에 이른 것을 '악(樂)'이라고 한다. '악'이란 '음'에서 말미암아 생겨난 것인데, 그 근본은 사람 마음이 사물에 감응하는 것에 있다.[9]

『예기(禮記)』「악기(樂記)」의 첫 부분이다. 음과 악의 구분에서 시작된 이 논의의 핵심은 음악이 자아의 내면과 세계의 접촉에서 생겨난다는 것이다. 즉 '나'와 천지가 어떤 관계를 맺는가에 따라 다른 음악이 생겨난다는 말이다. 인용문 다음에 이어지는 내용은 세계와 만나서 관계를 맺는 자아의 마음에 따라 음악이 어떻게 달라지는지에 대한 구체적인 진술이다. 그렇게 되면 음악 문제는 두가지 측면을 공유한다. 하나는 자신의 마음을 화평하게 만드는 수양의 문제가 대두하게 되고, 다른 하나는 세계의 조화를 자기 마음으로 끌어들이는 문제가 화두로 제기될 수 있다. 서로 다른 항목인 것처럼 보이지만,「악기」에 따르면 기실은 하나의 문제다. 가장 아름다운 소리가 천지의 조화에서 만들어지는 자연스러운 소리라는 점은 항용 이야기되는 것인데, 음악은 그것을 본받기만 하면 된다. 마음이 화평에 이르는 것은 그러한 과정에서 이루어지는 수양을 통해서다.

음악이 완성되는 자리가 바로 '물아일체(物我一體)'의 자리이며 '자아가 천지와 합일되는' 자리다. 예가 시행되는 자리에 언제나 음악이 따르는 것도 바로 외면의 질서에 내면의 조화를 덧붙인다는 의미일 것이다. 천지의 리듬이 내면화되어 자연스럽게 음악의 질서로 축적된다면 조화의 지극한 경지일 터, 이것이 다시 외면의 질서와 그 흐름을 같이할 때 비로소 악은 예를 완성시켜주고 예는 악을 충실히 구현하게 된다. 동시에 사람과 사람, 사람과 천지만물 사이의 조화로운 관계가 형성되어 가장 이상적인 사회로 나아가는 길이기도 하다.

다시 조화의 문제로 돌아가보자. 다양한 재료가 섞여서 하나의 음식이 될 때, 그 속의 재료는 그것이 가진 독특한 맛과 향으로 참여한다. 그러나 이것들이 모여서 단순한 결합으로 나타나는 것이 아니라 그것과는 전혀 다른 차원의 맛으로 나타난다. 하나와 하나가 만나서 둘이 되는 관계가 아니라 둘 이상의 전혀 다른 세계를 펼쳐 보이는 것이다.

현실적으로 예와 악은 서로 다른 모습으로 드러난다. '예는 차이를 강조하고 악은 같음을 지향한다.' 물론 이런 때의 '같음(同)'은 겉모습만 똑같이 꾸미는 소인의 동일성과는 전혀 다른 개념이다. 이것은 조화를 통한 합일을 의미한다. 그러므로 예가 공경함을 위주로 한다면 악은 친근함을 위주로 한다. 그러나 어느 한쪽이 지나치면 문제가 발생한다. 예가 지나치게 강조되면 진실한 마음은 사라지고 형식만 남는다. 반대로 악이 지나치게 강조되면 방종으로 흐른다. 이 둘의 관계를 얼마나 절묘하게 유지하는가가 조화로운 세계를 만드는 관건이다.[10]

예가 만드는 질서와 악이 만드는 질서가 서로 다른 두개의 조화로움으로 나타나는 것이 아니다. 이들이 합쳐져서 전혀 다른 차원의 사회적 질서와 조화로 구현된다. 그러기 위해서 예와 악은 적절한 긴장관계를 유지해야 한다. 「악기」에 주석을 붙인 채씨(蔡氏)가 적절히 언급한 것처럼, 예와 악은 서로 다른 두가지 개념이 아니다. 이것은 서로 다른 모습으로 드러날 뿐, 하나의 이치에서 나온 것이다. "예의 조화로움이 악이고, 악의 절조가 바로 예(禮之和卽是樂, 樂之節卽是禮)"다.

사물들 간의 우호적이고 조화로운 관계는 저절로 이루어지지 않는다. 그것은 지금의 부조화한 사회와는 전혀 다른 차원의 세계를 위해서 새로운 관계를 모색하는 과정에서 만들어진다. 그 속에 아름다운 예와 악이 있다. 각고의 노력 끝에 도달하는 예와 악의 지극한 경지가 새로운 세상을 여는 것이다.

음악이 스민 시

한시에서 조화롭다는 것은 무엇을 의미하는 것일까. 내용과 형식의 조화는 당연한 조건이겠지만, 이밖에도 많은 전제를 필요로 한다. 주제를 드러내기 위한 여러 소재들 사이의 조화도 있어야 하고, 작품의 부분들을 조화롭게 만들어주는 구조적 측면도 고려해야 한다. 작가의 생각과 선택된 소재 사이의 조화라든지, 사용된 비유의 방식, 비유를 통해 드러나는 내용의 조화 등도 당연히 있어야 한다. 거기에 빼놓을 수 없는 하나의 조건이 바로 성률이다.

우리말 역시 마찬가지지만, 한자는 자신만의 독특한 음색을 지니고 있다. 글자마다 서로 다른 음과 높낮이를 가진 한자는, 그 조합만으로도 엄청난 양의 음악적 효과를 만들 수 있다. 중국어로 한시를 읽기만 해도 그 안에 스민 음악적 차원을 느낄 수 있을 정도다. 한시의 음악적 차원을 구성하는 핵심이 바로 성률이다. 성률은 하루아침에 만들어진 것이 아니다. 어떻게 글자 구성을 해야 가장 아름다운 울림을 얻을 수 있을까에 대한 고민과 시도가 축적되어 오늘의 성률을 만들어냈다. 우리가 한시의 역사에서 흔히 고시(古詩)와 근체시(近體詩)를 나누어 설명하는 이유는 바로 성률의 차이 때문이다.

사람들은 시를 지어서 낭송하거나 음률에 얹어 노래로 부를 때, 어떤 방식으로 글자를 배치하는 것이 아름다운 소리를 내는가에 대해 오랫동안 관심을 가져왔다. 그렇게 해서 정착된 방식이 바로 평측법(平仄法)이라든지 압운(押韻) 같은 것이었다. 오언시인가 칠언시인가, 절구(絶句)인가 율시(律詩)인가 등에 따라 다양한 성률의 구성이 존재하는데, 이것을 익히는 것은 시를 공부하는 사람에게는 참으로 어려운 일이다. 마치 수수께끼를 푸는 것처럼 글자를 정교하게 배치하면서도 자신의 뜻을 잘 전달하는 것은 단기간에 숙달될 수 없는 능력이다. 어렸을 때 시를 지어 이름을 천하에 떨친 신동이라 해도 글자의 대구(對句)를 맞추거나 아이다운 기발한 상상력을 표현한 것 때문에 칭송을 받는 경우가 대부분이다. 어린아이에게 성률의 완벽함을 요구한다는 것은 그만큼 어렵다는 뜻이다.

조선의 선비들에게 한시 창작이 더 힘들 수밖에 없는 이유는 한자를 읽는 방식에 있어서 중국과 우리나라가 다르다는 점 때문이다. '家'를 우리는 '가'라고 발음하지만 중국은 '지아'라고 발음한다. 게다가 중국 발음에는 높낮이가 있지만 우리는 없다. 이와 같은 근본적인 차이 때문에 한시를 짓는 조선의 선비들 입장에서는 한자 하나하나의 뜻과 발음은 물론 그 글자의 높낮이(성조)를 외워야만 했다. '家'를 예로 들어보자. 이 글자의 성운은 일반적으로 평성(平聲)에 속하는데 그중에서도 하평성(下平聲) '麻(마)'자 운에 속한다. 그러나 때에 따라서는 하평성 '虞(우)'자 운에 속하는 것으로 쓰기도 한다. 이렇게 글자 하나하나를 모두 외워서 쓸 줄 알아야 하니, 중세의 지식인들에게 한시를 한편 짓는 일은 정말 많은 단계를 거쳐야 가능한 것이었다.

오랫동안 연습을 한 끝에 중요한 글자의 성운을 알고 있을 수는 있지만, 중국 사람이 아닌 한에야 모든 것을 알 수는 없었다. 그래서 선비들의 필수품 중에 운서가 빠지지 않았다. 운서는 글자의 성운, 즉 어떤 글자의 평측은 무엇인지, 평성과 측성에 속한다면 그 안에서도 어떤 운자 계열에 속하는지를 기록해놓은 일종의 사전 같은 책이다. 평소에 좋은 시구절이 생각나면 메모해두었다가 운서를 찾아서 각 글자마다의 운자를 확인해볼 때 필수품인 셈이다. 심지어 글자 수에 맞추어 작품을 한편 만든 뒤 글자마다 운서를 뒤져서 확인해보고 운자에 맞추어 같은 뜻의 한자를 찾아넣는 일도 있었다.

순조롭게 읽히는 시

한시를 중얼거리며 읽어볼 때가 있다. 이따금씩 구절마다 토씨를 붙여서 읽는다. 처음에는 좀 어색하지만 그런 식으로 여러차례 읽어보면 묘한 울림이 느껴진다. 번역이 잘 안 되는 한시를 여쭤보려고 어른들께 보여드리면 그분들 역시 흐린 눈을 가늘게 뜨고는 음송을 하시던 모습이 생각난다. 몇차례 그렇게 음송을 한 다음에 풀이를 하셨다. 지금도 그 소리가 귀에 쟁쟁하다.

한번은 어른께서 한시를 소리 높여 음송하신 다음, 그 작품이 너무도 잘 읽힌다는 말씀을 하신 적이 있다. 읽는 소리가 순조로워야 좋은 시라는 말씀이다. 이러한 논지의 이야기는 중국 남조시대에 활동했던 종영(鍾嶸, 468경~518경)의 『시품(詩品)』에서 "입에 순조롭기만 하다면 충분하다[口吻調利, 斯爲足矣]"라고 한 이래 많은 사람들이 누누이 언급했던 바다. 좋은 시를 만드는 여러 요소들 중 음악적 자질의 핵심이 성률에 있다면, 당연히 작시 과정에서 충분한 고려가 되어야 마땅하다.

가느다란 올이 무수히 모여 아름다운 비단이 되듯이, 아름다운 울림을 가진 글자들이 모여서 맑고 청량한 소리를 가진 음악성 가득한 작품이 된다. 서로 다른 음들이 적절한 배치 속에서 연주될 때 비로소 뛰어난 거문고 가락이 울리는 법이다. 이처럼 한시를 구성하는 각각의 글자는 그것만의 소리와 높낮이를 가지고 참여하지만 전체 작품이 가지는 색깔에 방해가 되지 않는다. 오히려 그런 개성이 모여서 새로운 차원의 작품을 만들어낸다. 이것이야말로 옛 선비들이 이상적 목표로 삼았던 '화이부동(和而不同)'의 예악 세계가 아니겠는가.

함축이 만드는 여백의 아름다움

글자 하나하나가 무한한 주름을 가지도록 만드는 것이야말로 시인의 미덕이다. 주름을 펼치는 것은 상당 부분 독자들의 몫이고, 어디를 어떤 방식으로 펼칠 것인가 하는 것 역시 독자들의 능력이다. 그러나 그 이전에 무한한 주름을 만들어서 간결하고 섬세하게 작품을 써낼 수 있는가, 독자들이 그 주름을 좀더 쉽고 흥미롭게 풀 수 있도록 배려하며 창작을 하는가 하는 점은 바로 시인의 몫이다.

독자와 시인의 몫이 결합하여 무한한 주름의 향연이 펼쳐진다. 가늘고 고운 실을 촘촘히 엮어서 천을 만들면 쉽게 찢어지거나 잘리지 않듯이, 무수한 주름들이 접혀서 만들어내는 공간 역시 일상적인 언어로는 도저히 공략 불가능한 강력한 경계를 구축한다. 겉으로는 편안하고 텅 빈 공간처럼 보이지만, 막상 그것을 비집고 들어가려 하면 작은 틈조차 보이지 않는다. '여백'을 쉽게 설명할 수 없는 것은 바로 그 때문이다. 이렇게 보면 문학적 함축은 주름들로 단단하게 여미기 위한 수단이기도 하다. 그래서 함축은 복잡함을 넘어서 단순함을 지향한다. 함축이야말로 여백의 아름다움이 만드는 힘이며, 언어의 표면적 한계를 넘으려는 시인들의 꿈이다.

말은 끝났으되 뜻은 끝나지 않은 경계, 텅 비었지만 내밀한 뜻으로 가득한 공간, 이를 언어로 형상화한다는 것은 불가능하다. '함축'이란 바로 그런 것들을 통칭하는 말이다.

글자 사이에 존재하는 여백을 찾아서

동아시아 예술에서 여백은 예술적 감흥을 자아내고 뛰어난 작품을 만들어내는 중요한 요소 중의 하나다. 흰 바탕은 색칠을 하지 않은 원재료가 아니라 그 자체로 작품의 중요한 부분이라는 사실을 우리는 잘 알고 있다. 여백의 발견은 예술사에서 획기적인 사건이었고, 여백을 통해서 예술은 형상과 언어를 넘어서 새로운 세계의 존재 가능성과 전달방식을 모색할 수 있었다.

누구에게나 평생 기억에 남을 만한 강렬한 느낌이 한두번 있을 것이나 그것을 설명해내는 것은 거의 불가능하다. 필자에게는 바다의 기억이 그런 종류의 것이다. 일상적 공간으로서의 바다가 전혀 다른 방식으로 각인되는 순간, 바다와 하늘은 순식간에 무한한 주름의 한 귀퉁이를 슬쩍 보여주며 뇌리를 강타했다. 어쩌면 스쳐지나갔을지도 모를 그 순간이 필자에게 포착되어 세월이 지난 지금까지도 언어 저편의 미적 공간으로 남아 있게 되었다. 겨울바람에 스치면서 포말을 일으키는 바다가 여전히 필자 앞에 누워 있지만, 그 너머로 펼쳐진 무한한 하늘은 일상적 풍경으로서의 바다가 전혀 다른 방식으로 눈에 들어올 수 있도록 만들어준 중요한 배경이었다. 그 무렵부터 필자는 사물의 형상과 일상 언어를 넘어서 무언가 마음을 건드리는 것이 존재한다는 사실을 어렴풋하게 느꼈다.

빈 공간처럼 보이는 사물도 내부에 얼마나 많은 주름을 내장하고 있을 것인가. 그 주름의 어느 부분이 우주를 덮을 정도로 펼쳐질 때 그 표면적인 모습은 그냥 여백처럼 드러난다. 촘촘하기 그지없는 주름과 텅 빈 공간 같은 여백 사이에 거리가 없음을 강렬하게 느낄 때 우리는 비로소 언어를 넘어 새로운 경계로 나아갈 수 있다.

예술이론에 따라 여백을 해석하는 방식은 다양하겠지만, 필자에게 여백이란 무한한 주름으로 가득한 상상의 공간이다. 매일 바다에서 놀았지만 한번도 바다가 필자의 눈에 들어온 적이 없었던 것은 바다가 필자에게 깊은 의미를 해석할 여지를 주지 못했기 때문이다. 그저 눈앞에 펼쳐져 있는 일상의 공간일 뿐, 그 이상의 의미를 가지지 못했다는 뜻이다. 복잡한 선과 구도로 가득한 장면을 보는 것보다 단순하지만 풍부한 여백을 가진 장면이 오랫동안 뇌리에서 떠나지 않는 것 역시 그것이 지닌 무한한 주름 때문이다.

한시의 맛을 느끼게 된 사람들은 알 듯 말 듯한 여백 앞에서 멈칫거린다. 그러고는 그 여백의 아름다움이 어떤 방식으로 구현되는가를 살피는 일이 많아지게 된다. 단순히 경물을 나열하는 시구(詩句)로 이루어졌지만 후대의 시인들은 그 작품을 두고두고 칭송하는 경우가 있다. 어떤 때는 도대체 왜 그 작품을 높게 평가하는지 알지 못한 채 그저 중요한 작품이겠거니 하는 마음으로 읽기도 한다. 그러다 어느 단계가 지나면 분명히 옛 시인들이 높게 평가하는 이유가 따로 있다는 점을 알게 된다. 조선 중기 삼당시인(三唐詩人) 중의 한 사람인 옥봉(玉峯) 백광훈(白光勳, 1537~82)의 작품 「홍경사에서〔弘慶寺〕」(『옥봉시집(玉峯詩集)』·상(上))를 들어서 그 점을 살펴보자.

가을 풀 속 예전 왕조의 절	秋草前朝寺
남아 있는 비석엔 학사의 글.	殘碑學士文
천년토록 흐르는 물	千年有流水
지는 해에 돌아가는 구름을 본다.	落日見歸雲

최고의 시 평론가였던 허균은 『학산초담』에서 이 작품을 '절창(絶唱)'이라고 평한 바 있다. 어떤 설명도 없이 그냥 두 글자로만 이 작품을 평할 수밖에 없었던 사정이 있었겠지만, 처음 이 평을 접한 사람은 무엇 때문에 절창으로 평가되었을까 하는 의문이 가득할 수밖에 없다. 명사로 끝나는 시구, 불연속적으로 나열된 사물들을 보면서 모호한 이미지만으로 작품을 파악해야 하기 때문이다. 그 모호함은 작품에 대한 명료한 인식을 어렵게 만들고, 절창이라는 평가 이면에 혹시 읽는 이가 모르는 시적 비의(秘意) 같은 것이 있지 않을까 하는 기대감을 가지게 하기도 한다. 허균의 평을 접했을 때 필자 역시 그러했다. 지금도 이 작품을 절창이라고 평한 허균의 경계를 엿볼 수는 없지만, 여백의 아름다움이 작품 전편에 흐르고 있다는 점은 분명해 보인다.

백광훈은 '가을 풀'과 '남아 있는 비석', '천년'과 '지는 해'의 선명한 대비를 통해 인간의 삶이 얼마나 덧없는 것인가를 보여주고자 했다. 여름의 무성한 시절을 끝내고 이제는 스치는 바람에도 힘없이 날리는 가을날의 풀들, 그것이 덮고 있는 예전 시대의 절 풍경, 영원한 영광을 누릴 줄 알았던 학사(學士)의 글을 새긴 비문도 '잔비(殘碑)'로 남았다. 성대한 시절이 지나 이제는 흔적만 남은 쓸쓸한 이미지를 '잔(殘)'이라는 글자 속에 담았다. 게다가 천년토록 흐르는 강물이 드러내는 자연의 이미지는 '지는 해' 가운데 서 있는 작자 자신의 짧고 보잘것없는 삶과 대비되어 쓸쓸함과 비극적 이미지를 강화시킨다.

　　이렇게 글자나 단어들이 만들어내는 통사적 조합 속에서 우리는 백광훈이 느꼈을 무상함을 함께 공유하게 된다. 많은 사람의 공감을 얻을 수 있었던 것은 백광훈 자신이 사물에서 촉발된 감흥을 서술하지 않았다는 점에 상당 부분 기대고 있다. 그는 눈앞에 있는 풍광을 짧고 단순하게 나열하고 배치함으로써 자신의 감흥을 효과적으로 드러낸다. 바로 함축에서 비롯된 힘이다. 독자들은 '추초(秋草)'라는 단어를 접하는 순간 가을의 풀들이 주는 이미지를 떠올리게 되고, 그것을 통해 백광훈의 정서적 상태뿐만 아니라 자신이 겪었을 과거의 많은 이미지를 동시에 떠올린다. 사건이나 감흥을 서술하는 순간 독자의 상상력이 제한되는 것에 비해, 백광훈은 짧은 단어와 구절들을 불연속적으로 나열함으로써 독자들이 문맥 사이로 자신의 상상력을 틈입시킬 수 있는 여지를 마련해준다. 그게 바로 함축이다. 이런 맥락에서 보면 함축은 기본적으로 여백의 아름다움을 근간에 품고 발현되는 시의 미덕이라 할 수 있다.

말은 다하여도 뜻은 다하지 말아야 한다

언어를 넘어서 오래도록 여운을 남기는 작품을 쓰는 것은 모든 시인들의 꿈이다. 예나 지금이나 시인들은 언어의 감옥을 넘어서 대자유를 만끽하려는 희망을 품고 살아간다. 그렇지만 대부분은 실패한 흔적만을 남기고 사라지게 마련이어서, 언어를 넘어서려는 꿈은 말 그대로 한갓 꿈으로 남는다. 그런 점에서 신흠의 글은 참으로 시사적이다.

> 시는 말이 다하여도 뜻은 다하지 않은 것을 귀하게 여긴다. 그런데 배율을 짓는 사람들은 뜻을 이미 다하였는데도 말은 여전히 많다. 심한 경우 세상의 온갖 사물들을 갈고리질하듯 가져와서 마치 온갖 음식을 차려놓은 밥상처럼 벌여놓으니 진실로 아무런 의미가 없다.[11]

말은 다해도 뜻은 다하지 않았다는 것은 언어가 포용할 수 있는 범위에 대한 한계를 명확하게 드러내는 말이다. 물상을 형용할 때 많은 언어를 동원한다고 해서 그 의미나 이미지를 분명하게 전달할 수 있는 것은 아니다. 가장 핵심을 포착해서 간결하면서도 쉽게 전달하는 능력이야말로 시인들의 큰 미덕이다. 신흠은 배율(排律)을 짓는 사람들의 언어가 지나치게 늘어진다는 생각을 했던 것으로 보인다. 네 구절로 이루어진 절구나 여덟 구절로 지어지는 율시는 그 짜임새도 정갈하게 되어 있을 뿐 아니라 분량으로 보아도 시인이 쓰려는 핵심만을 확실하게 드러내야 작품을 완성하게 되어 있다. 그런 점에서 보면 최소한 열 구절 이상 길게는 수백 구절로 이루어지는 장편 한시인 배율은 짜임새도 느슨하지만 언어 사용 역시 소모적이라는 것이다.

신흠은 이 글을 통해서 '함축'의 중요성을 말하고 싶었던 것으로 보인다. 자상하고 자세하게 설명함으로써 독자들의 공감을 이끌어내는 산문과는 달리, 운문은 부분과 부분 사이의 비약과도 같은 여백을 통해서 독자들의 감동을 이끌어낸다. 인간의 제한된 언어로는 도저히 이를 수 없는 경계, 그것을 표현하고자 했던 많은 시인들의 노력이 여백의 감동을 만들어내는 것이다. 말은 다했어도 뜻은 다하지 않은 경지, 바로 그 깊은 문맥의 심연에서 새로운 세계가 열리는 셈이다.

살을 덧붙이는 것보다 최대한 얇게 덜어내는 것이 어렵다는 건 누구나 경험해본 바일 것이다. 여백을 통한 시적 함축은 최대한 덜어내서 간결하게 만드는 것이 그 출발점이다. 마구 덜어내는 것이 아니라 글자와 글자, 단어와 단어 사이의 미묘한 문맥을 논리적으로 고려하면서 덜어내야 하는 것이기에 함축을 위한 덜어내기는 높은 공력이 필요하다.

이민환(李民寏, 1573~1649)이 정작(鄭碏, 1533~1603)의 시집에 붙인 글에는 이런 일화가 기록되어 있다. 이민환은 자신의 형인 이민성(李民宬, 1570~1629)과 함께 부친의 임지를 따라다니다가 정작을 만난다. 그는 선학(仙鶴)과도 같은 풍모에 청고(淸高)한 인품의 소유자였다. 하루는 그가 시를 읊조리는 소리를 듣는다.

검각 밖에서는 황제라 칭하였더니	劍外稱皇帝
인간세상에선 자규에 의탁하였다.	人間托子規
배꽃 핀 고사엔 달빛 밝은데	梨花古寺月
오경이 될 때까지 울음을 운다.	啼到伍更時
나그네는 천년의 눈물 흘리고	遊子千年淚
외로운 신하는 재배의 시*를 쓴다.	孤臣再拜詩
근심스러운 창자야	愁腸一叫斷
한번의 울음으로 끊길 텐데	
어찌 저렇게 괴로이 슬퍼하는가.	何用苦摧悲

「청평사에서 자규 울음소리를 듣고〔淸平寺聞子規詩〕」라는 제목의
이 작품은 자규에 얽힌 고사를 이용하여 정작 자신의 감흥을 노래한
것이다. 흔히 두견새라고도 불리는 자규는 억울하게 죽음을 당한 촉
(蜀) 황제의 혼백이라는 고사가 전한다. 황제의 지위를 빼앗기고 죽
음에 이른 이미지는 밤새도록 피나게 우는 두견새의 이미지와 겹치
면서 애끓는 듯한 슬픔을 표현할 때 사용되는 비유가 되었다. 세조에
게 왕위를 빼앗기고 강원도 영월로 유배되었다가 비극적인 죽음을
맞은 단종 역시 「자규사(子規詞)」라는 제목으로 시를 쓰면서 자규의
울음소리를 통해 자신의 처지를 드러낸 바 있다. 정작이 이 작품에서
무엇을 염두에 두고 자규의 피나는 울음을 시로 써냈는지 정확히 알

●두보는 「두견시(杜鵑詩)」에서, "나는 두견을 보기만 하면 항상 두번 절을 하는데, 그
  것은 옛 황제의 혼백을 중시하기 때문〔我見常再拜, 重是古帝魂〕"이라고 하였는데, 이
  구절을 이용한 표현이다.

도리는 없다. 그러나 검각 밖의 촉에서는 황제로 칭해지던 존재가 인간세상에서는 자규로 환생하여 피나는 울음을 운다는 첫 구절의 진술로 보아 다분히 정치적인 우의를 문맥 속에 감춘 것으로 추정되기는 한다.

그러나 여기서 주목하고자 하는 바는 그 우의적 내용에 있지 않다. 이 작품을 읊조리는 소리를 들은 이민성이 약간의 이의를 제기한다. 정작의 작품이 아름다운 건 분명한데, 뒷부분을 구성하는 네 구절은 '군더더기〔剩〕'인 것 같다는 것이었다. 그러자 정작은 마시던 술잔을 멈추고 자신의 문학적 스승이라며 칭탄했다고 한다.[12]

이 일화는 정작의 인품과 함께 그의 문학적 포용력 역시 뛰어나다는 점을 드러내기 위해 거론된 것이기는 하다. 그러나 좀더 깊이 들여다보면 정작, 이민성 등이 시작품을 평가하는 중요한 기준으로 '군더더기' 없이 깔끔한 작품을 지향했다는 점을 알아차릴 수 있다. 배꽃이 하얗게 핀 봄밤, 오래되어 퇴락한 절, 달빛이 밝게 부서지는 시간, 새벽이 올 때까지 피나게 울어대는 자규의 울음소리 등 여러가지 감각적 이미지들이 3~4구에 집약적으로 표현되어 있다. 이민성이 보기에 이 구절에서 정작이 말하려고 했던 것은 모두 들어 있으므로, 나머지 구절들은 쓸데없는 부분이었다. 그가 지적한 부분은 단어의 나열을 통해 이미지를 연결시키고 있으므로 단어와 단어 사이에 기묘한 단절이 존재한다. 특히 '배꽃 핀 고사엔 달빛 밝은데〔梨花古寺月〕'라는 부분이 그렇다. 이러한 특성을 잘 보여주는 한시작품일수록 해석은 어려워진다. 어떻게 해석해도 작가가 표현하고자 하는 감흥을 살리기란 정말 힘들다. 결국 한시 읽기에 능숙한 독자가 자신의 감각과 상상력을 잘 발휘하여 최대한 작가의 정서적 차원에 공감할 수 있어야 작품은 해석되는 것이다.

기본적인 정서는 쓸쓸함이지만, 밝은 달빛과 흰 배꽃이 만발한 공간에 자규의 울음소리를 배치함으로써 정작은 독자들에게 상상의 공간을 최대한 마련해준다. 그 공간은 앞서 촉 황제 고사를 활용한 역사적 상상력이 만들어낸 것임과 동시에 작자 자신의 내면 풍경을 객관적 풍광과 잘 결합하여 만들어낸 것이다. 언어로 모든 것을 묘사해 내려 하지 말고 여백을 효과적으로 배치함으로써 언어의 한계를 넘으라는 요구는 바로 그 순간에 작동한다. 그러니 이민성이 나머지 부분을 군더더기라고 말을 하고 정작이 거기에 동의할 만하지 않은가.

서사적인 시와 함축적인 시

조선 중기의 문인 이헌경(李獻慶, 1719~91)이 지은 작품 중에 「다시 금강산에 들어가며〔再入金剛〕」가 있다.

산승이 흰 구름 끝에서 나를 기다리다가　　山僧候我白雲端
금강산 봄일이 끝났다고 알려준다.　　　　報道金剛春事闌
온 나무에 핀 두견화 얼어 죽었나니　　　　凍殺杜鵑花萬樹
간밤 비바람에　　　　　　　　　　　　　夜來風雨不勝寒
추위를 이기지 못했다 하네.[13]

작품을 읽어보면 작자가 무엇을 말하려고 하는지 충분히 알 수 있다. 게다가 작품 속에 들어 있는 서사 문맥 역시 쉽게 파악이 된다. 금강산에 두견화(杜鵑花, 진달래)가 만발하면 봄의 경치가 한층 아름다워진다. 예전에 금강산 구경을 이미 했지만, 이헌경은 두견화 만발한 금강산을 보고 싶어서 일부러 또 발걸음을 했다. 그런데 자신을 기다리고 있던 금강산 스님이 봄추위가 갑자기 몰아닥쳐서 꽃이 모두 얼어 죽었다고 말을 하더라는 것이다. 이 내용은 이헌경이 써놓은 창작 배경에 고스란히 들어 있다. 결국 그는 산문으로 쓴 것을 칠언절구 형식을 빌려서 썼다고 해도 과언이 아니다.•

물론 이 작품을 서사성이 강한 작품으로 평가할 수도 있다. 그러나 그 서사성이 독자들의 다양한 생각과 상상력을 자극하는 방식으로 배치되어야 한다. 독자의 역할이 주어지지 않는다면 작품을 읽는 재미는 뚝 떨어진다. 게다가 작품 앞부분에 창작 배경을 서술하면서 작품의 내용을 산문으로 자세하게 제시했으니, 도대체 이 작품에서 독자들이 어떤 상상력을 발휘할 수 있단 말인가.

• 이헌경이 써놓은 글은 다음과 같다.

장안사의 스님이 철이령 서쪽에서 나를 기다리다가 알려주기를, "며칠 전 비바람이 크게 치고 큰 추위가 몰아쳐서 금강산에 피었던 두견화가 이미 얼어서 떨어졌다"라고 한다. 나는 예전에 이미 금강산 유람을 하였지만 지금 다시 온 것은 대개 꽃소식이 금강산의 승경에 덧보태졌으리라 여겼던 탓인데, 꽃이 이미 다 떨어졌다고 알려주어서 너무도 슬펐다. 또한 가뭄을 걱정해서 비를 빌었는데, 비를 얻은 것은 농부들을 위해 다행이긴 하지만 오직 꽃의 신령에게 원한을 품게 하였으니 더욱 웃을 만하다(長安寺僧來候於鐵伊嶺西, 告曰, "數昨風雨大寒, 金剛山中杜鵑花, 已凍而落矣." 余前已遊賞金剛, 今再來, 盖爲花事添得勝槩, 而花已告盡, 悵然殊甚. 且以憫旱祈雨, 得雨, 雖爲農者幸, 獨令花神含寃, 更堪好笑).

이인로의 작품을 이헌경의 것과 비교해보도록 하자. 다음은 이인로의 「산에 살며[山居]」(『기아(箕雅)』 권1)다.

봄은 가도 꽃은 여전히 남아 있고　　　　春去花猶在
날씨는 맑아도 골짜기는 절로 어둑하다.　天晴谷自陰
두견새 우는 소리 대낮에 듣고　　　　　杜鵑啼白晝
사는 곳이 깊숙하다는 걸　　　　　　　始覺卜居深
비로소 깨닫는다.

이헌경과 같은 내용을 다루는 것은 아니지만 봄날을 묘사해내는 솜씨가 여러가지 점에서 비교된다. 이인로의 작품을 통해서 우리가 파악할 수 있는 것을 우선 확인해보자. 작중 화자는 산속에 터전을 마련하고 은거를 한다. 그는 자신의 거처가 얼마나 깊은 산골짜기에 있는가를 몇가지 증표로 묘사한다.

봄이 다 지나갔지만 작중 화자가 살고 있는 곳에는 여전히 꽃이 피어 있는 채로 남아 있다. 그만큼 여름이 늦다는 증거다. 게다가 날씨는 맑은데 골짜기가 깊어서 어둑하니 언제나 흐려 있는 듯하다. 어둑한 골짜기라는 점을 극적으로 보여주는 것이 바로 두견새의 울음소리다. 원래 두견새는 한밤중에 운다. 어둠이 내리면 울기 시작해서 새벽이 될 때까지 우는 새다. 그런데 한낮에 두견새 울음소리를 듣는다. 골짜기가 얼마나 깊은 그늘을 가지고 있는지 두견새도 밤중인 줄 알고 운다는 것이다. 이 정도면 작중 화자의 은거가 얼마나 깊은 곳에서 이루어지는지를 독자들은 짐작한다.

깊은 산속에서 살아가는 사람의 배경을 몇가지 나열함으로써 거처의 깊음을 보여주는 솜씨가 대단하다. 우리는 불과 스무 글자를 가지고 작중 화자의 주거지가 물리적으로 매우 외딴곳이라는 점을 짐작해내고, 나아가 그것이 배경으로만 끝나지 않고 그의 심리적 거리가 속세와 얼마나 절연되어 있는지 느낄 수 있다. 골짜기가 '깊다'는 말은 마지막에 한 글자로 처리되어 있는데, 그 앞의 모든 단어와 구절들이 바로 이 글자를 향해 배치된 것을 알 수 있다. 그만큼 이인로는 작품의 구성과 글자의 배치에 섬세한 배려를 하였다. 여러차례 이 작품을 읽으면서 독자들은 각각의 단어와 구절들이 드러내고자 하는 바를 추정해보고, 문맥의 이면에 감춰져 있는 이인로의 감정과 생각을 체험해보는 것이다. 이렇게 될 때 시적 함축이 빛을 발하면서 언어의 표면적 차원을 넘어 새로운 해석의 세계로 나아갈 수 있는 계기를 마련한다.

일상과 비일상 사이에서 서성거리기

　작가의 발언은 때때로 사회적 파장을 크게 일으킨다. 정치적인 것이든 풍속에 대한 것이든, 예술계의 현실이나 개인적 신념을 밝히는 것이든 작가의 발언은 사람들의 관심을 집중시키는 힘이 있다. 사회학자나 정치학자가 아닌데도 작가의 말 한마디는 어떤 사람보다 큰 영향력을 가지는 경우가 많다. 심지어 작가를 '공인(公人)'으로 여기면서 그의 말에 상당한 의미와 책임을 부여하기도 한다. 작가의 말이 그만큼 강한 영향력을 지닌다는 증거이기도 하지만, 그러한 생각 이면에는 일반 독자들이 작가에 대해 가지고 있는 기대지평 같은 것이 있다는 뜻이기도 하다. 아무리 작품일 뿐이라고 강조해도 독자들은 작품 속의 발언을 작가의 현실 속 발언과 등치시키기 일쑤고, 그것을 빌미로 온갖 이야깃거리를 만든다. '작품은 곧 작가'라는 등식을 잠언처럼 우리 머릿속에 각인하고 있는 한, 우리가 작품에서 작가의 모습을 떠올리는 것은 당연한 순서다.

입장을 바꿔놓고 생각해보자. 작가는 좋은 작품을 쓰기 위해 피나는 노력을 한다. 어떤 노력도 없이 불후의 명작을 써내는 천재적인 작가도 있다지만, 그러한 경우는 대단히 희귀한 사례이거나 이리저리 떠도는 전설에 불과하다. 어느날 홀연 시마(詩魔)에 걸려서 내뱉는 말마다 주옥같은 시문이 되었다는 이야기도 있지만, 이것도 냉철하게 보자면 그렇게 되고 싶은 인간의 욕망이 투사된 이야기에 불과할지도 모르겠다.

어떻든 작가는 좋은 작품을 위해서 어떤 짓도 마다하지 않는 법이다. 근대 이전에도 좋은 시문을 쓰기 위한 노력을 높이 평가하였다. 사람들은 그런 이야기를 들으면서 부러움과 시샘 섞인 마음을 가졌지만, 동시에 좋은 작품을 만들어낼 수 있는 비결을 엿보기 위해 애쓰곤 했다. '어떻게 하면 나도 뛰어난 시문을 쓸 수 있을까?'

사마천 문장의 비밀

옛사람이 사마천을 평한 글을 읽은 적이 있는데, 다음과 같다. "사마천은 호탕한 기운으로 천하의 위대한 볼거리를 다 보았던 까닭에 그 문장에 변화가 끝이 없다. 길고 긴 회수(淮水)와 거대한 양자강의 놀라운 물결을 보고 글이 자유분방하고 드넓어졌고, 천지를 삼킬 듯 뒤엉긴 동정호와 팽려호의 기세를 보고 글에 기운이 머물러 쌓여 웅숭깊어졌다. 공자와 맹자의 고향 마을을 가보고 글이 온화하고 정중하며 전아하게 되었고, 초나라 삼려대부 굴원이 자결한 원상(沅湘)을 가보고 글이 비분강개하면서도 격정적으로 변했다. 장쾌하면서도 용맹한 것은 유방과 항우의 싸움터에서 얻은 것이고, 가파르면서도 우뚝 빼어난 것은 파촉(巴蜀)의 검각(劍閣)에서 얻은 것이다."[14]

이 글은 서거정이 성현(成俔, 1439~1504) 등 세 사람이 중국에 사신으로 다녀오면서 지은 시문집인 『관광록(觀光錄)』에 붙인 서문이다. 사마천(司馬遷, BC 145경~BC 85경)의 『사기(史記)』는 역대 문인들이 도달하고자 했던 장쾌하면서도 뛰어난 문장의 모범이다. 조선의 선비들 역시 『사기』를 읽으면서 문장의 수준과 깊이를 더하려 노력했다. 기록에 의하면 정두경은 『사기』를 수천번 읽었고, 김득신은 『사기』에 수록되어 있는 「백이전(伯夷傳)」을 1억 1만 3천번 읽었다고 한다. 놀라운 것은 김득신이 쓴 「고문삼십육수독수기(古文三十六首讀數記)」에서 자신이 『사기』를 많이 읽지 않은 것은 아니지만 만번을 채 못 읽었기 때문에 기록하지 않은 것일 뿐이라고 하였다. 이 정도면 그 횟수에 우선 놀라게 된다.

도대체 사마천은 어떻게 그런 경지에 도달할 수 있었을까. 사람들은 사마천의 생애에서 다른 사람과 구별되는 특이점을 발견했다. 젊은 시절, 중국 천하를 주유하면서 견문을 넓혔다는 사실이었다. 이 기록은 『사기열전(史記列傳)』 마지막 부분에 붙어 있는 「태사공자서(太史公自序)」에 들어 있다.

사마천은 용문(龍門)에서 태어나 황하의 서쪽과 용문산의 남쪽에서 농사를 짓고 짐승을 길렀다. 나이 열살이 되었을 때 고문을 배웠다. 스무살이 되자 그는 남쪽으로 양자강과 회하를 두루 밟아보고, 회계산에 올라 우임금의 무덤을 찾아보고 순임금의 무덤이 있다는 구의산을 엿보았으며, 원과 상 두 강에서 배를 띄웠다. 북쪽으로 문수(汶水)와 사수(泗水)를 건너가서 제와 노의 도읍에서 학술을 강론하고 공자의 유풍을 살폈으며, 추와 역에서는 향사례(鄕射禮)를 관찰하였다. 파(鄱), 설(薛), 팽성(彭城) 등에서는 곤란과 재액을 겪었지만 양(梁)과 초(楚)를 거쳐 돌아왔다. 이때 사마천은 낭중(郎中)이 되어 조정의 명을 받들어 서쪽으로는 파촉(巴蜀) 이남 지역을, 남쪽으로는 공(邛), 작(笮), 곤명(昆明) 등의 지방을 공략하고 돌아와 복명(復命)하였다.[15]

서거정의 글은 바로 「태사공자서」의 해당 부분을 바탕으로 평가된 기록을 인용한 것이다. 지금도 중국 전역을 여행하는 것이 쉽지 않은 터에, 2천여년 전 광대한 중국 천하를 돌아다녔다는 것은 상상키 어려운 일이다. 여행을 위해서는 사회적 인프라가 잘 구축되어야 한다는 점을 생각해볼 때, 사마천의 유력(遊歷)은 분명 근대 이전 지식인들에게는 꿈같은 일이었다. 게다가 사마천의 여행은 단순한 소일거리 차원이 아니었다. 양자강과 회하(淮河)에서는 중국문명의 근원을, 회계산과 구의산에서는 고대 성왕들의 사적을, 원강(沅江)과 상강(湘江)에서는 만고 충신 굴원의 자취를, 제(齊)와 노(魯)에서는 공자의 유풍을, 추(鄒)와 역(嶧)에서는 맹자의 문화적 영향을 공부하는 여행이었다. 이러한 경험은 고스란히 그의 『사기』 속으로 들어와서, 위대한 역사서의 내용으로 구축되었고 문장의 전범을 만드는 중요한 계기를 이루었다.

「관광록서」에서 서거정은 사마천을 평하는 기록을 읽었지만 처음에는 믿지 못하였다고 했다. 어떻게 여행을 좀 했다고 해서 한 인간의 기상이 단박에 변할 수 있을 것이며, 문장의 수준이 급상승할 수가 있겠느냐는 것이었다. 좋은 글을 쓰는 중요한 조건으로 서거정이 애초에 생각한 것은 두가지다. 개인의 기상과 시대의 운세다. 두가지 조건이 동시에 충족되어야 좋은 글이 나올 수 있다. 그런데 세상을 두루 여행했다는 것만으로 사마천을 평가한다는 것은 문제가 있는 게 아니냐는 것이 그의 생각이었다.

그런데 자신이 직접 중국에 사신으로 다녀온 뒤 시문이 섬약하거나 난삽한 문제점을 드러내지 않게 되었다. 이 경험으로 기존의 생각에 약간의 흔들림이 생긴 터에 마침 세 사람의 『관광록』을 보니, 그 변화가 자기 개인만의 차원은 아니라는 확신이 들었다는 것이다. 성현을 비롯한 세 사람이 중국을 여행하면서 읊은 시편을 읽고 나서, 과연 천하를 주유한 경험이 작시 경향에 긍정적이면서도 비약적으로 간여한다는 사실을 알게 되었다는 점을 언급한다. 서거정의 글은 다른 사람의 부탁을 받아서 서문으로 지어진 것이기 때문에 그의 생각이 과장 없이 온전하게 표현되었는가는 좀 의심스러운 데가 있다. 그렇지만 당시에 천하를 주유하면서 견문을 넓히는 것이 문장의 규모를 넓히는 데 결정적인 도움이 된다는 생각이 널리 퍼져 있었다는 사실은 확인할 수 있다.

집 떠난 괴로움에 시격(詩格)이 높아진다

　여행을 다님으로써 견문을 넓히고, 자신의 안목과 사유 범위를 한 층 높이는 것은 예나 지금이나 다를 바 없다. 그러한 변화를 어떻게 알 수 있다는 것일까.

　사실 누군가의 사유세계의 변화를 알아차린다는 것은 대단히 어렵다. 논리적으로 설명하기는 힘들지만 한 개인의 변화는 거의 직관적으로 감지되기 일쑤다. 고수만이 고수를 알아본다는 말처럼, 자신의 감식안은 자기 사유 범위 안에서 작동한다. 인간의 시력을 벗어나면 아무리 명확한 것도 보기 어렵고, 인간의 청력 범위를 벗어나면 아무리 큰 소리도 듣지 못한다는 사실을 상기할 필요가 있다. 개인의 기상이 달라진 것을 발견하는 것 역시 이와 비슷한 데가 있다. 논리적인 설명으로는 도저히 감당하기 어려운 면이 존재한다. 분명한 것은 기상의 변화는 반드시 그의 작품활동에 반영되거나 절대적인 영향관계를 가진다는 점이다.

　드넓은 세상을 돌아보면서 지금까지 살아왔던 삶의 영역이 얼마나 좁은 것이었는가를 느끼는 순간 사유의 폭은 그만큼 넓어진다. 그렇지만 그 순간은 저절로 찾아오는 것은 아니다. 집 떠나면 고생이라는 말처럼, 아무리 자발적인 여행이라 해도 집에서처럼 편안할 리 없다. 게다가 뜻밖의 일을 겪다보면 세상의 광대함과 함께 인간의 살림살이가 얼마나 변화무쌍한 것인가를 느낀다. 이같은 경험이 쌓이면서 사유지평 확대의 계기가 만들어진다.

허균의 『성수시화』에 나오는 일화다. 고려 후기의 문인 척약재(惕若齋) 김구용(金九容, 1338~84)이 회례사(回禮使)가 되어 요동지역으로 갔을 때의 일이다. 원제국 말기에 고려의 외교관계는 매우 복잡다단했다. 거대한 늙은 제국 원의 눈치도 봐야 했지만, 새롭게 떠오르는 중원의 강자 명(明)에 대해서도 신경을 써야 했다. 김구용은 왕명을 받들고 요동백(遼東伯)에게 예물을 바쳤다. 그런데 도사(都司) 벼슬에 있던 반규(潘奎)가 김구용을 잡아서 명의 수도 남경으로 압송을 하였다. 어째서 요동백에게 사사로이 예물을 바치느냐는 게 이유였다. 명나라로서는 숙적 원에 예물을 바치는 고려에 대해 시비를 건 것이다.

때마침 김구용이 가지고 갔던 외교문서로 첨부된 예물목록에 '말 50필'이라는 항목이 있었다. 고려의 관리가 이 구절을 '말 500필'로 잘못 기재했는데, 명나라 황제는 그 대목을 빌미로 시비를 걸면서, 말 5천필을 가져오면 김구용을 고려로 돌려보내주겠노라고 하였다. 결국 그는 혼란의 와중에 중국 남쪽 끝인 운남성 대리(大理)로 귀양을 갔으며, 그곳에서 객사했다. 그가 무창(武昌)에서 지은 시로 알려진 작품이 있다.

황학루 앞으로는 물결 솟구치는데	黃鶴樓前水湧波
강 따라 주렴 드리운 집 몇천채인가.	沿江簾幕幾千家
돈 모아 사 온 술로 회포를 푸노라니	釀錢沽酒開懷抱
대별산 푸른데 날은 이미 기울었다.	大別山靑日已斜

허균은 조서(曹庶)의 시와 함께 김구용의 시를 인용한 뒤, 이렇게 자신의 평을 덧붙인다. "나는 대장부의 몸으로 좁은 땅에 태어나 천하를 유람하지 못한 것을 한스럽게 여겼다. 그러나 두 분은 비록 이역에 유배되었지만 오초(吳楚)의 산천을 다 보았으니, 참으로 인간의 장쾌한 일이라 할 수 있으리라."

읽는 사람에 따라서는 허균의 평이 드넓은 중국 땅을 돌아본 것에 대한 부러움인지 아니면 그 덕에 문장이 좋아진 것을 칭찬하자는 것인지 파악하기 힘들다. 그러나 적어도 김구용의 시가 유배 도중에 지어져서 유배객으로서의 슬픔이나 쓸쓸함이 배어 있기는 하지만, 시의 규모가 커졌다는 점을 문맥 속에 숨기고 있는 것처럼 보인다. 더욱이 허균은 『성수시화』 뒷부분에 이런 기록을 남긴 바 있다. "근래 관료문인들 사이에서는 아계 이산해의 시를 으뜸으로 삼는다. 그의 시는 처음부터 당시(唐詩)를 본받았지만, 늙어서 평해(平海)로 귀양 가면서부터 비로소 극치에 이르렀다. 제봉(霽峰) 고경명(高敬命)의 시 역시 파직당하여 한가로이 지내는 동안에 크게 좋아졌음을 깨달았다. 그러므로 문장은 부귀영화에 달린 것이 아니라 어려움을 겪으면서 강산의 도움을 받은 뒤에라야 신묘한 경지에 들게 된다는 것을 알겠다."

일상의 비일상화, 그 속에 담긴 창조력

집을 떠난다고 하는 것은 낯선 풍경 속에 자신을 위치시키는 일이다. 일상적으로 접하는 환경에서 벗어나 전혀 다른 생활의 질서 속으로 들어가는 것이 여행이다. 물론 그 여행이 잠시 동안의 일탈이라면 적당한 긴장감과 함께 삶의 활력소가 될 수 있겠지만, 유배생활이라면 문제가 다르다. 마음속의 울분과 비일상적인 생활환경은 심정적인 불안정 상태를 만든다. 당연히 창작 경향에도 큰 영향을 끼치게 된다. 유배생활을 계기로 시문 안에 울울하고 막힌 기운이 가득한 사람이 있는가 하면, 전혀 다른 자연환경 덕분에 이전보다 훨씬 훌륭한 작품을 쓰게 되는 경우도 있다.

좋은 작품을 쓰기 위해서는 산수자연의 도움을 받아야만 한다고 허균이 말한 것은, 비일상적인 환경이 작가 개인의 기상을 변화시킴으로써 가능하다는 이유에서이기도 하다. 그러나 비슷한 발언이라 해도 다른 시선으로 귀결되는 경우가 허다하다. 자발적 여행이든 혹은 타의에 의한 여행(공무로 인한 출장, 유배 등)이든, 비일상적 환경에 처했을 때 마음속에 담긴 의지나 성정의 변화를 어떻게 볼 것인가 하는 문제를 생각해야 한다. 간단히 요약하면 이렇다. 환경의 변화로 인해 자신의 마음이 도덕적으로 변화한다고 보는 시각과 자기 마음속에 무언가 표현하고 싶은 것들이 가득하게 된다고 보는 시각이 그것이다.

두가지의 차이는 도대체 무엇인가. 전자는 수양론적 혹은 도덕론적 문학론에 연결되지만 후자는 표현론적 문학론과 관계가 있다. 허균이 주목하는 것은 바로 표현론적 문학론에 연결된다. 유배를 가는 도중에 심경의 변화는 많았을 터이고, 그것은 여러 생각들을 만들어 냈을 것이다. 이전에는 결코 떠올릴 수 없었던 생각의 파편들이 시문으로 표현되어 나오게 되고, 그 결과 새로운 창작의 경지를 선보인다는 논리가 바로 표현론적 문학론으로 연결된다.

낯선 환경에 자신을 위치시키는 것으로 여행만 한 것이 어디 있겠는가. 그러나 다시 생각해보면, 여행이라는 것이 꼭 몸의 이동을 전제로 하는 것인가 하는 질문을 던져본다. 낯선 사람과의 교류도, 새로운 책과의 만남도, 처음 보는 영화나 그림도 모두 자신의 삶을 낯선 것으로 만드는 힘을 가지고 있다. 그 힘 속에 창조적 상상력을 북돋우는 계기가 숨어 있는 것은 아니겠는가.

책 읽기의 그늘을 넘어서 새로운 글쓰기로

　책 좋아하는 사람치고 책에 얽힌 기억 몇개씩 가지지 않은 사람이 있으랴. 인간의 모든 지식의 정수가 책에 모여 있다고 한다면, 사회적으로 책을 가까이하는 풍토가 얼마나 짙은가의 여부가 사회발전의 척도로 여겨지기도 한다. 문자의 발명 이래 인간은 본격적으로 문화적 토대를 쌓아왔다. 물론 말로 무엇인가를 전할 수도 있을 것이고, 오랜 세월 동안 구비문학만이 존재하던 시기를 거치면서 인간의 문화 자산이 축적되어왔다는 점을 상기하면, 구비문학 역시 우리의 소중한 문화 자산이므로 그것의 의의를 부정할 수는 없다. 그럼에도 불구하고 문자의 발명은 시간과 공간을 넘어설 수 있는 힘을 인간에게 건네주었다.

　우리가 책을 비교적 흔하게 접할 수 있게 된 건 뜻밖에 얼마 되지 않은 일이다. 1970년대만 해도 읽고 싶은 책을 구하기 위해 노심초사하곤 했다. 지금보다 도서관의 숫자는 훨씬 적었지만, 도서관 출입 빈도는 훨씬 높았던 것은 아마 책 구하기의 어려움 때문이 아니었을까. 인쇄술이 비약적으로 발전한 근래에도 사정이 여의치 않았는데, 전통사회에서의 책이란 정말 귀중품이나 다름없었다. 집안에 많은 책을 소장하고 있다는 것은 조상 중에 높은 벼슬을 한 사람이 있거나 문한(文翰)에 오랫동안 공을 들여온 전통 있는 가문이라는 뜻으로 받아들여졌다. 오랫동안 글을 읽고 쓰는 사람을 배출하는 것이 집안으로서는 대단한 자랑이었기 때문에, 영의정을 배출하기보다는 대제학(大提學)을 배출한 것이 자랑이었던 것 역시 일견 당연한 일이었다. 직급은 높아도 영의정이 정치적 권력의 정점에 위치하는 벼슬이라면, 대제학은 그보다 직급은 낮아도 글하는 직임의 최고 위치에서 한 나라의 문풍(文風)을 대표하는 벼슬이었다. 정치적 권력보다는 문화적 권력이 집안으로서는 훨씬 자랑스러운 것이었다.

사정이 이러했으므로 명망 있는 가문에서는 서책 간수하는 일이 중요했다. 해마다 날씨 좋은 때를 기다려 책에 햇볕과 바람을 쏘이는 포쇄(曝曬)를 하는 건 말할 것도 없고, 수시로 책판(冊版)이나 서책의 상황을 살펴서 손상이 되지 않도록 신경을 써야만 했다. 그렇지만 아무리 관리를 잘한다 해도 서책이 후대까지 잘 전승된다는 보장은 전혀 없었다.

중국 명대의 유명한 장서가 중에 범흠(范欽)이라는 사람이 있다. 그는 책을 좋아하여 좋은 책이 있으면 어떻게든 구해서 집에 소장했다. 그는 역대 장서각이 화재로 일실되었던 사실을 상기하고 자신이 만든 장서각은 화재를 대비하기 위한 시설을 갖추었다. 책을 보관하는 건물 앞쪽으로는 큰 연못을 파서 경관도 아름답게 하면서 동시에 방화시설로서의 기능을 충실히 할 수 있도록 했다. 건물 이름도 '천일각(天一閣)'이라고 붙였다. 『주역(周易)』의 주석에 나오는 "'천일'은 물을 만들고 '지륙'은 그것을 완성한다〔天一生水, 地六成之〕"라는 구절에서 취한 이름이다. 물〔水〕은 불〔火〕을 이기는 성질을 가지고 있으니, 화재가 나지 말라는 의미다. 얼마나 책을 아꼈는지 범흠은 "집 안의 서책을 집 밖으로 반출하거나 빌려주는 사람은 족보에서 빼버려라" 하는 유훈을 남기기도 했다. 그렇게 엄격한 규칙을 만든 덕에 오랫동안 천일각의 책은 밖으로 반출되지 않았다. 어떤 사람은 천일각의 책을 보고 싶어서 자신의 딸을 그곳으로 시집을 보내기도 했다. 그러나 그 집안의 장인이 되었어도 집 밖으로 책을 반출하지 못하는 규칙 때문에 책을 열람하는 것은 실패했다는 이야기도 전한다.

명이 망하고 청이 건국되면서 그 규칙은 약간 완화되기도 했다. 뛰어난 학자가 오는 경우에는 집 안에서 책을 열람하도록 배려했다. 물론 집 밖으로 반출하지는 않았다. 그 덕에 명말청초 이후의 위대한 학자들, 예컨대 황종희(黃宗羲), 만사동(萬斯同), 전조망(全祖望), 전대흔(錢大昕), 완원(阮元), 곽말약(郭沫若) 등이 이곳의 책으로 학문적 성과를 쌓을 수 있었다. 20세기 들어서면서 범씨 가문의 쇠락과 함께 장서 관리는 소홀해졌다. 이와 함께 1914년 3월에는 도둑이 지붕에 구멍을 뚫고 1천여종의 선본(善本)을 훔쳐 달아났다. 얼마 뒤에 대부분의 책이 관심있는 인사들에 의해 회수되기는 했지만, 이같은 재앙은 피할 길이 없었다. 이런저런 일을 겪으면서 천일각의 장서는 범흠 시대의 7만권에서 1만 3천여권으로 줄어들었으니, 안타까운 일이다.

우리나라에는 그 정도까지 엄한 규칙을 만든 장서가는 없었던 듯하다. 그렇지만 옛 서책을 살피다보면 책의 앞면이나 뒷면에 책을 귀중하게 여겨서 손상되지 않도록 하라든지 빌려주지 말라는 투의 경고문을 써놓은 것을 종종 만난다. 책을 귀하게 여기는 집안은 언젠가 흥성하리라는 굳은 믿음이 그 이면에 깊이 각인되어 있다.

책을 돌려주십시오

선인들의 편지글을 읽노라면 책을 빌리거나 돌려받기 위해 주고받은 글들이 더러 눈에 띈다. 그 글들은 책을 통해서 교분을 나누고 대화하던 모습을 상상하게 한다. 허균의 편지글 중에 이런 것이 있다.

> 옛사람의 말에 '빌려간 책은 언제나 되돌려주기는 더디고 더디다' 했지만, '더디다'는 말은 1, 2년을 가리키는 것입니다. 『사강』을 빌려드린 지 10년이 훨씬 넘었습니다. 되돌려주시기 바랍니다. 저도 벼슬할 마음을 끊고 강릉으로 아주 돌아가 그 책이나 읽으면서 소일하렵니다. 감히 사룁니다.[16]

이 글은 허균이 한강(寒岡) 정구(鄭逑, 1543~1620)에게 보낸 편지 전문이다. 몇 글자 안 되는 짧은 글이지만, 허균의 당시 정황과 심사가 그대로 스며 있다. 같은 학맥에 속하는 선배인 정구에게 책을 돌려달라고 편지를 보냈는데, 10년 전에 빌려준 책이 바로 『사강(史綱)』이다. 현실정치에서 벗어나 역사서를 읽으면서 은거하겠다는 말 속에는, 뜻대로 되지 않는 현실에 대한 절망과 어긋나기만 하는 역사 현실이 버거웠다는 생각이 담겨 있다. 편지를 쓴 1603년 8월은 허균이 춘추관의 편수관(編修官)에서 해직된 시점이다. 그는 이 글을 정구에게 보내고 나서 금강산 구경을 한 뒤 고향인 강릉으로 돌아갔다. 30대 초반의 야심찬 젊은 선비가 역사서를 읽겠다면서 은거하는 심사는 얼마나 참담했을까. 어쩌면 자신의 참담한 심정에도 불구하고 역사 속에서 희망을 찾아보기 위한 것은 아니었을까.

선비들만 책을 귀하게 여긴 것은 아니다. 같은 시기의 고승인 서산 휴정도 책과 관련된 편지글을 남겼다.

제가 선교양종판사직에 있을 때 판서 윤춘년 어른과 친분을 조금 맺어 신분의 귀천을 잊고 왕래한 지가 오래되었습니다. 정사년 봄에 그 어른은 제게서 『화엄경』을 빌려가셨고 저는 그분에게 『두시』를 빌렸습니다. 서로 바꾸어 보다가 3년을 기한으로 하여 다시 돌려주기로 약속했었지요. 그뒤 저는 두류산으로 들어가고 그분은 성시(城市)에 계시는 바람에 소식이 아득했었습니다. 그러다가 갑자기 돌아가시어 그 약속을 저버리게 되었으니 애통하고도 애통한 일입니다. 그런데 지금 윤판서의 두 자제분이 저에게 『두시』를 찾으면서 간절하고도 정성스러운 모습을 보이니 이 일을 어찌하겠습니까. 듣자 하니 『두시』는 귀댁의 아드님이 빌려가 본다고 하는데 정말 그런지 모르겠습니다. 혹시라도 그 말이 사실이라면 주인에게 급히 돌려보내도록 조처해주시면 다행이겠습니다.[17]

서산대사가 선종과 교종을 모두 총괄하는 양종판사(兩宗判事)의 직임에 제수되어 한양 인근에서 지낼 때, 당시 이조판서를 지내던 윤춘년(尹春年, 1514~67)과 교분을 맺게 된다. 1557년 봄에 두 사람은 『화엄경(華嚴經)』과 『두시(杜詩)』를 바꿔 보면서, 3년 뒤에 돌려주기로 했다는 것이다. 그런데 서산이 양종판사직을 사임하고 지리산에 들어가 수행에 몰두하는 바람에 두 사람은 소식이 끊어진다. 그사이에 윤춘년은 세상을 떴는데, 그의 두 아들이 서산을 찾아와서 아버지가 빌려준 『두시』를 돌려달라고 요구하는 상황이다. 그 책을 수소문해보니 정옥계(鄭玉溪)의 아들이 빌려가서 본다는 말을 듣고 서산은 즉시 이 편지를 정옥계에게 보냈다.

　『화엄경』은 불경 중에서 분량도 매우 많거니와 그 화려하고 장엄한 묘사와 규모, 정교한 논리가 돋보이는 경전이다. 『두시』는 중국의 시성(詩聖) 두보의 시를 모은 시집이다. 어떤 판본이었는지는 확인할 수 없지만, 유학자들이 시 창작의 근본으로 삼는 경전 같은 책이라는 점에서 서산의 독서 경향을 짐작할 수 있게 한다. 이들은 자신이 딛고 선 사상적 배경과는 다른 분야의 책을 읽음으로써 사유의 확장 및 유연성을 도모하면서, 자신의 시문 창작에서 부족한 부분을 채우려 했던 것이다.

　허균의 독서광적 태도야 말할 것도 없지만, 문자를 불신하고 서책을 경계했던 서산도 많은 독서를 한 끝에 좋은 시문을 창작할 수 있었으리라 짐작할 수 있다. 책을 통해서 생각을 키우고 창작 능력을 신장시키는 것은 전근대 지식인들에게는 도외시할 수 없는 일이었다.

책 읽기와 글쓰기, 그 양날의 위험함

과거시험이 관료로 나아가는 중요한 문이라는 것을 사람들이 인식하게 되면서, 한시문 창작 능력은 관심의 수준을 넘어서 개인의 영달과 가문의 영광을 획득하는 일차적인 능력으로 대두한다. 어떤 집안이든 재능이 있는 어린 학동들을 적극 후원하여 과거시험에 합격하도록 하는 것이야말로 가문의 사회적 쇠퇴를 막는 길이라는 점을 잘 알고 있었던 것이다. 아이들은 이른 나이부터 한자를 익히고 한문을 배워서 많은 책을 읽었다. 사서오경과 같은 경서는 기본으로 읽어야 했고, 역대 명문장가나 뛰어난 시인의 문집도 읽으면서 시문 창작 방법과 능력을 키워나갔다. 좋은 글을 쓰기 위해서는 "많이 읽고〔多讀〕, 많이 써보고〔多作〕, 많이 생각하라〔多商量〕"하는 말이 널리 퍼져 있었다.

그런데 과거시험 합격자가 발표되면 사람들은 그들의 시문 경향을 보면서 찬탄과 함께 탄식을 쏟아냈다. 당시에 유행하던 문풍(文風)을 추수(追隨)한 나머지 개성적인 사유나 표현을 드러내는 것이 아니라 남의 글을 그대로 따르는 몰개성적 경향을 강하게 보인 탓이었다. 과거시험 합격자 발표 때마다 '33명의 소동파' 이야기가 인구에 회자되었다는 기록이 자주 발견된다. 그만큼 이름난 문인의 글을 모방하여 글쓰기 훈련을 하는 일이 일상화되었다는 뜻일 것이다. 동시에 그렇게 비슷한 풍격의 글을 쓰는 것이라면 차라리 원작자의 글을 읽으면 될 일인데 무엇하러 고생스럽게 글을 쓰는가 하는 비판적 시선이 들어 있기도 하다. 형식에 얽매인 나머지 개성을 발휘할 어떤 시도도 하지 않는 글이야말로 죽은 글인 셈이다. 그러나 유행하는 문풍을 따르지 않는다면 과거급제는 요원한 일이니, 당사자들에게는 어쩔 수 없는 일이었다. 과감하게 자신의 부귀영달을 집어치우고 청빈하게 살면서 시문과 함께 일생을 보내겠다고 결심하지 않는 한, 그와 같은 고민은 피해 갈 방도가 없었다.

근래에는 다른 사람의 작품을 일부러 읽지 않는 작가도 있지만, 한문을 익힌 뒤에야 창작이 가능했던 근대 이전 지식인들에게 독서는 언제나 양약(良藥)이면서 독약이었다. 좋은 문장을 많이 읽음으로써 자신의 문장 역시 높은 수준을 확보할 수 있는 것은 당연한 이치다. 그렇지만 좋아하는 사람의 작품을 반복해서 읽다보면 자기도 모르게 그의 영향권에서 벗어나지 못하는 결과를 가져온다. 일찍이 해럴드 블룸(Harold Bloom)이 지적한 것처럼, '영향의 불안'이 바로 그것이다. 좋아하는 시문과 자신의 시문이 비슷한 경향과 수준을 보인다는 점을 좋아하다가, 어느 순간 모범으로 삼았던 글과 자신의 글 사이의 차별성이 없다는 사실에 놀란다. 어쩌면 그러한 자각조차도 없이 글쓰기를 반복하는 경우도 있을 것이다. 그런 경우는 더이상 높은 차원으로의 진전은 기대할 수 없다. 자신이 받은 문학적 영향을 어떻게 벗어날 것인가 고민하는 순간 그의 독서는 자신을 얽어매는 족쇄가 될 가능성이 농후하다.

그런데 옛글을 읽다보면 어떤 책을 열심히 읽은 덕분에 글이 몰라보게 달라졌다는 기록을 만나게 된다. 그런 현상이 문장가에게만 나타나는 것은 아니다. 조선의 대표적인 도학자 우암(尤庵) 송시열(宋

時烈, 1607~89)의 시에서도 나타난다. 조선 중기의 문신 임방은 『수촌만록(水村漫錄)』에서 송시열의 「풍악산에서 노닐며〔遊楓岳〕」를 소개하면서 그의 독서를 증언한 바 있다.

옛글에 옛사람의 마음 있단 말 듣고	陳篇聞有古人心
반평생 문을 닫고 책만 읽었다.	半世宏關字字尋
책에 묻혀 끝날 날 없을까 두려워	却怕埋頭無了日
한가한 걸음으로 날짐승 쫓아본다.	更將閑脚逐飛禽
풍악산 큰 기운은 천년 동안 쌓였고	楓山顥氣千年積
동해의 너른 물결 만길이나 깊어라.	蓬海滄波萬丈深
이 땅이 남악구 읊기에 가장 적당한 곳,	此地最宜南岳句
높은 곳에 오를 때마다 길게 읊조리노라.	每登高處費長吟

임방은 이 작품을 소개하면서 주희(朱熹, 1130~1200)의 작품과 기상이 같다는 평가를 내린다. 『수촌만록』에는 소개되어 있지 않지만, 임방이 비교 대상으로 삼은 주희의 시는 「취해서 축융봉을 내려오며 짓다〔醉下祝融峯作〕」(『회암집(晦庵集)』권5)이다.

나는 긴 바람 타고 만리를 와서	我來萬里駕長風
아득한 골짝 층층한 구름에	絶壑層雲許盪胸
내 가슴 씻노라.	
탁주 석잔에 호기가 일어나	濁酒三杯豪氣發
낭랑히 읊조리며	朗吟飛下祝融峯

축융봉을 날아 내려오노라.

널리 알려진 것처럼, 송시열은 평생토록 주희를 자신의 숭모 대상
으로 모셨던 인물이다. 명에 대한 의리를 우직하게 지켰고, 주희의
논의에서 벗어나는 생각은 하지 않았다. 그의 제자들은 주희의 문집
『주자대전(朱子大全)』을 본받아 송시열의 문집 제목을 『송자대전(宋
子大全)』이라 붙이기도 했다. 그러니 송시열이 평생토록 가장 많이
읽은 책은 아마도 주희의 문집이 아니었을까 하는 생각이 들 정도다.
이같은 사정은 시 창작에서도 엿보인다는 것이 임방의 주장이다.

문을 닫고 들어앉아서 책만 읽던 송시열이 시간을 내서 풍악산을
유람하게 되었다. 좁은 방 안에서 일생을 마칠까 두려워했다는 앞부
분의 표현은, 뒷부분의 풍악산으로 시점이 옮겨지면서 전혀 다른 기
상을 드러낸다. 천년 세월과 만길 깊이가 주는 시공간적 배경은 송시
열의 도심(道心)의 깊이를 비유하는 것처럼 보인다. 높은 곳에 올라
시를 읊조리는 그의 모습은, 우주의 중심에 우뚝 서서 장엄한 기상을
강렬하게 펴는 것도 같다. 임방은 이 작품을 읽으면서, 순간적으로
주희의 작품을 떠올린 것이다. 주희가 강학을 하며 제자들을 기르던
틈틈이 축융봉 꼭대기로 올라가 탁주잔을 기울이며 우주와 합일된
드넓은 기상을 마음껏 펼치는 광경을 이 작품에서 잘 표현하고 있다.

송시열과 주희의 작품이 원대하고 드넓은 기상을 보여준다는 점
에서 영향관계를 따질 수 있다는 임방의 논의는, 당연히 독서로 인해
강한 영향을 받았으리라는 전제 때문에 나왔다. 이 점을 증명하기 위
해 임방은 자신이 송시열을 모시고 화양서원에서 열흘간 지낼 때의

경험을 덧붙인다. 그는 매일 밤 송시열이 『주역』 『맹자』 등을 읽는 것을 목격하고 이런 질문을 던진다. "선생님께서는 책을 얼마나 읽으셨습니까?" 그러자 송시열은 이렇게 대답한다. "세상에서 책을 많이 읽었다는 사람들이 있지만 나만큼은 아닐 것이다. 세상에 전하기를 노수신이 많이 읽었다고들 하는데, 그는 귀양살이 가 있던 19년 동안 읽었을 뿐이다. 나는 어려서부터 늙을 때까지 하루도 책을 읽지 않은 날이 없었다. 그러니 고금을 막론하고 나만큼 책을 많이 읽은 사람은 없을 것이다."

글 읽기의 행복함

송시열은 오랜 세월 동안 책을 읽다보니, 선현의 품격이 자연스럽게 시문 속으로 들어오는 경지에 이르렀다. 임방은 송시열의 대단한 독서열을 찬탄하는 마음으로 기록하고 있지만, 우리는 그의 글에서 자신의 개성을 드러내는 글쓰기보다는 선현이 만들어놓은 모범적인 경계를 넘지 못하는 송시열의 글쓰기의 한계를 발견한다. 독서 과정에서 얻은 다양한 지식과 표현은 '용사'라든지 '환골탈태'라는 이름으로 자신의 글 속에 자리 잡는다. 물론 그 각각이 효과적으로 사용될 경우 많은 장점을 가지지만, 자칫하면 표절로 떨어진다. 이 단계를 어떻게 넘어서느냐 하는 것은 시문 창작의 새로운 경지를 개척하는 계기로 작동할 것이다. 특히 한문은 사용 글자가 한정되어 있기 때문에, 오랜 기간 동안 위대한 문인들이 쓴 작품의 수준이나 표현수법을 뛰어넘기가 어렵다. 그렇다고 해서 옛사람들이 새로운 표현을 개척하기 위해 고민하지 않았던 것은 아니다. 그들 역시 지금의 작가들처럼 치열하게 고민하고 시도했다.

　　글을 읽고 문장을 업으로 삼는 사람은 먼저 성현의 글을 읽어야 한다. 그 글을 곱씹어서 충분히 젖어들어 철두철미하게 융합하고 이해하기를 마치 가느다란 터럭이나 실을 쪼개듯이 해야 한다. 그것을 뿌리로 삼아 자신의 표준을 세워야 한다. 다음으로 『춘추좌전(春秋左傳)』『사기』『장자』『이소(離騷)』 등 역사서 및 제자백가서에 이르기까지 오랜 세월 동안 읽어서 난숙하게 이해하고 깊이 연구한다. 그런 뒤에 문장을 쓴다면 혹은 일으키기도 하고 혹은 돕기도 하여 붓을 운용하고 말을 만드는 것이 귀신이 만들어놓은 듯이 자신도 모르는 사이에 그렇게 되는 지점이 있을 것이다. 도도히 흐르는 황하처럼, 활활 타오르게 하는 부싯돌처럼, 다함이 없다. 문장이 이 경지에 이른다면 거의 완성되었다고 하겠다.[18]

근대 이전 문인들이 독서를 통해 이르고자 하는 글의 경지를 요령 있게 잘 정리해놓았다. 방대한 책을 읽되 순서가 있다. 먼저 성현들의 말씀을 기록한 경서를 읽어서 그 의미를 충분히 체득해야 한다고 했다. 다음으로는 각종 역사서와 제자백가서를 광범위하게 읽되 그 표면적 의미에 머무르면 안 된다고 하였다. 반복해서 읽고 깊이 생각을 해서 그 의미를 충분히 익혀서, 책의 이면에 고여 있는 정수(精髓)

를 모아야 한다는 것이다. 이렇게 되면 자신의 가슴속에 생각들이 축적되어, 자신도 모르게 문장을 쏟아낸다. 끝없이 흐르는 황하처럼, 언제든지 불꽃을 만들어내는 부싯돌처럼, 가슴속에서는 언제나 생각이 샘솟아나서 저절로 문장이 된다는 이야기다.

일견 당연한 말처럼 보이는 이 진술은 막상 실천하려고 하면 아득하게 느껴지는 말이다. 영향관계를 드러내는 글쓰기는 말할 것도 없고, 자신도 모르는 사이에 옛사람의 글과 일치되는 것을 피하려 애쓰는 문인의 고통을 어찌 짐작이나 하겠는가. 창작의 고통을 딛고 새로운 사유와 표현의 세계를 열어놓은 작품을 읽고 즐기는 것만으로도 행복을 느낀다면, 어쩌면, 독자야말로 정말 축복받은 인생이 아니겠는가.

당겨진 활시위를 느슨하게 하는 뜻

　공자가 노나라 무성(武城)에 들렀을 때의 일이다. 당시 무성을 다
스리는 관리는 공자의 제자인 자유(子游)였다. 그는 제자에게 그곳을
다스리면서 어떤 사람을 얻었느냐고 물었고, 자유는 '담대멸명(澹臺
滅明)'이라는 인재를 얻었노라고 대답한다. 길을 갈 때 지름길로 다
니지 않고 개인적인 일로 자신의 방을 찾지 않는 사람이라는 이유였
다. 바로 그 자유가 다스리는 곳이 무성이었다. 공자가 무성에 도착
해서 우연히 음악소리를 듣는다. 그것은 금슬(琴瑟)을 연주하는 소
리였다. 공자가 빙그레 웃으며 말했다. "닭을 잡는 데에 어찌 소 잡는
칼을 쓰느냐?" 그 말에 자유는 이렇게 대답한다. "예전에 제가 선생
님께 들었는데, '군자가 도를 배우면 사람을 사랑하고 소인이 도를
배우면 부리기 쉽다'라고 하셨습니다." 자유의 대답을 들은 공자가
기뻐하면서 말했다. "얘들아, 언(偃, 자유의 이름)의 말이 맞다. 조금 전
에 했던 말은 농담이었다."[19]

농담이라고 하면서 제자들과 이야기를 주고받는 공자의 모습을 대하기는 흔치 않다. 이 대목은 근엄한 공자의 모습을 연상하는 사람들에게는 흥미로우면서도 뜻밖의 이미지를 던진다. 그렇지만 알고 보면 공자는 어느 누구보다도 유연한 태도와 생각으로 자신만의 매력적인 이미지를 만드는 인물이었다. 읍재(邑宰)로 근무하는 제자 자유의 통치방식을 보면서 기쁜 마음을 아마도 그런 식으로 표현했으리라.

자유가 다스리는 무성은 그리 큰 도읍이 아니다. 게다가 그곳은 다른 나라와 이웃한 국경 부근의 마을이다. 변경 부근의 가난하고 작은 마을을 다스리면서 자유는 현가(絃歌), 즉 금슬과 같은 현악기를 연주하고 시를 읊조리는 것을 실제 통치에서 사용하고 있었다. 공자가 보기에 그 모습이 얼마나 아름다웠겠는가. 그가 자유를 향해 '빙그레 웃는' 모습을 보인 것은 제자의 아름다운 모습에 감동을 받아서가 아니었을까. 어떻든 음악소리가 울리는 것을 들으면서, 닭을 잡는 데에 어찌 소를 잡는 칼을 쓰느냐며 말을 건넨다.

유학에서 예악(禮樂)이란 모든 통치의 근본이다. 특히 음악을 통해서 문화적 통치를 시행하고 백성들의 심성과 풍속을 바로잡아나가는 일은 공자가 누누이 제자들에게 가르쳤던 내용이다. 귀에 못이 박이도록 이야기를 하면서 천하를 주유했어도, 공자의 충고를 따라서 예악으로 나라를 다스렸던 정치가는 없었다. 그런데 뜻밖에 변경 부근의 작은 마을에서 자신의 제자가 스승의 가르침을 따라 예악 정치를 실현하고 있는 것이 아닌가. 얼마나 대견스러웠겠는가. 힘든 여정에서의 피로도 단박에 사라졌으리라. 그 순간 공자가 한 말은 '닭 잡는 데 소 잡는 칼을 쓰느냐'는 것이었다. 큰 나라를 경영하거나 대읍(大邑)을 다스리는 사람들이 실현해야 할 예악을 이렇게 시골의 작은 마을에서까지 할 필요가 있겠느냐는 의미다. 그 말에 자유는 정색을 한다. 선생님에게서 배운 것이 예악이고, 고을의 크고 작음이나 군자와 소인의 구분에 관계없이 예악은 그 나름대로의 역할을 하는 것이라고 가르쳐주셨노라고. 공자에게는 그 말조차 고맙고 대견스러웠을 것이다. 얼른 덧붙이는 말, "조금 전에 했던 말은 농담이었다." 『논어(論語)』를 읽어오면서도 오래도록 가슴에 남아 있는 말 중의 하나가 바로 이 구절이다.

농담과 웃음 가득한 시

실없는 농담을 던지고 싶을 때가 있다. 모두들 심각한 표정으로 무언가를 하고 있는 곳에서 뜬금없는 짓으로 그 고요함을 깨보고 싶을 때가 있다. 무거운 공기가 마음을 짓누를 때면 그런 생각을 한다. 사람이 언제나 진지한 자세로 살아간다면, 세상은 얼마나 재미없을 것인가. 세상은 진지함과 신중함으로 구성되는지는 모르겠지만, 새로운 길을 내는 큰 힘 중의 하나는 바로 웃음이라는 걸 우리는 잘 알고 있다. 물론 농담과 웃음에도 다양한 형식이 있고 맥락에 따라 다양한 의미를 지닌다. 아무리 농담이지만 어떤 장소에서는 심한 모욕이 될 수도 있고, 웃자고 던진 농담인데 그 자리를 더욱 서늘하게 만드는 경우도 있다. 그렇지만 농담과 웃음은 기본적으로 자신이 처한 상황을 어떻게든 비틀어서 다른 상황을 만들어보자는 의도에서 비롯된 것이다.

근대 이전의 지식인들 역시 농담을 생활의 활력소처럼 여겼다. 심성수양에 온 힘을 다하는 선비들이 아침에 일어나 잠자리에 들 때까지 근엄한 태도로 지냈을까. 그런 사람도 없지는 않았겠지만, 대다수 사람들은 진지한 태도로 공부하는 시간과는 별도로 주위 사람들과 재미있게 이야기를 나누면서 긴장으로 가득한 자신의 삶을 조금은 풀어놓기도 했다. 이같은 생각이 적절한 상황이나 이야기를 만나면 흥미로운 작품을 만드는 계기가 된다.

재미있는 한시를 생각하면 언제나 떠오르는 사람은 역시 김삿갓이다. 조부의 죄상을 비난하는 글을 쓴 것이 못내 가슴에 남아서, 평생을 방랑으로 살아갔다는 인물이다. 그 비슷한 설화들이 모여서 아마도 김삿갓이라는 인물의 전형을 만든 것으로 보이는데, 그의 일화 중에서 가장 압권은 역시 한시를 지어서 당시의 지식인들을 풍자하고 조롱했던 일일 것이다. 김삿갓처럼 한시 속에 한글을 넣어서 한시 파괴 현상을 보여준 것은 아니지만, 한시를 통해서 독자들의 웃음을 자아내고 무릎을 치며 감탄하도록 한 작가와 작품은 상당히 많다. 그 역사 역시 오래되었다.

중국 명의 서사증(徐師曾, 1517~80)은 『문체명변(文體明辨)』이라고 하는 방대한 책을 편찬했다. 이 책에는 한문학의 다양한 문체들이 망라되어 있다. 각 문체의 의미와 범위를 명확히 논변하면서, 그 세부 갈래들을 조사해서 기록했다. 게다가 각 항목의 예가 될 만한 작품을 모아서 수록하여 독자들의 이해를 도왔다. 여기서 그는 회해시(詼

諧詩)라는 조항을 정해서 설명했다. 회해시는 글자의 뜻 그대로 시적 대상을 조롱하거나 웃음거리로 삼는 내용의 작품을 지칭한다. 이 시의 원천을 서사증은 『시경』에서 찾는다. 『시경』 「위풍(衛風)」 '기욱(淇奧)'에 "우스갯소리 잘하시나, 지나치진 않으시네〔善戱謔兮, 不爲虐兮〕"라는 구절이 있다. 여기서 연유하여 짓기 시작한 시가 바로 회해시 계열의 작품이라는 것이다. 그 하위 갈래로 예시한 것은 배해체(俳諧體), 풍인체(風人體), 제언체(諸言體), 제어체(諸語體), 제의체(諸意體), 자미체(字謎體), 금언체(禽言體) 등이다. 서사증은 여기 속하는 작품들이 비록 풍자와 교훈을 함축하고 있기는 하지만 실제로는 조롱하고 웃음을 자아내는 것들이어서 문장이 골계적이기 때문에 그다지 취할 만한 것은 아니라고 덧붙인다. 그의 생각속에서 시문이란 언제나 나름의 의미를 함축하면서 독자들에게 교훈을 줄 수 있어야 하는 것이었던 모양이다.

한시작품을 짓는 일이 어찌 우리에게만 어려웠으랴. 중국 사람들에게도 어려운 것은 마찬가지였다. 그들 역시 시상을 짜내느라 수염이 끊어져라 배배 꼬기도 했고, 대구(對句)를 맞추느라 생업을 잊을 정도로 골몰했다. 그런데 사람들은 짓기 어려운 한시를 하나의 놀이 도구로 만들어서, 한시가 주는 스트레스를 전혀 다른 방식으로 풀고자 했던 것이다. 누군가를 신랄하고 노골적으로 풍자하거나 어떤 대상을 우스갯거리로 만드는 작품을 만나면, 독자들은 뜻밖의 표현과 내용 때문에 포복절도한다.

우스갯소리 속에 담은 풍자

재미로 한시를 짓다보면 자연히 웃음을 유발하는 여러가지 요소가 한시에 스미게 마련이다. 발음을 재미있게 활용한다든지, 옛사람의 시작품을 교묘하게 비틀어서 자신의 의도를 표현한다든지, 중의적 수법을 쓴다든지, 작품 전체가 하나의 수수께끼처럼 구성되어 있어서 읽는 사람들이 작품해석과 함께 거기에 부과된 문제를 풀어야 한다든지, 파자(破字)를 해서 재미를 준다든지 해서 사람들의 흥미를 끈다. 이것들은 서사증이 이미 회해시의 하위 갈래로 언급한 여러 문체 속에 이리저리 속하게 된다.

유몽인의 『어우야담』에는 이런 이야기가 전한다. 고려 말의 문신이자 충신인 목은(牧隱) 이색이 중국에 유학하여 그곳에서 과거시험을 보아 장원급제를 한다. 하루는 어떤 절에 갔는데, 그 절의 스님이 과거시험에 장원급제한 고려 선비가 왔다고 좋아하면서 환영하였다. 때마침 어떤 사람이 떡을 가지고 왔는데, 그것을 본 스님이 시 한 구절을 지었다.

승소가 적게 오니 중의 웃음 적구나.　　　僧笑少來僧笑少

그러고는 이색에게 대구를 지으라고 하였다. 여기서 '스님이 웃는다'는 뜻의 '승소'는 떡을 지칭하는 단어이기도 하다. 이색은 너무 창망한 나머지 대구를 짓지 못하고 결국은 훗날 와서 대구를 맞추겠노라고 약속을 한 뒤 돌아갔다. 세월이 흐른 뒤, 이색이 다른 지역을 여행하고 있을 때였다. 어떤 주막에 들렀더니, 주막집 주인이 웬 병을 하나 가지고 들어오기에 무엇이냐고 물었더니 '객담(客談)'이라고 대답하는 것이었다. '손님의 이야기'라는 의미를 가진 '객담'은 술을 지칭하는 말이기도 했다. 이색은 몹시 기뻐하면서 예전에 스님이 지었던 시구에 대구를 맞출 수 있었다.

객담이 많이 오니 손님의 말 많구나.　　　　客談多至客談多

반년이 지난 뒤 그 절에 들렀다가 스님에게 이 시구절을 이야기했다. 그러자 스님은, "정교한 대구란 얻기 힘든 일인데, 늦은 것이 무슨 허물이겠습니까. 정교한 시구를 가지고 천리를 멀다 않고 오셔서 알려주시니 더욱 기이한 일입니다" 하고 기뻐했다고 한다.

우리가 평소에 자주 보는 사물의 명칭을 가지고 재미있게 시를 지은 것이다. 한시를 잘 지어야 벼슬길에 나아갈 수 있었을 뿐 아니라 사회적 관계를 형성하는 데에도 큰 도움을 받았던 근대 이전 사회에서는, 공부하는 여가에 서로 이런 시화(詩話)를 나누면서 재미있게 시간을 보냈을 것이다. 그러다보니 설화에서도 자연히 한시를 이용한 이야기가 많이 보인다.

서사증이 회해시로 분류한 여러 갈래 중에서 '금언체'라는 것이 있다. 이는 날짐승의 이름이나 울음소리 같은 것을 이용해서 지어진 시를 주로 지칭한다. 홍만종의 『소화시평』에 수록되어 전하는 고려의 문신 최승로(崔承老, 927~89)의 시를 한편 보자.

밭 있지만 누가 곡식 뿌리며	有田誰布穀
술 없으니 어찌 술병 잡으랴.	無酒可提壺
산새는 무슨 마음으로	山鳥何心緖
봄이 되면 부질없이 절로 외치나.	逢春謾自呼

봄이 되어도 가진 것이 없으니 씨를 뿌릴 수 없고 술 한잔 마실 수 없는 백성들의 곤궁한 처지를 앞부분에 담았다. 그런 사정도 모르고 봄만 되면 새들은 속절없이 울어댄다. 그 소리를 듣는 이들의 심정이야 오죽하랴. 홍만종은 이 작품을 평하면서 "시어(詩語)가 맑기 그지없고 의미가 깊다"라고 하였다.

그런데 최승로의 이 작품을 읽노라면 또다른 재미를 발견한다. '포곡(布穀)'을 글자 그대로 해석하면 곡식을 뿌린다는 뜻이지만, 동시에 뻐꾹새를 의미하기도 한다. '제호(提壺)' 역시 술병을 잡는다는 표면적인 뜻 외에도, 사다새 혹은 두견새를 지칭하기도 한다. 두 단어 모두 봄날이면 곳곳에서 우는 새들이기에 봄날의 정경을 노래하는 소재로는 적격이다. 최승로의 시는 두가지 의미를 모두 담아서 자신의 생각을 표현했다. 게다가 재미만을 추구한 것이 아니라 시대를 풍유하는 수준까지 나아갔으니 대단한 솜씨라 하겠다. 이러한 시를 '금언체'라고 할 수 있다.

이장론과 조선시대의 소설론

우스갯소리의 필요성을 문학 창작과 관련해서 논의한 것은 아무래도 시보다는 산문 쪽에서 주로 나타난다. 아무리 재미있게 작품을 만든다 해도 한시가 가지고 있는 복잡한 규칙을 잘 지키면서 농담을 던진다는 것은 쉽지 않다. 이에 비해 산문분야는 재미있는 이야기를 자유롭게 기록으로 남길 수 있으니, 자연히 우스갯소리가 끼어들 여지를 상당히 크게 가지고 있다.

문학론과 직접적인 관련은 없지만, 우스갯소리에 대한 기록을 찾아보면 이미 『시경』에서 그것을 발견할 수 있다. 앞서 인용한 "우스갯소리 잘하시나, 지나치진 않으시네"라는 구절은 군자(君子)의 모습을 형용하는 과정에서 나온다. 이 구절은 유교경전으로서의 『시경』을 공부했던 수많은 근대 이전의 지식인들에게는 하나의 전범으로 인식된다. 우리가 많이 들어왔던 '절차탁마(切磋琢磨)'도 바로 이 부분에서 함께 나온다. 위나라 무공(武公)의 덕을 칭송한 것이라고 전하는 「모시서(毛詩序)」의 구절을 생각하면, 무공에게 덧입혀진 깨끗하고 아름다운 군자의 모습을 마음속에 깊이 담아 내면화시켰을 것이다. 이 작품에서 묘사하는 군자의 모습을 보면, 군자는 언제나 여러가지 도구로 옥(玉)을 다듬는 것처럼 부단히 마음을 닦으며, 여러 옥구슬처럼 아름답게 반짝인다.

그러면서 마지막으로 그가 우스갯소리를 잘한다는 점을 든다. 여기서 군자는 덕이 있는 사람을 지칭하기도 하고 윗자리에 있는 관리를 지칭하기도 한다. 덕이 있어야 높은 직책에 있을 수 있다는 점을 생각하면 이 두 요소는 불가분의 관계이기도 하다. 주희는 『시경』의 이 부분에 대한 주석을 붙이면서 활시위를 당기는 것과 느슨하게 하는 것을 비유로 들었다. 즉 팽팽하게 활시위를 당기기만 하거나 느슨하게 풀어놓기만 하는 것은 문제라는 것이다. 한번 팽팽하게 당겼으면 한번은 느슨하게 풀어주어야 하는 것이 도리라고 했다. 근엄한 삶의 태도만 있거나 우스갯소리 가득한 가벼운 삶의 태도만 있는 것은 문제다. 두가지가 조화롭게 어울려야 군자로서의 삶이 완성된다는 뜻이다.

『시경』의 이 구절을 근거로 하여 후대의 문인들은 문학에서 우스갯소리를 다룰 수 있다는 주장을 하게 되었다. 문자가 주는 무거움을 가볍게 뛰어넘으면서 독자에게 한바탕 웃음을 줄 수 있는 글을 주고받는다는 것은 얼마나 즐거운 일인가. 이는 문학을 포함한 글쓰기가 오직 진지하고 무거운 것은 아니라는 점을 주장할 수 있게 해주는 단비 같은 전고(典故)다. 이를 기반으로 '재미로서의 문학'이 문학론의 표면으로 부상했다.

조선 전기에 활동했던 관료들 중에 흥미로운 저술을 남긴 사람들이 꽤 있다. 특히 민간에 떠돌아다니는 재미있는 이야기를 모아서 글로 남기는 작업을 한 사람이 여럿이다. 예컨대 서거정 같은 사람은 『태평한화골계전(太平閑話滑稽傳)』이라는 책을 편찬했고, 강희맹(姜希孟, 1424~83)은 음담패설을 포함한 민간의 이야기를 모아서 『촌담해이(村談解頤)』를 편찬했으며, 송세림(宋世琳, 1479~미상)은 『어면순(禦眠楯)』을 엮었고, 채수(蔡壽, 1449~1515)는 『촌중비어(村中鄙語)』라는 설화집을 엮었다. 성임(成任, 1421~84)은 500권에 달하는 중국의 방대한 설화집인 『태평광기(太平廣記)』를 50권으로 축약한 『태평광기상절(太平廣記詳節)』을 편찬하기도 했다. 이외에도 상당한 종류의 설화집이나 시화집이 편찬되었으니, 조선 전기야말로 처음 맞이하는 패설집의 전성시대라 해도 과언이 아닐 것이다.

그런데 이러한 책을 편찬한 사람들의 면면을 살펴보면 하나같이 당대에 칭송이 드높은 문장가이거나 고위관료 출신이라는 것을 알 수 있다. 건국의 시기가 지나고 태평성대로 칭송받던 세종 시기를 지나면서 관료계층들의 문화는 한층 세련되어졌다. 그러나 그들의 문화가 얼마나 난숙기에 접어들었든 간에 백성들의 삶을 이끌면서 풍속을 교화해야 한다는 것은 모든 관료들의 공동 목표였다. 그런 점에 비춰 보면 패관잡설류의 책을 편찬하고 즐긴다는 것은 어떻게 받아들여야 하는 것일까. 이 점은 16세기 전반 사림파들이 기존의 훈구 세력들을 비판하면서 내세웠던 논지이기도 하다.

패설류를 짓고 즐겼던 사람들의 교유관계를 살펴보면 대체로 상당한 친분이 있었던 것으로 보인다. 그들 중 누군가가 책을 편찬하면 서로 돌려 보았으며, 상대방의 책에 서문을 써주기도 했다. 그렇게 지어진 서문을 보면, 그들은 패설류를 짓고 읽는 것에 대해 주변 사람들이 비난하는 현실을 부담스러워했다. 그 과정에서 이들은 패설류에 대한 최소한의 의의를 확보하기 위해 논리를 전개하는데, 가장 흔히 볼 수 있는 논점이 바로 농담이 혼효된 시문도 필요하다는 점을 드러내는 것이었다.

『주역』은 용의 그림에 나타났고 『서경』은 거북이의 무늬에 실려 있으며, 『시경』은 현조와 무민*을 노래하였다. 『예기』를 기록한 사람은 사령**의 조응을 말하였고 『춘추』를 지은 사람은 여섯마리의 익새가 날아간 사실을 썼다. 성인이 경전을 편찬하면서 모두 보존하여 깎아내지 않은 것이 어찌 말할 것이 없어서이겠는가? 진실로 천하의 이치는 끝이 없고 사물의 변화 또한 그와 더불어 끝이 없으니 하나의 논의만을 고집할 수 없는 일이다. 그것을 말하지 않은 것(공자가 괴력난신을 말하지 않은 것)은 사람들이 육경에 밝지 않아서 궁벽한 것이나 캐고 괴상한 짓이나 하는 사람들의 이야기에 혹할까 걱정해서 그런 것이다. 만약 육경의 도와 학문을 먼저 밝혀서 올바르고 고명(高明)한 경지에 이르렀다면 비록 거리에서 떠도는 매우 천박한 이야기라 하더라도 모두 이치가 깃든 것이라, 반드시 나를 흥기시키는 이익이 있을 것이다. 하물며 적막하고 쓸쓸할 때 이 책을 볼 수 있다면 마치 같은 책상 위에서 옛사람과 함께 웃으며 농짓거리를 하는 듯하여 무료하고 평안하지 못한 기운을 장차 눈 녹듯이 풀어 가슴속을 깨끗이 씻어내기에 충분하리라. 이 어찌 한번 당기고 한번 풀어주는 도〔一張一弛之道〕가 아니겠는가? 그렇지 않다면 패관이라는 직책이 고대에 설치되지 않았을 터이고 소설의 유파 또한 후세에 전해지지 않았을 것이다.[20]

---

* 현조(玄鳥)와 무민(武敏)은 모두 『시경』의 편명이다. 현조는 종묘제례를 올릴 때 사용하는 음악이고, 무민은 조상을 기리는 내용의 노래다.
** 사령(四靈)은 기린, 봉황, 거북, 용 등 네마리 신령스러운 짐승을 말한다.

이 글은 이승소(李承召, 1422~84)가 성임의 『태평광기상절』에 붙인 서문 중의 일부다. 그는 앞부분에서 유학자의 가장 중요한 학문적 근거로 경전과 사서(史書)를 들었다. 다른 것에 마음을 두면 이단의 학문이 되기 십상이라는 것이었다. 그러나 세상의 이치는 무궁하고 사물의 변화도 끝이 없기 때문에 견문을 넓히기 위해서는 『태평광기』 같은 책이 필요하다고 했다. 그렇지만 이 책은 너무 방대하여 읽기가 힘들고 시간이 많이 걸리는데, 마침 친구인 성임이 50권 분량으로 요약을 했으니 기쁜 일이라고 하였다.

이어서 이승소는 성임의 질문으로 자신의 주장을 내놓는다. 괴력난신(怪力亂神)은 공자도 말씀하지 않았는데, 자신이 편찬한 책을 다른 사람들이 성현의 책이 아니라는 이유로 배척하면 어떻게 해야 하겠느냐고 성임이 묻는다. 이에 대한 이승소의 대답이 바로 앞의 인용문이다.

복잡하고 어려운 전고를 이용한 것처럼 보여서 번역문으로는 잘 읽히지 않는다. 그러나 이승소의 요점은 유교경전으로 떠받드는 책에는 우리의 경험으로 설명할 수 없는 기이한 일들이 많이 수록되어 있는데, 공자가 괴력난신과 관련된 일을 말하지 않았던 것은 혹시라도 육경을 공부하지 않은 사람들이 이상한 이야기나 하는 사람들의 말에 혹해서 엉뚱한 공부나 하지 않을까 걱정해서라는 것이다. 그렇지만 『태평광기』라는 책을 읽으면 옛사람과 함께 앉아서 웃으며 농담을 주고받아서 무료하고 불평한 기운을 녹일 수 있으니 좋은 일이라고 했다. 이것이야말로 '한번 당기고 한번 풀어주는 도'라고 했는데, '이장론(弛張論)'은 바로 이같은 논의를 지칭하는 용어다.

관료들은 언제나 긴장 상태에서 살아간다. 문서를 처리하고 백성들의 송사를 판결하며 국가의 공적 임무와 관련된 다양한 일을 하기 때문에 거기서 얻는 스트레스는 대단하다. 그런 상황은 자칫 적막하고 울적한 마음을 가져다주기 쉬우며 무료하고 불평한 기운을 형성하기 쉽다. 이는 마치 활을 팽팽하게 당긴 순간과 같이 정신적으로 날카로운 상태다. '장(張)'이란 활을 팽팽하게 당긴 상태를 지칭하는 말이다. 너무 팽팽한 상태로 있으면 언제 활줄이 끊어질지 모른다. 최악의 상황은 피해야 한다. 적당한 기회를 보아 활줄을 느슨하게 풀어주는 것이 필요하다. '이(弛)'란 활줄을 느슨하게 푼다는 의미다. 팽팽하게 긴장한 관직생활에서 벗어나 느슨하게 이완된 마음상태를 경험함으로써 정신적인 재충전을 기한다는 것이 이장론의 주요 골자다. 이승소는 바로 그 점을 들어서 성임의 편찬 작업을 옹호하고 있다.

가벼움이 주는 깨달음의 계기

사람이 진지함으로만 살아가지 않듯이 농담으로만 살아가지도 않는다. 두 요소가 적절히 섞여야만 조화롭고 즐거운 삶이 만들어진다. 느긋하게 지내는 생활 속에서 즐기는 문학도 당연히 필요하다. 한시를 기초 필수교양으로 생각했던 근대 이전의 지식인들은 이완된 마음으로 농담과 웃음 가득한 작품을 지어서 즐겼고, 근엄한 경서나 역사서를 잠시 접고 거리에 떠도는 재미있는 소화(笑話)에 마음을 던지기도 했다. 느슨하게 풀어놓았던 활줄이 다시 팽팽하게 당겨질 수 있는 힘을 얻듯이, 우스갯소리 가득한 자리에서 그냥 재미로만 즐기는 작품들을 통해서 마음의 빈자리를 만들려고 했던 것이다.

문학의 의미가 무엇인지 한두마디로 정의할 수 없는 것은, 그것이 넓은 편폭과 깊이를 알 수 없는 심도를 가지고 있기 때문일 것이다. 진지한 자세로 삶의 진리를 묻는 문학이 필요하다면, 그 상대편으로 사람의 마음을 무장 해제시키고 얼굴 가득 편안한 웃음을 번지게 하는 문학 역시 필요하다.

팽팽하게 당겨진 활시위 같은 삶이 계속되는 속에서, 그 팽팽함을 느슨하게 만들어주는 문학작품을 만난다면 독자들의 시선이 거기에 머물리라는 것은 당연한 말씀이다. 위안과 재미로서의 문학이 필요한 것은 바로 이 지점이다. 단, 잊지 말아야 할 것이 있다. 농담과 우스갯소리로 가득한 작품이라고 해서 정신을 일깨우거나 깨달음의 계기를 포함할 필요가 없다는 것은 절대 아니다. 언제나 웃음은 우리가 예상하지 못했던 순간에 삶의 작은 깨달음을 동반하면서 우리에게 다가오는 것이므로.

제3부

인상비평부터 원류비평까지,

무엇으로 한시의 품격을 논하는가

음식의 맛, 작품의 맛

　곰 발바닥, 표범의 배 속 새끼, 이것은 음식 중에서 지극히 귀한 것이지만 산 채로 그냥 먹는다면 푸성귀나 대나무순만도 못하게 된다. 목단, 작약은 꽃 중에서 지극히 아름다운 것이지만, 색종이를 오려서 만든다면 들여뀌나 산해바라기만도 못하게 된다. 미(味)는 신선해야 하고, 취(趣)는 참돼야 한다. 사람들이 이 점을 안 후에야 가히 더불어 시를 논할 수 있다.[1]

　뜻하지 않은 시간과 장소에서 맛있는 음식을 접하면 여러날 동안 기분이 좋다. 시간이 지나도록 혀끝에 맴도는 맛의 여운이 마음을 가볍게 한다. 나른한 일요일 봄날 오후에 만나는 진달래 화전이 그렇고, 비 오는 여름 한낮에 마주하는 부침개 한쪽이 그렇다. 어떤 사람은 한겨울 눈 내리는 풍광을 보면서 얼음이 서걱거리는 막걸리 한잔이 오래도록 생각난다고도 한다.

비싸고 귀한 재료를 써야 맛있는 음식이 되는 건 아니다. 음식에 대한 기억은 시간이 흐르면서 새로운 방식으로 구성되는 측면이 강하다. 어렸을 때는 맛있게 먹었는데 나이가 들고 보니 맛이 없더라는 말을 자주 듣는다. 이것은 우리 입맛이 변한 탓도 있겠지만, 기억의 구성이 달라졌다는 의미도 된다. 인간의 감각 중에서도 특히 식욕은 본능적인 것 중의 하나다. 고자(告子)의 말처럼 "식욕과 성욕은 인간의 본성〔食色性也〕"이라는 전제는 동서고금을 막론하고 널리 인정되는 바이기도 하다.

먹는 행위는 생존 차원에서 시작된 것이기는 하지만, 우리에게 즐거움과 함께 미학적 쾌감 같은 것을 느끼게도 한다. 남들이 먹어보면 그저 그런 맛이지만 어떤 사람에게는 미적 차원의 높은 경지를 느끼게 하는 오묘함이 깃들어 있다. 어느 분야든 마찬가지이겠지만, 음식만을 만들고 맛보면서 평생을 살아온 사람에게 음식 만드는 일이란 일종의 수양과도 같은 행위일 것이다. 재료의 양을 조금만 조절해도 맛이 달라지는 것이 마치 인생길의 그것과도 같기 때문이다.

만드는 사람이 있으면 그것을 즐기고 품평하는 사람이 있게 마련이다. 전적으로 주관적 기준으로 판단하는 초보적인 품평가부터, 객관적 자료와 광범위한 경험, 이론적 토대 등을 갖춘 전문적 품평가에 이르기까지, 음식 품평가의 스펙트럼은 대단히 넓고도 다채롭다. 식도락가든 음식평론가든 사람들은 음식을 즐기면서 그 층위를 나누고, 그러한 행위를 통해서 문학작품을 비롯한 예술작품을 견주거나 인생을 다시 바라보는 것이다.

음식으로 떠올리는 작품의 깊은 맛

문학작품을 품평하면서 미각적 이미지를 사용하는 것은 유래가 깊다. 일상에서 자주 사용하는 감각이기 때문에 많은 사람들이 비슷한 이미지를 공유하고 있는 분야가 바로 미각이다. 우리가 잘 모르는 어떤 개념이나 감각 등을 설명하기 위해서 비유를 사용할 때, 가장 손쉬운 방법 중의 하나는 많은 사람들이 알고 있는 것들을 이용하여 비유를 드는 것이다. 같은 맥락에서 문학(예술)작품을 쉽게 이해시키기 위해서 미각적 이미지를 사용할 수 있다. 문학론에서 미각(맛)을 이용하는 것은 이 때문이다. 옛사람들 역시 주변의 음식과 맛을 통해서 오묘한 예술적 경지를 엿보며 설명하고자 했다.

이같은 경향은 전한(前漢) 이전부터 단편적으로 나타났지만, 모습을 분명히 드러낸 것은 남북조시대에 활동했던 종영에게서 보인다.

일반적으로 사언시는 글이 간략하면서도 의미가 넓다.『시경』과『초사』를 본받아 익힌다면 많은 것을 얻을 수 있을 것이다. 그렇지만 힘들게도 문장은 번거롭고 의미는 적어지기 때문에 세상에서는 사언시를 익히는 사람이 드물어졌다. 오언시는 글 중에서 중요한 위치를 차지한다. 이는 여러 형식의 작품 중에서도 좋은 맛을 가진 것이다. 그래서 세상 사람들에게 부합하게 되었다. 사건을 가리키고 형상을 만들어내며 감정을 다 표현하고 사물을 묘사하는 점에서는 (오언시야말로) 어찌 가장 상세하면서도 절

실한 것이 아니겠는가.[2)]

이 글에서 종영은 중국 고대문학의 발전과정을 설명하면서 오언시(五言詩)를 긍정적으로 언급한다. 전국시대 이전만 하더라도 문학의 모범은 『시경』과 『초사(楚辭)』였다. 특히 유가를 중심으로 존숭되어온 『시경』은 공자의 산정(刪定) 이래 경전으로 여겨지면서 수많은 주석을 낳았다. 온유돈후(溫柔敦厚)함을 바탕으로 인간의 성정을 순화하는 기본서로 읽혔던 『시경』과 더불어, 『초사』는 도가적이고 환상적인 상상력으로 후세 문인들의 마음을 사로잡았다. 특히 『시경』은 다양한 글자 수의 시작품을 포함하고 있기는 하지만 대체로 사언시(四言詩)를 위주로 형식을 만들어왔다. 『초사』의 경우는 조금 다르긴 하지만 역시 변려체(騈儷體)의 기본이라 할 수 있는 사언과 육언의 교차의 모범을 보이면서 그 형식을 다듬었다. 이러한 과정을 통해서 형성된 사언시는 중국 고대문학의 초창기부터 중요한 시 형식으로 자리를 잡는다.

문제는, 그렇게 자리 잡은 사언시가 형식화되면서 폐단을 노출하였다는 점이다. 네 글자로 구성되는 시행(詩行) 속에 의미를 담기 위해서는 과도한 함축을 이용해야 했고, 음악성을 충분히 확보하기 위해서 허사(虛辭)가 남발되었다. 시간이 흐를수록 이러한 경향이 심화되면서 작품과 독자 사이의 거리는 멀어져갔다. 종영이 사언시를 비판하는 논점은 바로 이 점에 있다. 전한(前漢) 시기 이래 꾸준히 발전해온 오언시는 종영의 시대에 이르러 맹위를 떨친다. 그는 자기 시대에 주목받는 시 형식이 이전의 문제점을 넘어서서 새로운 문학적 전망을 보여준다고 생각한 것이다.

물론 종영처럼 모든 사람이 오언시를 호의적으로 본 것은 아니다. 비슷한 시기에 활동했던 유협(劉勰, 465경~522경)은 문학이론 분야의 명저『문심조룡(文心雕龍)』에서, 사언시를 정체(正體)로 보고 오언시를 변체(變體)로 취급한다. 그럼에도 불구하고 앞에 인용한 종영의 말은 오언시에 대한 호의적 시선으로 가득하다. 문학사의 발전과정으로 보건대 사언시의 시대를 지나 오언시의 시대로 가는 것이 마치 당연하다는 투의 느낌이 전해지기까지 한다.

다시 우리의 관심사로 넘어가보자. 종영은 오언시를 평가하면서 '좋은 맛'을 지녔다고 하였다. '좋은 맛'의 원문은 '자미(滋味)'다. '자미'는 '좋은 맛, 오묘한 맛' 등의 뜻을 가진 단어다. 그 맛이 어떤 것인지 지금의 우리로서는 알 도리가 없다. 어쩌면 종영의 시대에는 '자미'라는 말이 가진 사회적 혹은 문화적 의미를 사람들은 가늠하고 있었을지도 모르겠다. 그렇지만 지금 우리는 그 말의 느낌을 정확히 포착하기 어렵다. 다만 뒷부분에 보이는 종영의 언급을 토대로 추정해보자면, 표현에서의 상세함과 절실함이 중요한 논점이다. 사건의 서술, 사물의 상세한 묘사, 인간 감정의 진솔한 표현 등이 잘 어우러져서 작품 속에 녹아 있을 때 우리는 '좋은 맛'을 지닌 작품으로 평가할 수 있을 것이다. 이같은 종영의 문학론을 흔히 '자미설(滋味說)'이라고 한다. 시작품을 맛으로 비유했다고 해서 '시미설(詩味說)'이라고도 한다.

밥으로만 살 수 있나요

김시습의 『금오신화(金鰲新話)』만이 초기 소설사의 빛나는 업적으로만 알고 있었는데, 어느날 기록으로만 전하던 『설공찬전(薛公瓚傳)』이 발견되었다. 뒷장이 떨어져나간 채 발견된 『설공찬전』이었지만, 당시 한국 고전문학 연구자들을 설레게 한 사건이었다. 이 작품을 지은 사람이 누군가. 바로 조선 전기 문인인 채수였다. 병으로 죽은 설공찬이 무당의 입을 빌려서 저승 이야기를 하는 것이 주된 내용이다. 유학자이자 고위관료 신분으로 귀신 이야기를 글로 옮긴 것도 당시 사람들에게 문젯거리로 지적될 만했지만, 내용은 더 민감한 것이었다. 아무리 뛰어난 황제라 해도 사람을 많이 죽인 사람은 사후에 지옥으로 간다든지, 저승에서는 여성이라 해도 능력만 있다면 높은 직책을 맡는다든지 하는 것도 그 안에 포함된 내용이다. 이런 작품을 쓴 사람이 바로 채수다.

많은 유학자들은 이 작품이 백성들을 미혹하게 만든다면서 규탄했다. 백성들을 잘 이끌어야 할 고위관료가 어떻게 허황한 이야기를 글로 써서 유포할 수 있느냐는 것이었다. 그렇지만 장본인인 채수는 그게 어째서 문제냐고 반문했다. 설공찬 이야기는 허황된 것이 아니라 실제 있었던 '실화'라고 주장했다. 그 말의 진위 여부에 관계없이 결국 그가 벼슬에서 물러나는 것으로 일단락되었다.

채수는 설공찬 이야기를 실화라고 주장하지만, 사실 귀신이 저승의 일을 말한다는 설정은 쉽게 믿기 어려운 일이기는 하다. 게다가 채수는 평소에도 민간에 떠돌아다니는 재미있는 이야기들을 즐겨 듣곤 했기 때문에, 설공찬이 실존인물이라는 그의 주장이 당시 지식인들 사이에서 얼마나 설득력이 있었는지 의문이다. 그는 일찍이 재미있는 설화들을 모아서『촌중비어』라는 책을 편찬한 적이 있다. '마을에서의 비천한 이야기들'이라는 뜻을 가진 제목만 보아도 어떤 내용인지 짐작이 가는데, 안타깝게도 지금은 전하지 않는다.

조선 전기 관료문인의 대표격인 성현은 이 책에 서문을 남겼다.『촌중비어』는 당시 지식인들에게 비난의 대상이었던 듯하다. 성현은 이 책을 비난하는 사람들을 설득하기 위한 일종의 해명서를 쓴 것이다. 그는 '어떤 사람〔或者〕'를 내세워서 질문을 던진다. 육경(六經) 같은 글이 아니라면 헛된 글이라고 주장하는 혹자에게 민간에서 떠도는 하찮은 이야기들이야 당연히 관심 밖의 일이다.『촌중비어』같은 글들이 도대체 무슨 소용이냐는 것이 속뜻이리라. 이에 대해서 성현의 대답은 다음과 같다.

그대의 말은 너무 굳어서 응체되었군요. 이는 마치 음식을 먹고 사는 사람이 오곡만을 알 뿐 다른 맛은 모르는 것과 같습니다. 일반적으로 육경은 오곡의 정수와 같은 것이고『사기』는 육고기와 같은 것이며, 제자백가서는 과일이나 채소와 같은 것이지요. 맛이야 다르다지만 입에 맞지 않는 것이 없으며, 입에 맞지 않는 것이 없다면 혈기와 골수에 도움되지 않는 것이 없습니다.『시경』에 가시나무로 만든 담장과 질서 정연한 메추라기에 대한 말이 있었지만 공자는 삭제하지 않았으며, 사마천은『사기』를 쓰면서「골계전」을 수록하였습니다. 삭제하고 기록하지 않아도 되는

데 오히려 제거하지 않은 것은 모두 그 의도가 있는 겁니다. 경계함을 알고 악한 것을 징계하도록 하자는 것이지요.[3]

생존을 위해서 음식을 먹는 것이기는 해도 매번 같은 음식을 먹을 수는 없는 노릇이다. 인간에게 필요한 영양소만 추출하여 알약을 만들어 먹는다면, 생존에는 지장이 없을지 모르지만 음식이 주는 쾌락과 그로 인한 정신건강에 그리 도움이 될 것 같지는 않다. 선현들의 말씀을 담은 육경이 좋다고 해서 그것만 읽는다면 정신적 편향 때문에 문제가 생긴다. 오곡을 식생활의 근간으로 하되 고기와 과일, 채소 등속을 함께 먹어야 균형 잡힌 영양을 구성하는 것처럼, 육경을 근간으로 하되 역사서와 제자백가서 등을 다양하게 읽어야 인간의 다채로운 삶을 드러낼 수 있다고 했다. 그런 점에서 보면 백성들 사이에서 오가는 이야기들을 모아서 책을 엮는 일 또한 인간생활의 중요한 한 부분이 될 수 있다. 『촌중비어』를 옹호하는 성현의 논리는 바로 이것이다.

자기만의 맛을 지닌 작품

음식의 맛으로 문학론의 얼개를 만든 사람으로 우리는 허균을 들 수 있다. 그는 일찍이 음식에 대한 기록을 책으로 남긴 적이 있다. 『도문대작(屠門大嚼)』이라는 이 책은 허균이 함열에 귀양 가 있는 동안 집필하였다. 12월에 한양을 출발하여 귀양지 함열로 갔는데, 너무

추운 겨울인데다 귀양바치라고 아무도 돌보아주질 않으니 먹고사는 일이 너무도 고생스러웠다. 먹을 것도 없는 겨울날, 밤이면 방 안에 떠 놓은 자리끼가 얼 정도의 추위로 떨었다. 그 와중에 허균은 어린 시절부터 벼슬하는 동안 자신이 먹어보았던 다양한 음식 경험을 책으로 집필한 것이다. 그는 기본적으로 섬세한 감각을 지닌 식도락가였던 것이다.

허균은 방대한 독서량을 자랑하기도 했지만, 그것을 이용하여 여러 종류의 책을 엮었다. 그중에 당송팔대가 중에 거벽으로 꼽히는 구양수의 문장 78편과 소동파의 문장 72편을 모아서 『구소문략(歐蘇文略)』이라는 책을 편찬했다. 그 서문에는 다음과 같은 구절이 들어 있다.

문장이란 제각기 자신만의 맛을 가지고 있다. 가령 어떤 사람이 대궐 푸줏간의 쇠고기며 표범의 태와 곰 발바닥 등을 맛보고 나서 스스로 천하의 좋은 음식을 다 먹었다고 생각하여, 마침내 기장쌀과 회(膾)와 구운 고기를 그만두고 먹지 않는다면 굶어 죽지 않을 사람이 드물 것이다. 이것이 어찌 선진(先秦)과 성한(盛漢)을 으뜸으로 삼고 구양수, 소동파를 가볍게 보는 사람과 다르겠는가.[4]

허균의 시대는 한대(漢代) 이전의 문장을 최고의 전범으로 여기는 경향이 있었다. 글은 사람에 따라 다른 형식과 내용을 가지는 것이라고 생각한 허균은, 오직 하나의 기준으로 글을 평가하는 태도를 비판적으로 바라본다. 대궐 푸줏간에 있는 쇠고기, 표범의 태(胎), 곰 발바닥이 아무리 진귀한 음식이라 하더라도, 사람들이 먹고사는 일상의 음식으로 돌아오지 않으면 굶어 죽기 십상이라는 것이다. 우리가 매일 먹는 밥은 거기에 어떤 화려한 맛도 들어 있지 않다. 그 담담한 맛 때문에 평생 먹어도 질리지 않는다고 한다. 이처럼 맛의 화려함이란 이따금씩 접해야지 진귀해지는 것이다. 매일 그런 음식만 먹고 살 수는 없다.

글도 마찬가지다. 아무리 한대 이전의 문장이 빼어나서 우리가 배워야 할 것이라 해도, 그와 같은 문장만을 배워서 자기 생각을 표현한다면 이는 효과를 충분히 발휘할 수 없다. 독자 입장에서도 하나의 경향만을 내세운 글은 쉽게 싫증이 난다. 표현 내용에 걸맞은 다양한 문체와 형식, 표현수법이 어우러질 때 좋은 글이 나온다는 것은 당연한 일이다. 그런 점에서 허균은 구양수와 소동파의 글을 가볍게 보면 안 된다고 한 것이다.

차이를 넘어 조화의 세계로

맛과 색깔과 향기가 전혀 다르지만, 이것들이 절묘하게 만나면 천하일미의 진귀한 음식이 된다. 개성이 판이하기로 말하면 음식 재료만한 것이 또 있겠는가. 그렇지만 이것들은 서로의 차이를 넘어서 전혀 다른 맛, 최고의 아름다움을 지향하는 맛을 만든다. 이것이 바로 근대 이전 동아시아사회의 지식인들이 주장했던 '조화'의 미학이다.

전혀 다른 소재를 잘 구성해서 작품을 만들어내는 것도 비슷한 이치다. 차이를 넘어서 새로운 아름다움을 만들지만, 그 안에서 존재하는 소재들이 본연의 개성을 잃지 않는 것, 이는 모든 작가들이 꿈꾸는 목표일 터다.

일상에서 자주 접하는 음식들이라도 우리는 그 맛을 음미하는 일이 드물다. 오늘 아침 먹었던 밥맛이 어떠했는지, 혹은 점심으로 먹은 찌개의 맛은 어떠했는지, 기억을 떠올려보라. 희미한 이미지만 남아 있을 뿐, 그 맛의 세부적인 것은 잘 기억이 나질 않는다. 우리의 감각은 그렇게 무딘 채로 일상과 만난다. 생활의 무게로 무디어진 우리의 감각을 일깨우는 것이 바로 문학작품이다. 일용할 양식을 대하듯, 문학작품이야말로 우리 생의 양식이다. 꼭꼭 씹으면서 그 맛을 오랫동안 음미할 줄 아는 사람이라야 작품이 안내하는 깊은 진리의 세계로 나아갈 수 있을 것이다.

인상비평을 위한 변명

"척 보면 안다"라는 말이 있다. 이것저것 복잡한 분석을 곁들이지 않아도, 보는 순간 안다는 말이다. 세상 살아가다보면 기쁜 일도 많지만 험한 일도 많다. 수많은 사람을 만나서 무언가 일을 하고 그 안에서 이익과 손해를 보기도 한다. 삼라만상을 무대로 살아가는 중생들의 살림살이를 하나하나 연구하고 분석해서 알아낸다는 것은 애초에 불가능한 일이다. 그럴 때 우리가 할 수 있는 최선의 방책은 '척' 보고 아는 것이다.

살아가면서 누구에게나 그런 순간이 있다. 뭐라고 설명하기는 어려운데 마음속에서는 명료하게 이해되는 일이나 사건 말이다. 이런 순간을 말하는 명언들은 무수히 많다. 예컨대 "첫인상이 중요하다"라고 말하는 것도 이런 종류에 속한다. 사람을 처음 만나서 인사하는 순간 그 사람의 성격이나 삶의 방식을 유추해낼 수 있다는 것은, 상식적으로는 불가능한 일이다. 그런데도 어떤 사람의 첫인상이 훗날 정확히 맞는다는 것을 깨닫는 순간, 우리는 자신의 육감에 대한 무한한 신뢰와 감탄 같은 것을 느낀다. 어떻게 그 사람이 그런 유형의 인간이라는 것을 알았느냐는 질문에, 이렇게 대답할 것이다. "척 보면 압니다."

흔히 '지인지감(知人之鑑)'이라고 표현되는 이같은 능력은 근대 이전에는 이인일사(異人逸士)들의 전유물이었다. 바보처럼 보이는 사람을 사위로 삼아서 비웃음을 얻더니, 막상 전쟁이 일어나자 그의 뛰어난 활약 덕분에 가족은 물론이고 마을 사람 전체가 목숨을 보전할 수 있었다는 설화는 우리나라 전역에 널리 분포되어 있는 유형이기도 하다. 사람을 알아보기 위해 관상을 보거나 『주역』을 공부하는 등자기 나름의 방식이 존재할 수도 있다. 그 방식을 아무리 장황하게 설명한다 해도, 역시 가장 확실하고 명쾌한 답변은 '척 보면 안다'는 것이 아니겠는가.

누구나 척 보면 알 수 있는 것은 아니다. 그런 능력은 한 분야에 오래 종사하며 경험을 쌓은 사람이라야 발휘할 가능성이 높다. 장사를 오래 한 사람은 들어오는 사람의 모습과 걸음걸이만 보아도 물건을 사러 오는지 그냥 둘러보러 오는지를 판단할 수 있다고 한다. 육감이 뛰어난 형사는 스쳐지나가는 사람들 중에서도 범인을 포착할 수 있으며, 평생 구두를 수선해온 신기료장수는 구두굽이 닳은 형태만 보아도 신발 주인의 성품이나 버릇을 유추해낼 수 있다고 한다. 이런 예를 들자면 한이 없을 것이다. 중요한 것은 척 보면 아는 능력은 하루아침에 만들어지는 것이 아니라는 점이다. 많은 경험을 쌓고 오랜 시간 동안 각고의 노력을 기울여야 비로소 그 경지에 이를 수 있다.

시구 같은 평어들

문학작품을 읽는 것 역시 경험과 노력이 필요하다. 좋은 작품을 알아보는 것도 뛰어난 능력이다. 어떤 작품이 잘된 것인지를 정확히 알아보는 사람이야말로 최고의 독자요 비평가라 할 수 있다. 조선 중기의 문학비평가 홍만종이 『시화총림』에서 "시를 알아보는 것은 시를 짓는 것보다 어렵다〔知詩難於作詩〕"[5]라고 한 바 있거니와, 평생토록 시를 읽고 지어온 조선의 선비들조차 좋은 시를 알아보는 눈을 갖추는 것은 참으로 어려운 일이었다.

좋은 작품을 만난다 해도 보는 사람에 따라 생각이 다르고 문학적 경험이 다르기 때문에 완벽한 의견일치를 보는 경우는 거의 없다. 요즘도 마찬가지이지만, 쓰는 작품마다 명작을 산출하는 사람을 좋은 작가라고 하지 않는다. 좋은 작가의 중요한 조건은 일정한 수준 이하의 작품을 쓰지 않는 사람을 일컫는다고 보아야 한다. 어쩌다가 좋은 구절 혹은 좋은 표현을 써내게 되면, 그것으로 인하여 문명(文名)을 떨치게 된다. 일정한 경지에 오른 작가들은, 평가의 구체적 내용에는 차이가 있을지언정 좋은 작가라는 긍정적인 시대적 평가에는 많은 사람들의 동의를 얻게 된다. 그럴 때 좋은 작가로 꼽는 이유를 제시하기 마련이다. 옛사람들은 그 이유를 짧은 평어(評語)로 표현하였다. 남용익은 『호곡시화』에서 역대 작가들을 열거하여 평가하면서 두 글자로 그들의 문학적 특징을 표현한 바 있다. 예컨대 김부식은 교건(矯健, 곧고 굳셈), 김종직(金宗直)은 경걸(勁傑, 굳세고 호걸스러움),

김시습은 신막(神邈, 신이하여 아득함), 임억령(林億齡)은 비동(飛動, 날아올라 약동함), 이달은 고절(孤絶, 외롭기 그지없음), 차천로는 굉일(轟溢, 우렁찬 소리와 함께 흘러넘침) 등으로 요약했다.

한 사람의 문학적 성과를 이렇게 짧은 평어 속에 담는다는 것은 자칫 중요한 성과를 사장시킬 수도 있고, 사람들에게 왜곡된 작가 이미지를 전달할 가능성도 있다. 게다가 그 많은 작품들을 두어 글자의 짧은 글귀 속에 담는다는 것 자체가 무리일 법도 하다. 그렇기 때문에 이것은 해당 작가의 작품을 충분히 읽고 깊이 이해한 뒤에 비로소 나올 수 있는 비평 방법이다.

두세 글자로 문학적 특징을 요약하는 것도 뛰어난 능력이지만, 아름다운 대구로 작가의 문학적 성과를 담아내는 경우도 있다. 임경(任璟)은 자신의 시화집 『현호쇄담(玄湖瑣談)』에서 김석주의 비평을 인용한 바 있다. 김석주는 17세기 후반 조선 문단을 대표하는 문장가 중의 한 사람인데, 그의 평가는 훗날 많은 사람에게 영향을 끼친 것으로 보인다. 그중에 몇몇 사례를 들어보자.

김부식
음습한 산골짜기에서 호랑이가 울부짖고,　　　虎嘯陰谷
어둑한 골짜기에 용이 숨어 있는 듯.　　　龍藏暗壑

김종직
밝은 달이 구름을 헤치고 나온 듯,　　　明月撥雲
연꽃이 물 위로 피어난 듯.　　　芙蓉出水

김시습

은빛 나무에 서리 내려앉고,　　　　　　銀樹霜披

구슬 누대에 달빛이 쏟아지는 듯.　　　　珠臺月瀉

임억령

산성에 소나기 쏟아지고,　　　　　　　山城驟雨

바람 부는 나뭇가지에 매미가 우는 듯.　風枝鳴蟬

이달

가을물에 핀 연꽃이　　　　　　　　　秋水芙蓉

바람에 기대 절로 웃는 듯.　　　　　　倚風自笑

차천로

재빠른 붕새가 바다를 가로지르고,　　　快鵬橫海

수많은 말들이 하늘로 솟구치는 듯.　　衆馬騰空

　남용익의 평가와 비교하기 위해 일부러 같은 작가를 예로 들었다. 김석주는 네 글자로 된 대구를 사용한다. 평어 자체만으로도 아름다운 시구절로 손색이 없는데, 그것이 주는 이미지를 통해서 해당 작가의 문학적 성격과 그 성과를 집성하고 있다. 대단한 솜씨다.

　두 사람의 평가를 살펴보자. 이들은 각 작가들의 어떤 점 때문에 그렇게 평가를 했는지 적시하지는 않았지만, 우리는 두 사람의 평어가 주는 이미지를 통해서 해당 작가들의 문학적 경향을 짐작할 수 있다. 김부식이나 김시습, 임억령 등 여러 작가에 대한 평어는 글자 수의 차이만 있지 그 이미지는 비슷하다. 글자 하나하나의 의미를 따지고 들어가면 그 이면에 숨어 있는 미세한 차이가 없는 것은 아니다. 그렇지만 이 정도의 표현이라면 해당 작가들에 대한 인식이 문화적으로 조선의 지식인들 사이에서 널리 통용되거나 용인되고 있었음을 의미한다. 그런데 김종직의 경우를 살펴보면 상당한 편차를 보인다.

김종직은 조선 전기 사림파(士林派)가 중앙정계에 등장하는 신호탄으로 여겨지는 인물이다. 훗날 조선 성리학의 계보를 그릴 때 고려 말 이색의 학문을 이어받아 성리학을 새롭게 일궈낸 중요한 인물로 여겨진다. 김종직은 과거시험을 통해 중앙정계에 진출한 뒤 기득권 세력이라 할 수 있는 훈구파(勳舊派)에게도 인정을 받을 정도로 시문 창작 능력이 뛰어났다. 그가 경상도 지역에서 한동안 고을살이를 하면서 길러낸 제자들이 대거 정계로 진출하여 세력을 형성함으로써, 성리학적 사유체계와 그에 기반한 삶의 태도가 본격적으로 조선 지식인 사회에 정착하도록 하는 출발점이 되었다. 조선 성리학이 초기 단계였기도 했지만, 김종직의 시문이 워낙 좋은 평가를 받았기 때문에, 후학들은 그의 시문 창작에 긍정적 평가를 하곤 했다. 남용익이나 김석주 역시 그의 시문이 뛰어나다고 평하는데, 다만 이들이 바라보는 평가기준 내지는 그 내용이 서로 다르다.

처자식 생계를 위해 억지로　　　　　強爲妻孥計
헛되이 고향의 봄을 포기하였다.　　虛抛故國春

내일은 화식 금하는 한식날,	明朝將禁火
먼 길 떠난 나그네 눈물 수건 적신다.	遠客欲沾巾
꽃구경은 이미 늦었는데	花事看看晚
농사일은 곳곳마다 새롭구나.	農功處處新
부끄러워라, 강호의 맑은 눈으로	羞將湖海眼
속세의 티끌 속에서 어두워지려니.	還眯市街塵

　김종직의 「2월 30일 서울로 들어가려 하다[二月三十日將入京]」(『점필재집(佔畢齋集)』 권1)라는 작품이다. 이 작품은 김종직이 가족의 생계를 위하여 어쩔 수 없이 벼슬길에 나서는 심정을 노래하고 있다. 처자식을 먹여 살리기 위해 고향에서의 봄 시절을 포기하고 서울을 향해 먼 길을 나서는 심정이 구절마다 배어 있다. 불로 만든 음식을 먹지 않는 한식날이라 원래 찬밥을 먹는 것이지만, 먼 길을 떠난 나그네의 처지와 어울려 한층 쓸쓸한 느낌을 자아낸다. 꽃이 만발한 봄은 끝나고 이제 농사일이 본격적으로 시작되는 시절이다. 함련(頷聯, 율시의 3~4구)과 경련(頸聯, 율시의 5~6구)은 그렇게 대비적 표현으로 김종직 자신의 심정을 드러낸다. 그렇지만 은거와 출사, 고향과 타향 사이에서의 머뭇거림은 마지막 부분인 미련(尾聯)에서 명확히 표현된다. 강호자연 속에서 간직해온 맑은 눈[湖海眼]이, 생계를 위해 티끌 가득한 속세로 들어가 흐려져야 한다. 이것은 벼슬이 살림살이 때문이지 자발적인 것은 아니라는 점을 드러내는 것이기도 하면서, 동시에 맑은 눈을 간직하겠노라는 의지의 표현이기도 하다.

　1200여수에 달하는 시작품 가운데 어떤 것을 대표작으로 꼽느냐

하는 것도 고민스러운 일이지만, 작품 하나를 놓고도 어떤 측면에서 볼 것인가 결정하는 것도 어려운 일이다. 앞의 작품에서 작자의 머뭇 거림을 읽을 것인가 아니면 결연한 의지를 읽을 것인가 하는 문제는 상당 부분 독자의 몫이다. 그 몫을 당당하게 표현하기 위해서는 앞서 언급한 전제조건들, 풍부한 인생 경험과 독서 경험, 깊은 사유의 울림 등이 갖추어져야 한다.

남용익의 평어가 김종직의 굳세고 기상이 넘치는 측면에 초점을 맞추었다면, 김석주의 평어는 맑고 깨끗한 정신세계를 표현해내는 김종직의 능력에 주안점을 두었다. 결국 평가의 중요한 기준이 개인 의 문학적 취향 내지는 감수성의 영향으로 만들어지는 것이라면, 작 품을 대하였을 때 어느 순간 자신의 눈으로 강하게 들어오는 부분을 평가의 내용으로 삼을 가능성이 높다고 하겠다. 바로 이런 점에서 이 들의 비평을 '인상비평'의 범주에 넣는다 해도 딱히 반론을 하기가 쉽지 않다. 근대 이후 비평의 발전과 함께 우리 고전비평의 방법이 지금의 우리에게 영향을 끼치거나 새로운 비평적 논리를 제공하지 못한다는 느낌을 주는 것은 바로 이 때문이다.

인상비평인가, 인상적인 비평인가

20대에 읽는 『장자』와 40대에 읽는 『장자』에는 상당한 차이가 있 다는 말을 한다. 이것은 나이를 먹을수록 독서 및 인생 경험이 깊어 지므로, 이에 따라 글을 읽는 시선이 달라진다는 점을 의미한다. 서른 전후의 젊은이보다는 삶의 험난한 고비를 넘긴 사람이 읽어내는 작품의 의미가 남다른 것은 당연한 이치다. 물론 인생 경험과 독서의 양이 언제나 작품을 읽는 데 절대적 토대가 된다는 것은 아니다. 때로는 자세한 분석을 곁들이는 것이 작품을 이해하는 첩경이 되기도 한다는 점을 우리는 충분히 알고 있다. 그렇지만 인생의 깊은 눈을 가진 독자의 순간적이고 종합적인 시선이 작품의 중요한 지점을 제시해준다는 것 역시 부인할 수는 없다.

조선 중기의 독서광이자 관료시인이었던 김득신은 『종남총지』에서 이렇게 말한 바 있다. "문장에서 마음을 많이 쓴 곳은 자연히 기묘한 조화가 생기기 마련이어서 참으로 쉽사리 말하기 어렵다. 사물을 형상화하고 풍경을 묘사함에 있어서는 바람에 흘러다니는 구름이 무수히 모양을 바꾸어 아침저녁으로 일정하지 않은 것과 같으니, 진실로 그 경지에 도달한 사람이 아니고서는 능히 명확히 알아내지 못한다. 그것이 바로 옛말에 '성인이라야 성인을 알 수 있다'는 것이다."

김득신은 이어서 자신의 경험을 한 대목 소개한다. 정사룡의 시 한 구절에 대하여 허균과 이수광이 동시에 평을 하였는데, 어떤 사람의 평이 정확할까 하는 것이었다. 그 구절은 다음과 같다.

산의 나무 일제히 우니　　　　　　　　山木俱鳴風乍起
바람이 일어나는 듯
강물소리 갑자기 사나워지는데　　　　江聲忽厲月孤懸
달은 외로이 달려 있다.

이수광은『지봉유설』에서 이 구절이 서로 어울리지 않는 이미지로 구성되었다고 비판하였다. 특히 '강물소리가 사나워지는 것'과 '달이 외로이 달려 있는 것'은 같은 구절에서 공존하기 어려운 표현이라는 점 때문이었다. 반면 허균은 시선집『국조시산(國朝詩刪)』을 엮으면서, 이 책에서 가장 뛰어난 시구(詩句)로 이 부분을 꼽았다. 두 사람의 평가가 완전히 엇갈리는 부분이었다.

훗날 김득신이 충청도 황강역(黃江驛)에서 하룻밤을 묵게 되었다. 한밤중에 강물소리가 세차게 들려와서 문을 열었더니, 하늘에는 달이 외롭게 떠 있는 것이었다. 순간 그는 정사룡의 이 시구를 떠올리면서, 허균의 시 비평안이 뛰어나다는 사실을 새삼 느끼게 되었다고 했다.

스치듯 경험하는 것도 때로는 작품을 감상하고 평가하는 재료로 사용할 수 있다. 더욱이 삶의 어떤 굽이에서 경험하는 작은 일상을 가지고 만들어지는 작품을 읽음에 있어서랴! 인상주의적 글쓰기가 순간적인 인상이나 일시적인 사건과 분위기를 극단적으로 세분화하여 매순간마다 묘사하는 것을 의미한다면[6], 앞서 소개한 조선 지식인들의 평어도 그 범주에 들어갈 수 있을 것이다. 지극히 주관적인 방식으로 평어를 만들어내기 때문에 일견 기준이 없는 것처럼 보일 수 있지만, 그 이면에는 많은 공부가 전제되어 있다. 그런 점에서는 19세기 말에서 20세기 초의 인상비평과 일맥상통하는 점이 있다. 그렇지만 한 개인의 주관적 인상을 가지고 작품을 평가하는 단순한 개념에서의 속류 인상비평을 조선의 비평에 연결시킨다면, 그것은 고전비평 유산을 일거에 포기하는 짓이다.

글자와 글자, 단어와 단어들이 어울려서 만들어내는 이미지를 하나하나 분석해서 읽어내는 것도 방법이기는 하지만, 분석과 조합의 틀을 넘어서 한순간 총체적으로 읽어내는 것 역시 중요한 방법이다. 짧은 문장으로 평가한다는 점 때문에 속류 인상비평으로 폄하당하는 일은, 어떤 사람에게는 억울한 일이다. 얼핏 보고 평가하는 인상비평의 얕은 수작이 아니라, 독자들에게 인상적인 이미지를 남길 수 있는 인상적인 비평이야말로 조선 지식인들이 지향했던 방식이다. 오히려 짧은 구절이나 문장 속에 한 작가의 문학적 성과와 평가를 넣어야 한다는 점 때문에 더 어려운 일일 수도 있다. 대부분의 평어가 시적인 표현으로 나타나는 것도 이 점과 관련이 있다.

창작의 괴로움을 짐작 못 하는 것은 아니다. 작품을 내기까지 견뎠을 수많은 불면의 밤을 인정하지 않는 것은 아니다. 하지만 작품을 곱씹어 읽고 자신의 경험 및 사유와 만나 깊은 감동을 받았을 때, 촌철살인의 평어를 내뱉는다면 무엇보다도 뛰어난 비평이 아닐까 싶다.

불평의 시학, 화평의 시학

　율곡(栗谷) 이이(李珥, 1536~84)가 하의(荷衣) 홍적(洪迪, 1549~91)의 집을 방문했다. 그곳에는 마침 김효원(金孝元)과 허봉(許篈, 1551~88), 허균 형제가 먼저 와 있었다. 홍적은 그즈음에 지은 시 한편을 율곡 앞에 내놓았다.

이끼 덮인 구석진 골목에 손님 드물어	苔深窮巷客來稀
지저귀는 새소리에 낮잠 물린다.	啼鳥聲中吾枕推
차 마신 작은 창에 아무 일 없이	茶罷小窓無箇事
떨어지는 꽃 오르락내리락	落花高下不齊飛
어지러이 날린다.	

　율곡은 시를 읽고 매우 칭찬을 하더니, 웃으며 말했다. "시가 좋기는 한데, 마지막 구절에 무언가 평온치 못한 뜻이 있는 건 무슨 까닭

이오?" 홍적이 깜짝 놀라며 어떻게 알았느냐고 물었다. 그러자 율곡
은 웃으면서 대답했다. "꽃이 바람에 불려서 들쭉날쭉 가지런하지 못
한 뜻이 있습니다. 만약 마음속이 평온했다면 필시 이런 시어들이 들
어갈 일이 없겠지요." 그러자 홍적이 웃으며 사례하였다. "사실은 요
즘 젊은 사람들이 공(公)을 탄핵하려는 마음이 있는 걸 보고 글을 좀
쓰다가 아직 완성하지 못한 상태에서, 우연히 이 시를 지었습니다.
시를 알아보는 밝은 눈[明鑑]이 이 정도이실 줄은 생각지도 못했습니
다. 이는 진정 채중랑(蔡中郞)의 '당랑포선(螳螂捕蟬)'의 뜻*과 똑같
군요."

이 일화는 조선 숙종 때의 문인 임경의 『현호쇄담』에 나온다. 임경
은 이 이야기를 기록한 뒤 끝부분에 "시가 사람의 성정(性情)을 감동
시켜서 펼쳐내는 것이 이와 같다"라고 평을 덧붙였다. 허봉과 허균
형제를 같은 자리에 배치해놓은 것은 실제 있었던 일일 수도 있고,

● 채중랑은 중국 후한(後漢) 때의 문인 채옹(蔡邕)을 말한다. 하루는 채옹이 이웃 사람
의 초대를 받아 그의 집으로 가게 되었다. 때마침 이웃 사람의 집 안에서 어떤 사람
이 병풍 뒤에서 거문고를 연주하기에, 채옹이 그 문 앞에 가서 가만히 듣더니, "즐거
운 마음으로 나를 불러놓고 죽이려는 마음이 있는 건 어찌 된 일이냐" 하고 탄식을 하
면서 집으로 돌아갔다. 심부름하는 사람이 이 사실을 목격하고는 '채옹이 집 문 앞까
지 왔다가 다시 돌아갔다'는 이야기를 주인에게 전하였다. 채옹은 지역 사람들에게
존경을 받는 사람이었으므로, 이웃집 주인은 즉시 채옹을 찾아갔다. 그러고는 거문
고 연주자가 한 말을 들려주었다. "제가 아까 거문고를 연주할 때 한창 울고 있는 매
미를 향해 사마귀가 다가가고 있었습니다. 그 순간 매미가 날아갈 듯하다가 날아가지
않자, 사마귀는 앞으로 나아가려 하다가 다시 뒤로 물러났습니다. 그걸 보고 저는 마
음이 움직여서, 사마귀가 매미를 잡지 못할까 걱정을 하고 있었습니다. 매미를 죽이
려는 사마귀를 본 마음이 거문고 연주에 나타난 것일까요?" 그러자 채옹이 빙그레 웃
으며, "당연히 그 일 때문이었겠지" 하고 말했다. 이 일화는 『후한서(後漢書)』「채옹전
(蔡邕傳)」에 보인다.

아니면 조선 최고의 시 감식안을 가진 허씨 형제를 통해서 이 이야기의 신빙성을 높이려는 장치일 수도 있다. 어찌 되었든, 율곡은 홍적의 시작품을 보자마자 그 마음속에 평온하지 못한 무언가가 있다는 사실을 단번에 알아맞혔다. 우리에게는 조선 최고의 성리학자로 알려진 율곡에게 이토록 섬세한 문학적 비평안이 있었다는 사실도 뜻밖이다. 그렇지만 문학을 보는 그의 시선 속에는 문학작품이란 시인의 불평(不平), 즉 평온하지 않은 상태가 작품 속에 반영되게 마련이라는 생각이 스며 있음을 알려준다.

겸사 속에 감추어진 시대와의 불화

문인들의 작품집을 펴면 가장 먼저 눈에 들어오는 글이 서문이다. 길게 쓰는 서문이 있는가 하면 몇 행으로만 구성된 짧은 서문도 있다. 그중 자주 만나는 글귀는 무엇일까. 아마도 그들의 겸사(謙辭)가 아닐까 싶다. 자신의 작품을 선보이면서 이 시대 최고의 작품이라고 자부하는 서문을 쓴다면 사람들의 웃음을 살 것이 자명한 까닭이다.

작가는 이런 작품집을 내놓게 된 것을 부끄러워하면서, 자신의 '천학비재(淺學非才)'를 자못 엄숙하면서도 조심스럽게 토로한다. 그 발언이 자기 내면을 드러내는 데 따른 부끄러움이 작용했다는 점을 모르는 것은 아니다. 세계와의 대면에서 자신이 느낀 다양한 정서적 반응을 언어로 표현하기에는 자신의 재능이 턱없이 미치지 못한다는 것을 알아차린 작가 자신의 부끄러움도 스며 있다는 것을 모르는 바도 아니다. 세계를 해명하려는 언어적 실천과 그 과정에서의 노력은 당연히 존중되어야 하고 그 나름대로의 의의를 인정받아 마땅하다. 하지만 겸사를 읽으며 때때로 불편함을 느낄 때도 있다. 최소한의 고민도 없이 모든 문제를 겸사로 감싸려 하는 듯한 태도 때문이다. 겸손이 모든 병폐를 감추어주는 방패는 아니라는 점을 분명하게 인식할 필요가 있다.

서문에 자주 등장하는 또 하나의 주제는 자신이 시대와 얼마나 큰 불화(不和)를 겪고 있는지에 대한 토로인데, 겸사 속에 묻혀서 슬며시 제시되는 경우가 많다. 이와 같은 문제의식이 들어 있는 서문은 앞서 언급한 경우와는 다른 느낌을 준다. 누구나 그런 것은 아니지만, 문인들의 작품집을 읽으면서 우리는 서문에서 읽은 작가의 내면이 작품해석에 일정 부분 영향을 준다는 점을 생각해야 한다. 그럴 경우 시대와 불화를 겪고 있는 작가의 발언은 직간접적으로 작품의 내용을 작품 외적인 요소와 연결하도록 유도한다. 그리고 독자들은 시인에게 불화를 안겨준 시대의 실질이 무엇인지 짐작하려고 애쓰게 된다.

시대와의 불화는 작가에게 무엇인가 쓰도록 만드는 중요한 힘이다. 이런 입장에서 보면 내면세계를 토로하는 데 따른 부끄러움을 표현한 겸사의 경우도 같은 식으로 이해할 수 있을 것이다. 요점은 무언가 글을 쓰는 사람들은 마음속에 불화를 겪는다는 사실이다. 조화롭지 못한 상태에서 격렬한 마음속의 갈등을 겪은 뒤에야 비로소 좋은 글감을 만들어내고, 나아가 좋은 작품을 만들어낼 수 있다는 전제가 깔려 있다. 이것은 한 인간이 세계와 투쟁하면서 단련되면 될수록 좋은 작품을 쓸 수 있는 다양한 경험과 생각을 축적하리라는 점을 전제로 한다. 돈맛을 알면 좋은 글을 못 쓴다는 속설이 있듯이, 세상을 편안하게 살아가는 사람은 좋은 글을 생산하기 어렵다고 공공연히 말해진다. 작가들은 그 점을 겸사 속에 버무려서 서문을 만든다.

겸사로 가득한 서문이나 발문을 쓰는 태도는 근래 생긴 것은 아니다. 글에 대한 일종의 엄숙함 같은 것을 느끼던 근대 이전에는 자신의 글을 세상에 선보이는 일을 매우 조심스러워했다. 그러다보니 자연히 자신의 글에 겸사를 하게 되었다. 다른 사람의 글을 받아서 서문으로 삼는 경우도 많았는데, 그와 같은 글은 주인공에 대한 칭송으로 가득할 수밖에 없었다. 자신의 글에는 겸사를 하고 다른 사람의 글에는 칭송을 하는 것은 예나 지금이나 마찬가지다. 그 글들 속에서도 우리는 작가와 세상 사이의 미묘한 알력 내지는 불평의 흔적을 발견할 수 있다. 김시습이나 임제(林悌, 1549~87), 허균, 김삿갓과 같은 문인들처럼 노골적으로 그 흔적을 쏟아내는 경우도 있지만, 대부분의 작가들은 희미하게 흔적만을 남기고 우회적인 어법으로 자기 생각을 드러냈다.

모든 사람이 세상과 조화를 이루며 살아가는 것이 불가능하다면, 세상을 향해 불평을 쏟아내는 것이 딱히 나쁜 것만은 아니다. 그 불평을 통해서 우리는 자신의 생각을 적극적으로 드러내면서 좀더 나은 세상을 만들기 위해 노력하게 된다. 이 점을 작가의 입장에서 말한다면, 어려움을 겪어본 사람이라야 좋은 글을 쓸 수 있는 조건을 구비하게 된다는 논리와 통하게 된다. 이른바 '궁이후공론(窮而後工論)'이다. 지금도 작가에 대한 이러한 판단이 강하게 작용하고 있거니와, 근대 이전에도 당연히 개인적 어려움이나 시대적 난관이 작가를 단련시켜서 좋은 작품을 만들게 한다는 논의가 성행했다. 작가들이 겸사 속에 시대와의 불화를 끼워넣는 것은 바로 이같은 문학론적 전제를 상정하고 있기 때문에 의미가 있다.

불평의 시학

위대한 문장가로 칭송받는 사람 중에 어려움을 겪은 사람이 한둘이겠느냐마는, 한유 역시 빠지지 않을 사람이다. 지금이야 중국문학사에서 고문(古文)을 부흥시킨 선구자로서 칭송을 받지만, 당시에는 현실적 어려움 때문에 고생을 많이 한 사람이다. 세살에 부모를 잃고 형 집에서 성장하였으며, 열아홉살에 처음 과거에 응시한 이래 세번이나 낙방한 끝에 네번째 시험에서야 진사(進士)가 되었다. 다시 고급관리가 되기 위한 박학굉사과(博學宏士科)에 세번이나 실패한 끝에 겨우 합격했다. 예닐곱차례 시험에 떨어지면서 겪은 경제적 어려움이야 두말할 나위도 없다. 어려움을 겪는 사람의 처지를 누구보다도 잘 아는 그였기에, 사람들을 위로하고 격려하는 글을 잘 지을 수 있었던 것은 아닐까 싶다.

그렇지만 한유의 마음속에 강하게 남아 있는 문인으로서의 자부심은 대단했다. 글쓰기의 방식을 바꾸면 쉽게 과거에 급제할 수 있었겠지만, 그는 자신의 글을 바꾸려 하지 않았다. 당시만 해도 위진남북조시대의 형식적 수사와 대구를 중심으로 하는 변려문(騈儷文)이

성행하고 있었는데, 한유는 내용을 중시하는 정통 고문을 내세웠다. 이런 점을 반영하는 글이 바로 풍숙(馮宿)이라는 사람에게 써준 글인 「여풍숙논문서(與馮宿論文書)」다. 거기에서 한유는, 자기 마음에 드는 글일수록 세상 사람들은 싫어하고 자기 마음에 들지 않는 글일수록 세상 사람들은 좋아한다고 심정을 토로했다.

그러나 한유는 세상과의 불화를 통해 글쓰기의 수준을 높일 수 있다는 논지를 「송맹동야서(送孟東野序)」, 즉 맹동야를 전송하면서 써준 글에서 편다. 맹동야는 당시 유명한 시인이었던 맹교(孟郊, 751~814)를 말한다. 맹교는 나이 쉰이 되어서야 겨우 벼슬길에 진출하게 되었는데, 발령을 받고 보니 율양현위(溧陽縣尉)라고 하는 작은 고을의 관리였다. 뛰어난 능력을 가지고도 세상의 인정을 받지 못하고, 늘그막에 겨우 얻은 자리가 먼 시골의 작은 고을살이였다. 한유가 보기에도 안타까웠으니, 맹교 본인으로서는 말해 무엇하랴. 한유는 선배이자 절친한 벗이었던 맹교를 위해 글을 쓰는데, 첫머리를 이렇게 시작한다.

대개 만물은 평정함을 얻지 못하면 소리 내어 운다. 소리 없는 초목들도 바람이 뒤흔들면 울고, 소리 없는 물도 바람이 일렁이게 하면 운다. 물이 솟아오르는 것은 무언가에 부딪혔기 때문이고, 물이 빠르게 흐르는 것은 어딘가 막혀 있기 때문이며, 물이 끓는 것은 불을 피웠기 때문이다. 소리 없는 쇠나 돌도 무언가에 부딪히면 운다. 사람에게 있어서 말도 그와 마찬가지라서, 어쩔 수 없게 된 뒤에야 말을 하게 된다. 노래를 하는 것은 마음속에 생각이 있기 때문이고, 통곡을 하는 것은 마음속에 슬픔이 있기 때문이다. 무릇 입에서 나와 소리를 내는 것은 모두 평정하지 않은 것이 있기 때문이리라.[7]

한유가 말하려는 요지는 외부적 요인 때문에 세상의 모든 소리가 존재한다는 점이다. 초목이든 물이든 혹은 쇠나 돌이든, 모든 사물은 무엇인가에 의해 충격을 받으면 그에 상응하는 소리를 낸다. 사람도 마찬가지여서, 외부에서 어떤 충격이 가해지면 당연히 소리를 낸다. 원래 모든 사물은 평정의 상태를 유지하는 것이 본성인데, 외부 요인으로 인해 평정이 깨지면 소리를 낸다는 의미일 것이다. 앞서 말한 것처럼, 세상을 편하게 살아가는 사람에게는 마음속의 평정을 깨고 싶은 욕구가 생기지 않기 때문에 말을 하려 하지 않는다. 그러니 좋은 작품은커녕 말도 하지 않게 된다. 탐욕스러운 사람에게 좋은 말이 나올 리도 없지만, 그에게서 나오는 말은 대체로 자신의 탐욕을 만족시키기 위한 것 외에는 관심이 없을 것이다.

한유는 맹교의 불행을 위로하기 위해 자신의 평소 생각을 드러낸 것이다. 경제적으로나 사회적으로 어렵게 쉰 평생을 살아온 맹교가 어찌 평정심을 가지고 있었겠느냐마는, 그래도 특히 어려운 상황에 처한 그의 처지를 헤아리는 한유의 마음이 느껴진다. 한유는 시대의 어려움을 시문으로 우는 사람들이 있었다고 말한다. 역대 최고의 시문은 바로 그러한 사람들의 몫이었다는 것이다. 맹교 역시 시대를 증언하는 위대한 시인인데, 그를 곤궁하게 만들어 자신의 불행을 울도록 하려는 하늘의 의도가 있는 것이 아니겠느냐고 말을 잇는다. 멀리 떠나는 맹교에게, 한유는 새로운 관점에서 현실을 넘어설 수 있는 하나의 계기를 마련해주는 셈이다.

율곡의 문학론

한유의 방식으로 문학 창작을 설명하면 결국 마음속에 평정이 무너진 상태를 출발점으로 삼을 수밖에 없다. 그는 「송맹동야서」에서 시대와의 불화를 겪으면서 문학으로 크게 울었던 사람을 언급하면서 동시에 우임금이나 이윤(伊尹), 주공(周公)처럼 한 시대를 덕(德)으로 크게 울렸던 사람들의 울림을 '선명(善鳴)'으로 명명하면서, 평정에서도 문학작품이 출발할 수 있다는 것을 암시했다. 그렇지만 이 글의 목적이 불우한 맹교의 사정을 위로하는 것이기 때문에, 한유의 주안점은 당연히 '불평(不平)'의 상태에 놓여 있다.

이 글의 논법을 그대로 가져오면서도 전혀 다른 방식으로 논지를 전개한 글이 있다. 바로 조선의 위대한 성리학자 율곡의 「증최립지서(贈崔立之序)」다. 최립지는 조선 중기의 뛰어난 문장가 최립을 일컫는다. 율곡은 한유의 「송맹동야서」에서 보이는 논리를 이용하여 최립에게 글쓰기에 대한 질문을 던진다. 어쩌면 율곡은 한유의 글 중에 「최립지에게 답하는 편지〔答崔立之書〕」라는 글을 읽고, 우연히도 그 글의 주인공과 같은 이름의 최립지에게 글을 써주면서 한유의 글에서 실마리를 구했는지도 모르겠다. 그 사실의 진위야 지금으로서는 판단할 수 없지만, 율곡은 이 글에서 글쓰기에 대한 깊은 사유를 보여준다.

　　하늘과 땅 사이 만물 중에 소리가 있는 것은 누가 그렇게 시킨
것일까? 초목으로 우거진 숲은 움직이지만 않으면 그 본체는 소
리가 없지만, 바람이 그것을 움직이게 하면 소리를 낸다. 그렇다
면 초목에게 소리를 내도록 하는 것은 바람이다. 쇠나 돌은 단단
해서 그것을 치지 않으면 그 역시 소리가 없지만, 어떤 사물로 그
것을 치면 소리를 낸다. 그렇다면 쇠나 돌에서 소리가 나도록 하
는 것은 역시 사물이다. 무릇 떼 지어 날면서 법석대고 시끄러운
모든 사물들이 소리를 내는 것 역시 반드시 그렇게 하도록 만드
는 것이 있다는 점이다. 사람이 세상에 태어나 몸 안에 오장을 갖
추고 밖에는 온갖 골격으로 형체를 만드는 것이니, 그 근본에 무
슨 소리가 있겠는가. 기(氣)가 안에 쌓였다가 밖으로 발출된 연후
에 소리를 내게 된다. 그렇다면 사람에게 소리를 내게 하는 것은
기(氣)다.[8]

　율곡은 글의 첫머리를 매우 근본적인 차원의 질문을 던지는 것으
로 시작한다. 소리의 근원은 도대체 어디이며, 소리가 나게 하는 근
본적인 원인은 무엇일까. 글쓰기의 근본이 인간의 언어라면, 그것을
포함하여 세상의 모든 소리가 뿌리로 삼고 있는 곳을 탐색하자는 것
이 물음의 취지다. 바람이 초목에게, 사물이 쇠나 돌에게 소리의 원
인을 제공하듯이 사람에게 소리의 원인을 제공하는 것은 기(氣)다.
기에 의해 나는 소리도 다 좋은 것은 아니다. 율곡은 기의 종류를 찬

찬히 거론하면서 어떤 것이 최상의 소리인지 그 계보를 그려나간다. 그에 의하면, 쓰임이 있는 소리〔有用之聲〕→ 사람들이 좋아하는 아름다운 소리〔美聲〕→ 문장으로 지어져 실질을 가지고 있는 소리〔實聲〕→ 올바름에 부합하는 글〔著於文而合於正者〕의 순서를 따라가면서, 좋은 소리를 찾아나간다. 이렇게 도달한 지점, 즉 글로 지어졌으면서도 올바름에 부합하는 것을 그는 '선명(善鳴)'이라고 명명하였다. 한유도 일찍이 거론한 바 있는 '선명'은 '잘 울리는 소리'라는 뜻이다.

그렇다면, 잘 울(리)기 위해서 어떤 것들이 필요할까. 똑같은 충격을 주더라도 본체가 워낙 좋으면 당연히 좋은 소리가 날 것이다. 예컨대 같은 물건으로 똑같이 충격을 주더라도 나무를 때릴 때와 쇠를 때릴 때 소리가 다른 것은 그 본체가 가지고 있는 성질 때문이다. 그렇다면 똑같이 기(氣)로 소리를 만드는 사람이라 하더라도 본체가 훌륭하게 잘 갖추어져 있다면 울리는 소리도 다를 것이다. 관건은 개인의 본체를 잘 갖추는 데에 있다. 앞의 인용문 뒤에는 바로 이같은 내용이 이어진다.

인간의 본체는 결국 마음으로 연결되기 때문에, 율곡의 주문은 마음을 잘 닦으라는 것으로 종결된다. 성리학적 수양을 통해서 마음공부를 한 사람만이 어떤 충격에도 적절히 반응할 수 있는 준비를 갖추게 되는 셈이 된다. 평범한 사람들의 마음은 자잘한 공간으로 분할되어 있어서 쉽게 한계를 드러낸다. 우리가 다른 사물이나 사람들의 생각을 제대로 받아들이지 못하는 것은 마음에 한계를 가지고 있기 때문이다. 그 한계를 넘어서 무한한 우주로 확대된다면, 천하의 어떤 부딪침에도 반응하는 울림을 가진다. 그 울림은 아무리 작은 것이라 해도 우주와 통하므로 많은 사람들에게 감동과 깨달음의 계기를 던져준다.

인간과 우주, 미로 같은 삶을 벗어나는 키워드

곤궁함과 어려움에 처해야만 좋은 글을 쓰는 것은 아니다. 위대한 시인들이 현실의 역경을 극복하고 걸작을 남긴 것은 칭송받아야 하지만, 마음의 평화를 경험한 사람들 역시 걸작을 남길 수 있다는 점 또한 인정해야 한다. 어느 쪽을 택하든 그것은 글을 쓰는 사람이나 글을 읽는 사람의 선택일 뿐이다.

어느 쪽이 더 좋다고 주장하려는 것은 아니다. 그것은 선택의 문제처럼 보인다. 세상의 불우함을 겪고 난 뒤 세상을 보는 눈이 한층 깊어짐에 따라, 세상의 표면만을 노래하던 작품은 어느새 사람살이의 깊은 곳을 건드리는 울림으로 드러난다. 그것은 인간의 문제를 도외시하지 않으려는 작가의 노력이며 치열한 고민의 결과다. 마찬가지로 우주의 드넓은 차원을 경험한 한 인간이 자신의 마음을 무한히 확장하고 새로운 깨달음의 경지로 나아감에 따라, 작품의 경계 또한 한계를 가지지 않는 힘을 함축하게 된다. 이는 인간의 삶이 단순히 우리가 딛고 선 현실에 국한되는 것이 아니라 시공을 초월한 또다른 차원을 함축하고 있다는 점을 깨달은 결과다. 이 두가지 길은 어쩌면 종국에는 서로 통하는 것일지도 모르겠다. 인간의 작은 몸짓조차 우주의 울림이라면, 인간의 삶을 통찰하는 것이 우주적 광대함을 꿰뚫어 보는 것에 이어져 있으리라는 것은 당연한 사실이리라. 어느 쪽이든 미로를 헤매는 우리 삶의 궁색함을 벗어나려는 시도가 아니겠는가.

율곡이 홍적의 시구에서 미묘한 불평의 기운을 읽었던 것은, 홍적의 시적 울림과 정확히 공명(共鳴)했기 때문이다. 시를 잘 읽는다는 것은 시 속에서 울고 있는 시인의 울음 혹은 소리에 잘 공명한다는 이야기일 것이다. 우리가 예술작품에서 '감동(感動, 느껴서 울린다!)'을 받는다는 것은 바로 작가가 울고자 했던 것을 포착하여 함께 울어줌으로써 가능한 일이다. 평정을 얻지 못한 울림이든 화평함에 도달한 울림이든, 거기에 화답하여 함께 울림을 만들어나가는 것이 무엇보다 중요하다. 그 울림이 가장 적절하게 반응했을 때, 그것은 인간의 한계를 넘어서 우주로 확대되는 것이다.

글쓰기 권력과 정전(正典)의 확립

조선이 건국되고 나서 권근의 뒤를 이어 초기에 문형(文衡)을 잡은 사람은 춘정(春亭) 변계량이다. 앞서 말했듯이 문형이란 대제학을 지칭하는 말로, 나라의 문풍(文風)과 학문적 경향을 주도하는 사람이다. 당시 김구경(金久冏)이라는 문사가 시를 잘 지어 이름이 높았다. 그는 변계량이 지은 시를 볼 때마다 입을 막고 큰 소리로 웃곤 했다. 하루는 변계량이 휴가를 얻어서 시골집에서 지내다가 마침 시 한 구절을 지었다.

텅 빈 흰빛이 하늘에 닿으니   虛白連天江郡曉
강마을에 새벽이 오고
짙은 누런빛이 땅에 떠 있으니   暗黃浮地柳堤春
버드나무 강둑에 봄이로세.

변계량은 이 구절을 대단히 흡족하게 여기면서 나중에 서울로 돌아가면 임금에게 말씀을 드려야겠노라고 생각하였다. 그런데 이 사실을 들은 어떤 사람이 김구경에게 이야기를 하자 김구경은 "시구가 대단히 비천하고 보잘것없는데, 이것을 만약 임금에게 아뢴다면 임금을 속이는 짓이다"라고 하였다. 그러면서 임금에게 아뢸 만한 시구절로 자신이 예전에 지은 다음의 구절을 추천하였다.

역사(驛舍) 앞에서 술잔 잡으니　　　　　　驛前把酒山當戶
산은 문 앞에 다가서고
강마을에서 시 읊조리니　　　　　　　　　江都哦詩雨滿船
비는 배에 가득하다.

이 말을 들은 사람이 다시 변계량에게 이 사실을 말했다. 그러자 변계량은 이렇게 말했다. "그의 작품에서 '當(다가서다, 닥치다)'은 온당치 못하네. 차라리 '臨(마주하다, 임해 있다)'으로 고치는 게 좋겠는걸."

이 일화는 성현이 지은 『용재총화(慵齋叢話)』에 수록되어 전한다. 여기에는 시구절의 글자 하나라도 얼마나 엄정하게 사용해야 하는가를 경계하는 뜻이 들어 있다. 글자가 가진 미세한 의미상의 차이를 알아차리고 자신이 생각하는 의미와 이미지를 가장 정확하게 전달하기 위해서는 얼마나 오랜 시간과 각고의 노력을 경주해야 하는지를 잘 보여준다.

그러나 이 일화를 다른 방식으로 읽을 수도 있다. 변계량은 '문형'

을 맡을 정도로 시문 창작에 대한 자부심으로 가득한 사람이다. 게다가 조선의 과거시험 답안지의 형식과 문체를 확립한 사람으로 평가받는 사람이니[9] 그 자부심이야 말할 것도 없었다. 재야의 문사와 조정의 관료문인 사이에 대결 구도가 만들어졌으니, 주변 사람들의 관심도 컸을 것이다. 이 이야기의 끝은 변계량이 김구경의 시구절을 고쳐주는 것으로 되어 있지만, 고친 글자가 과연 온당한가에 대한 논란은 계속되었을 법도 하다. 여기서 눈길을 끄는 것은 두 사람 사이의 묘한 길항관계다.

두 사람 사이에서 말을 전해주는 사람도 우습지만, 그 이야기를 듣고 반응하는 변계량의 모습 또한 흥미롭다. 그러나 이 일화의 이면에는 문단권력에 대한 주도권 다툼이 내재한 것으로 보인다. 그 시대는 아직 조선 건국 초기라서 문화적 방향이나 토대가 부족한 상황이었다. 일화의 정확한 연대를 알 수 없기 때문에 단정적으로 말하기는 어렵지만, 정도전에 의해 여러 방면에서 하나의 구상이 완성되었다 치더라도 그것이 현실정치나 생활 속에 스며들 시간적 여유는 없었을 것이다. 문형의 위치를 이야기한다는 것은 문단권력에 대한 관심이 사회적으로 표출되었다는 의미다. 더욱이 권근의 뒤를 이어서 아직은 자리가 잡히지 않은 시대에 새로운 문학적 권력을 만들어가야만 하는 처지에서, 재야의 뛰어난 인재들의 도전은 당연한 일이다. 변계량과 김구경은 바로 그런 처지를 각각 대표한다고 보면 지나친 것일까.

권력의 작동과 글쓰기

앞서 언급한 것처럼, 시문(詩文)을 쓰는 능력이 관료로서의 능력을 드러낼 뿐 아니라 사회적 교양의 척도로 여겨지던 시절, 어떤 글을 쓰는가 하는 것은 다른 사람의 인정을 받는 여러 중요한 요소 중의 하나였다. 열심히 연습한 글쓰기를 자신의 사상과 감정을 표현하는 도구로 이용하였지만, 그 정점에 과거시험이라는 제도가 있었다는 것도 분명한 사실이다.

개인이든 국가든 자신이 선호하는 글쓰기 방식을 가지고 있다. 책을 읽는 것 역시 마찬가지다. 어느 것이 먼저인지 알 수는 없지만 오랫동안 글을 읽어온 경향은 글쓰기와 밀접한 관련을 가진다. 다만 개인의 경우에는 하나의 선호도에 불과한 경우가 많지만 국가는 자신의 경향을 모든 지식인들에게 강력하게 요구한다. 과거시험이야말로 국가가 요구하는 가장 강력한 경향인 셈이다.

'국가'라는 말을 쓰기는 했지만 그것의 주체가 누구인지는 분명하지 않다. 정조(正祖)와 같이 문학적 권력의 핵심에서 자신이 직접 지식인들을 통제하는 경우가 있는가 하면, 당대 유행하던 문학적 경향의 영향을 받아 해당 부서에서 국가의 요구를 조정하기도 한다. 그러나 가장 중요한 것은 역시 문형의 역할이었다. 그는 유림(儒林)뿐만 아니라 문단의 수장이기도 했으므로, 그가 어떤 문학적 입장을 가지는가는 중요한 문제였다. 게다가 과거시험도 그가 총괄하는 것이었다. 정해진 학습과정은 없었지만 대체로 일반적인 공부 순서가 있는데, 일정한 단계가 되면 자신의 문학적 관심사를 따라 이리저리 흩어지게 마련이다. 지금이야 그러한 관심의 다양성이 국가의 문화적 경쟁력의 토대가 된다고 하지만, 근대 이전에는 불온한 것으로 여기는 경우가 많았다. 정조의 '문체반정(文體反正)'이 그 예다. 국가가 내세우는 순정고문(醇正古文)을 사용하지 않고 시속의 문체를 따르는 자들을 징계함으로써 지식인들의 문체를 바로잡겠다는 야심 찬 기획이 바로 문체반정이었다. 그렇게 보면 정조는 직접 나서서 시대의 문학적 경향을 고쳐보려 했던 것이다.

어떻든 이러한 분위기는 어느 시대나 존재한다. 그렇지만 조선이 내세웠던 가장 중요한 문학적 지표는 바로 재도론(載道論)이었다. 이 이론의 핵심은 문학작품의 평가기준은 유교적 진리를 표현하는가에 있다는 것이다. 한 시대의 문학적 경향이 우려할 만한 수준에 이르렀거나 당대 지식인들의 문학적 경각심을 일깨울 필요가 있다고 여겨지면 문체(文體) 문제가 과거시험에 출제되곤 했다. 현재 개인 문집에 수록되어 있는 것 중에 문체와 관련된 과거시험 답안지나 문제지를 찾아볼 수 있다. 그중 널리 알려진 것은 역시 이이의 「문책(文策)」과 이서구(李書九)의 「문체책(文體策)」, 정약용의 「문체책」 등을 들 수 있다. 이 글들은 모두 과거시험에 응시하여 높은 평가를 받은 답안지들이다. 국가가 요구하는 문학적 입장을 명료하게 서술했다는 의미다.

이들의 글에서 공통적으로 발견되는 것은 앞서 언급했던 재도론적 문학론이다. 그들이 말하는 '문(文)'이나 '문체'가 단순히 지금의 문학과 대응되는 개념은 아니지만, 지금 우리의 관심사와 관련해서 논의한다면 문학에 대한 생각으로 좀더 범위를 좁혀서 이야기해볼 수 있다. 재도론적 문학론이란 개인의 성리학적 수양을 전제로 해야 좋은 글을 쓸 수 있다는 것이 요점이다. 문학적 수식은 오히려 개인의 성정을 해치는 요소이므로 지양해야 할 부분이다. 그러니 형식이나 장식적 측면은 부족하더라도 거기에 성리학적 내용이 충실하게 들어 있으면 좋은 글이 될 수 있다는 말이다. 나아가 성리학적 수양이 충실히 성취된다면 글쓰기 역시 뛰어난 수준에 자연히 도달하게 된다는 주장을 한다. 이것이 바로 조선이 당대 지식인들에게 요구했던 문학론의 핵심이다.

정전의 두 얼굴

방향은 정해졌다. 문학 속에 성리학적 이념을 담도록 하라! 문제는 어떤 방식으로 담도록 요구할 것인가. 어떻게 하면 노골적인 요구를 하지 않아도 스스로 담도록 만들 수 있을까. 지금도 답을 찾지 못하고 여전히 권력의 핵심에 있는 사람들이 고민하는 질문이다. 한편으로 보면 권력을 획득한다는 것은 쌍방의 문제일 수도 있다. 즉 권력을 쥔 사람이 있으면 그것을 빼앗으려는 사람이 있다. 그렇지 않더라도 권력을 쥔 사람 입장에서는 언제나 두려운 상대가 존재한다. 어떤 입장에 서든 그 무리들 나름의 문학적 경향에 대한 생각을 가지고 있고, 앞서 제기한 질문과 비슷한 방식의 질문을 늘 던진다. '어떻게 하면 우리가 생각하는 것을 문학작품 속에서 실현하도록 할 것인가.'

바로 이 지점에 정전(正典, canon)이 위치한다. 가장 이상적인 모델을 내세워서 그 작품을 따를 것을 암묵적으로 요구한다. 우리는 언제나 시공을 넘어서 새롭게 읽힐 수 있는 책들을 하나의 정전으로 여기면서 '고전'이라는 이름으로 칭송한다. 누구나 고전을 읽으면서 생각을 새롭게 하지만 동시에 시대가 요구하는 생각의 틀을 자신도 모르는 사이에 익힌다. 그런 점에서 보면 고전은 시대와 공간을 넘어서 새로운 생각을 만들어내는 귀중한 지점이기도 하지만, 시대의 보편적 범위를 충실히 지키는 토대가 되기도 한다. 고전의 반열에 오를 만하지만 권력을 뒤흔들 우려가 있는 책은 불온한 것으로 간주하여 비난하거나 사회적으로 배제하고자 한다. 정전 혹은 고전의 두 측면이다.

어떻든 권력은 언제나 이상적 작가나 작품을 내세워서 지식인들의 생각을 범주화하고자 한다. 그 입장의 제도적 정점에 문형을 맡은 사람이 위치한다. 그러나 어떤 책을 어떻게 읽으라고 요구하는 공식적인 학습과정은 없다. 오히려 근대교육 이후에 국가가 요구하는 공식적인 과목이 개인의 사유를 노골적으로 억압하는 게 아닌가 싶다. 그렇다면 근대 이전에는 어떤 방식으로 정전을 만들었을까. 특히 문학분야에서의 정전 확립은 시화(詩話)나 잡록(雜錄) 등의 기록들을 통해서 산발적으로 이루어졌다. 예를 들어보자.

시의 구절을 다듬는 법은 오직 두보만이 그 오묘함을 다하였다. 예를 들면, '해와 달은 새장 속의 새요, 하늘과 땅은 물 위의 부평초'라든지, '10년을 민산(岷山)에서 보내고, 3년을 초나라 땅에서 다듬이 소리를 들었네' 따위가 이러한 종류다. 또한 사람의 재주는 마치 그릇이 모가 나거나 둥근 것과 같아서 모든 것을 구비할 수는 없지만, 천하의 기이한 경관과 감상은 사람의 이목을 즐겁게 할 수 있는 것이 많기 때문에, 진실로 그 재주가 뜻에 미치지 못한다면 비유컨대 둔한 말로 연과 월 사이의 천리길을 나서서 아무리 부지런하게 채찍질을 한다 해도 멀리 갈 수 없는 것과 같다. 그러므로 옛사람들은 비록 뛰어난 재주를 가지고 있었더라도 함부로 손을 대지 않았다. 반드시 갈고 다듬는 공을 쌓은 연후에라야 빛을 드리운 무지개처럼 천고에 빛을 드리울 수 있으니, 열흘이나 한달씩 다듬거나 아침저녁으로 읊조리며, 한 글자를 적확하게 쓰기 위해서 수염을 꼬기도 하면서 1년을 채우고서야 겨우 세편을 짓는 것이다. 손수 퇴고를 하다가 한유의 행차 수레를 침범한 것*이나, 시를 읊다가 바짝 마르고 반과산(飯顆山)**을 지나간 듯한 것, 의미는 서산의 봉우리를 모두 포함했지만 한밤중의 종소리로 표현한 것이 매우 뛰어났던 것*** 등 이와 같은 것은 이루 다 헤아릴 수 없다. 소동파와 황산곡(黃山谷)에 이르러

---

* 당나라 시인 가도(賈島)가 「제이응유거(題李凝幽居)」라는 시에서, "새는 못가 나무에 깃들고, 스님은 달빛 아래 문을 두드린다〔鳥宿池邊樹, 僧敲月下門〕"라는 구절의 '敲(고)'를 '推(퇴)'로 바꿀 것인가 말 것인가를 고민하다가 당시 경윤(京尹)이었던 한유의 행차를 침범했다는 고사를 말한다. 원고를 고치는 것을 의미하는 '퇴고'의 유래이기도 하다.

** 시 짓기에 고심하다가 바짝 마른 사람을 태수생(太瘦生)이라 하고, 시의 소재가 되는 사물에 마치 밥풀처럼 달라붙어 있는 것을 반과산이라고 한다. 모두 두보가 시 짓기에 고심하는 것을 이백(李白)이 비유한 말들이다.

*** 당나라 시인들이 서산사(西山寺)를 읊은 시 중에서 '終古凝新月, 半江無夕陽'이라는 구절이 서산의 경치를 가장 잘 표현하여 널리 알려졌으며, 금산사(金山寺)를 읊은 시 중에는 '寺影中流見, 鐘聲兩岸聞'이라는 구절이 가장 널리 전송되었다고 하는 고사를 말한다.

서는 용사를 이용한 것이 더욱 정밀하여 두보와 나란히 할 만하
다.[10]

이인로는 이 기록을 남기면서 두보의 시 짓기에 대한 고심에 찬 흔
적을 보여준다. 그것은 글쓰기가 일필휘지로 써내려가는 것이 아니
라 오랜 구상과 퇴고를 통한 문학적 수련의 결과임을 강조하려는 것
이다. 뒷부분의 가도(賈島) 이야기나 두보 이야기, 소동파와 황산곡
에 대한 언급 역시 후대에 이름을 남긴 뛰어난 시인이라 해도 그 이
면에는 굉장한 노력과 고민, 첨삭 과정이 있었음을 말하고자 하는 것
이다. 그러나 이러한 기록조차도 그 이면에는 두보를 하나의 문학적
전범으로 여기는 마음이 강하게 스며 있다. 이 기록을 읽는 사람은
자기도 모르는 사이에 두보를 정전의 위치에 놓고 그것을 본보기로
문학적 사유를 만들어간다.

새로운 고전의 정립을 생각하며

문학에 대한 다양한 생각을 드러내는 글은 기본적으로 정전 혹은
고전에 대한 시각을 드러낸다. 이러한 글들을 읽었던 계층을 어느정
도 상정할 수 있다면, 그들의 시대에 해당 계층 인물들이 생각하는
정전 혹은 고전의 범주를 그려볼 수 있다. 시대에 따라 고전의 범위
를 그리면 그에 따라 문학을 이야기하는 방식이 어떻게 다른지 논의
할 수 있다. 나아가 이는 시대나 계층마다 이야기하는 방식이 다르다

는 점, 독자들의 수용방식이나 시각이 다르다는 점을 의미한다. 그런 점에서 문학론을 관심있게 연구하고 논의하는 것이 중요하다.

『계몽편(啓蒙編)』이라는 책이 있다. 요즘 이 책을 읽어본 사람이 얼마나 될까. 대부분의 사람들은 그런 책이 있었는지 기억도 못 할 것이다. 그러나 불과 100여년 전만 하더라도 서당을 다니던 모든 학동들이 기본적으로 읽던 중요한 책이었다. 그 시대의 고전이었던 셈이다. 이제는 완전히 잊혀 그 존재조차 희미해진 것을 보면서, '고전'의 개념을 다시 생각해본다.

영원불변하는 고전작품이 정말 존재할 수 있는 것일까. 오랜 세월 동안 인류에게 지혜를 전해주는 고전이 있을 수는 있겠지만, 그것 역시 언젠가는 고전으로 취급되지 못하는 날이 올 것이다. 조선시대 선비들에게 불변의 고전이었던 것이 지금 우리들에게는 더이상 고전으로서 인정받지 못하는 것을 보면, 세월의 흐름과 함께 고전의 개념이나 범주 역시 변화하는 것일 터다.

더 중요한 것은 '우리 시대'가 제시하는 정전은 무엇인지 반성적으로 살펴보는 일이다. 우리가 딛고 서 있는 생각은 어디인지, 그것을 많은 사람들에게 요구할 필요는 무엇인지, 그것을 통해 문학은 어디로 나아가야 하는지, 우리의 삶은 어떻게 고양될 수 있는지, 수많은 질문들이 동시다발적으로 일어난다. 새로운 질문을 만들어내고 답하는 과정에서 정전의 확립이 얼마나 중요한 것인지, 확립된 정전의 범주는 어떻게 움직이고 변화하는지에 대해 분명한 인식을 하는 것이다. 그것이 우리가 옛글을 읽고 그들의 생각을 다시 한번 살피는 여러 이유 중의 하나가 아닐까.

작품에 드리운 옛사람의 그림자

너 삼팽이여,   任爾三彭饒赤舌

마음대로 혓바닥을 놀려보아라.

이 마음은 원래 하늘이 알고 계시나니.   此心元自有天知

경신일(庚申日)이나 섣달그믐이면 잠을 자지 않고 밤을 지새우는 풍습이 있었다. 이 시구는 조선 중기 문인 장유(張維)가 어렵게 살아가던 시절에 경신일을 지키면서 얻은 것이다. 삼팽이란 도교의 신으로, 인간의 몸속에서 살아간다. 팽씨 성을 가진 세 신이기 때문에 삼팽으로 부른다. 삼시충(三尸蟲)이라고도 하는 이들 신은 정기적으로 옥황상제에게 올라가서 인간의 죄상을 모조리 보고한다. 삼팽은 인간이 잠을 잘 때 몰래 그 몸을 빠져나와 옥황상제에게 가기 때문에, 경신일이나 섣달그믐에 잠을 자지 않는 것은 그들이 옥황상제에게 올라가지 못하도록 하려는 속셈이다. 장유는 경신일 밤을 맞아 삼팽에게 말을 건네는 방식으로 시를 쓴다. 아무리 옥황상제에게 가서 보고를 한다 해도 어차피 하늘은 자기 마음을 알고 있으니 아무 소용이 없다는 것이다.

그런데 훗날 장유가 우연히 『당시만수절구(唐詩萬首絶句)』라는 책을 읽다가 당(唐)의 시인 정자소(程紫霄)의 작품에서 이런 구절을 발견한다.

옥경에서는 이미 　　　　　　　　　　　　　玉京已自知行止
나의 행동을 알고 계시니
너 삼팽이여, 　　　　　　　　　　　　　　任汝三彭說是非
나의 옳고 그름을 지껄여보렴.

부분적인 표현은 다를지라도 삼팽을 등장시켜서 자신의 마음을 하늘이 이미 알고 있으며, 삼팽이 어떤 이야기를 옥황상제에게 한다 해도 아무 거리낌이 없다는 점을 주제로 삼은 것은 똑같다. 그렇지만 장유는 정자소의 시를 나중에 접했기 때문에 표절을 이야기하는 것은 어불성설이다. 다른 사람이 혹여 의혹의 눈길을 보낼까 두려워, 장유도 이런 사정을 기록으로 남겨서 선후관계를 분명하게 하고자 하였다. 장유의 『계곡만필(谿谷漫筆)』에 나오는 이야기다.

독창적이고 기발한 착상이라고 생각하지만 이미 다른 사람들이 모두 이야기해놓은 경우를 자주 본다. 사람의 생각이 천차만별이지만 기본적으로 세계에 대한 사유구조는 비슷한 데가 있다. 어쩌면 그 상동성을 공유함으로써 이 사회가 조화롭게 구성되는지도 모르겠다.

작품을 쓰는 것도 마찬가지다. 아무리 새롭고 기발한 생각으로 신선한 표현을 얻었다고 자부하지만, 자기도 모르는 사이에 다른 시간 다른 공간에서 다른 사람이 자신과 똑같은 생각을 하지 않았으리라 어찌 장담하겠는가. 남의 글을 몰래 가져오면 표절이지만, 이렇게 우연히 똑같은 생각을 하고 비슷한 표현을 얻는 경우가 더러 있을 것이다.

전거 없는 구절이 어디 있으랴

위대한 작가든 초등학생이든 글쓰기를 처음으로 시도할 때에는 누구나 서툴고 멋쩍었을 것이다. 태어날 때부터 위대한 작가로서의 글쓰기 실력을 갖춘 사람은 없다. 그렇다면 어떤 작가도 그 출발점에서는 누군가에게서 글쓰기에 대한 기본적인 것들을 배웠을 것이다. 선생님과 얼굴을 맞대고 배웠든 아니면 다른 방식을 통해서 배웠든, 글쓰기에 대한 당대의 일반적인 규칙과 의미, 기술 등을 배웠을 것이다. 그것은 한 시대를 지배하고 있는 글쓰기의 지배적 담론을 비판적 반성 없이 배웠음을 의미한다.

솔직하게 돌아보면, 필자의 모든 글쓰기는 모방에서 시작되었다. 인간의 삶이 모방에서 시작되듯 글쓰기 역시 모방에서 시작한다는 것은 누구에게나 적용될 수 있는 조건일지도 모르겠다. 좋은 글을 가져와서 문맥이나 단어, 문장구조 등을 슬쩍 바꾸어서 자신의 생각을 표현하는 것은 글쓰기 초기 단계에서 누구나 경험하는 일이었을 것이다. 글쓰기 이력이 상당히 붙었는데도 그런 현상이 여전하다면 그것은 표절로 비난받아 마땅할 터이지만, 글쓰기 초기 단계에서 혼자 모방으로서의 습작을 하는 것이라면 이해할 만한 현상이다. 많은 사람들이 좋은 작가의 작품을 베껴쓰면서 글쓰기 훈련을 한다는 사실을 상기하면 이 역시 하나의 단계로 볼 수 있다.

그렇게 시작된 글쓰기는 글 쓰는 힘이 붙으면서 조금씩 자기만의 색깔을 갖추어가게 된다. 그것은 모방의 단계를 넘어서려는 노력으로 이어진다. 다른 사람과 구별되는 자기만의 특징을 어떻게 표현할 것인가, 혹은 자기만의 독창적인 생각을 만들어내고 표현해내는 문제가 뇌리를 사로잡는다. 창작의 괴로움을 느끼기 시작하면서 방황과 고민은 깊어간다. 많은 사람이 이 단계를 넘어서지 못하고 글쓰기를 포기하거나 교활한 표절의 유혹에 시달린다. 그 문턱을 넘어서는 일, 그것이야말로 위대한 작가를 꿈꾸는 모든 사람의 목표다. 그 문턱을 넘어선 사람들만이 작가로서의 찬란한 명예를 얻고, 문학사에 이름을 남긴다. 해럴드 블룸이 논파한 바와 비슷하긴 하지만(필자의 글에 그의 그림자가 드리운 것이라 할 수 있을까?), 어떻든 모든 작가는 기본적으로 문학적 모델을 가지고 있으면서 동시에 그 모델의 그늘을 벗어나고 싶어하는 마음을 가지고 있다.

자기만의 색깔을 잘 드러내는 좋은 작가의 작품을 읽으면서 사람들은 이런 의문을 품을 것이다. '이 사람은 도대체 어떤 방식으로 공부를 했기에 좋은 작품을 쓸 수 있었을까.' 혹은 '누구의 작품을 모델로 글을 익혔기에 좋은 작가가 된 것일까.' 그 의문을 풀기 위해 사람들은 해당 작가의 작품에서 이전의 작가가 드리운 그늘을 탐색하기 시작한다. 이러한 작업은 대체로 다음과 같은 방식으로 시작된다.

(1) 영명사 안에 스님은 뵈질 않고　　　　　　永明寺中僧不見

(2) 영명사 앞엔 강물 절로 흐른다.　　　　　　永明寺前江自流

(3) 산은 텅 비어　　　　　　　　　　　　　　山空孤塔立庭際

　　 외로운 탑은 뜰가에 서 있고

(4) 인적 끊어져　　　　　　　　　　　　　　人斷小舟橫渡頭

　　 작은 배는 나룻가에 비껴 있다.

(5) 먼 하늘 날아가는 새는　　　　　　　　　　長天去鳥欲何向

　　 어디로 가려는가.

(6) 넓은 들판 동풍은 쉼없이 불어온다.　　　　大野東風吹不休

(7) 옛일은 아득하여 물어볼 곳 없는데　　　　　往事微茫問無處

(8) 옅은 연기 비낀 해는　　　　　　　　　　　淡煙斜日使人愁

　　 사람을 시름겹게 한다.

　이혼(李混, 1252~1312)의 「서경의 영명사에서〔西京永明寺〕」(『동문선
(東文選)』권14)라는 작품이다. 이혼은 고려 후기의 문신으로 충선왕
시절 관제개혁에 힘썼던 인물이다. 그의 문집은 남아 있지 않지만,
위의 작품은 후세 문인들에게 뛰어나다는 평가를 들으며 인구에 회
자되었다. 이 작품은 특히 서거정의 『동인시화』에서 분석됨으로써
용사의 한 예로 자주 거론되었고, 이 때문에 『해동잡록(海東雜錄)』을
비롯하여 후대 시화에서 더러 거론되기도 했다.
　이 작품은 평양의 영명사라는 절에서 느끼는 감회를 약간은 쓸쓸

하게 그리고 있는데, 문맥 속에서 시대에 대한 작가의 근심을 읽을 수 있다. 모든 작품은 표현이나 구상 측면에서 그 나름의 근원을 가지고 있다는 것이 서거정의 입장이다. 그런 점에서 이혼의 뛰어난 작품도 알고 보면 기존의 여러 작품에서 근원을 찾을 수 있다고 했다.

편의상 이혼 작품의 각 구절마다 번호를 붙여놓았다. (1)~(2)구('수련(首聯)'이라고 한다)는 스님이 뵈지 않는 영명사의 모습과 강물만 무심히 흐르는 주변의 경관을 노래함으로써 인간세상의 무상함을 드러내고 있다. 쉽고 단순한 표현, 대구와 반복이 주는 묘한 리듬감은 독자들의 흥미를 충분히 끌 수 있다. 그런데 서거정은 이 구절이 이백의 뛰어난 구절에서 유래한 것이라고 주장한다. 이백의 작품 「금릉의 봉황대에 올라서〔登金陵鳳凰臺〕」와 비교해보면 특별한 설명을 붙이지 않아도 비슷하다는 것을 알 수 있다.

봉황대 위에선 봉황 노닐더니	鳳凰臺上鳳凰遊
봉황 가고 누대는 비고	鳳去臺空江自流
강물은 절로 흐른다.	
오나라 궁궐의 화초는	鳴宮花草埋幽徑
그윽한 길을 뒤덮고	
진나라 때 귀인은 옛 무덤이 되었다.	晉代衣冠成古丘
삼산은 푸른 하늘 밖으로	三山半落靑天外
반쯤 떨어지고	
이수는 백로주 한가운데를 나누었다.	二水中分白鷺洲
뜬구름이 해를 온통 뒤덮어	總爲浮雲能蔽日

장안이 뵈질 않으니　　　　　　　　　長安不見使人愁

사람을 시름겹게 하는구나.

　게다가 이 구절을 수련에 배치한 것이나, 전반적으로 인간사의 무
상함을 드러내기 위한 출발점으로 좋은 구실을 한다는 점도 비슷하
다. 또한 (7)~(8)구(‘미련(尾聯)’이라고 한다) 역시 이백의 미련과 혹
사(酷似)하다. 게다가 장안을 비추는 해가 구름에 가려서 제대로 보
이지 않으니 사람으로 하여금 시름겹게 만든다는 것 또한 어지러운
시대를 근심하고 있는 작자의 생각을 드러내는 구절로 이용되었고,
그것으로 작품의 결미를 삼은 것 역시 비슷하다. 그렇게 보면 이혼의
작품은 이태백의 작품이 가지고 있는 전체적인 구상을 빌려서 지어
진 것이라고 할 수 있다.

　다른 구절은 어떤가. 이혼의 작품 중 (4)구는 당나라 때의 시인 위
응물(韋應物)이 지은 「저주서간(滁州西澗)」의 시구 “들판 나루터엔 인
적 없고 배만 저 홀로 비껴 있다〔野渡無人舟自橫〕”라는 구절을 이용
한 것이고, (5)~(6)구(‘경련(頸聯)’이라고 한다)는 송의 시인 진사도
(陳師道)가 지은 「등쾌재정(登快哉亭)」의 시구 “날아가는 새는 어디로
향하려는가, 흘러가는 구름 또한 절로 한가롭다〔度鳥欲何向, 奔雲亦自
閑〕”를 이용한 것이라고 했다. 서거정은 당시 인구에 회자되는 이혼
의 작품을 예로 들어서, 아무리 뛰어난 시라도 구절마다 전거나 원류
를 가지지 않는 구절은 없다는 사실을 증명하려 했다. 물론 그는 각
구절의 원류를 하나씩 예거한 뒤에, 이혼이 비록 다른 사람의 시구를
이용하여 작품을 짓기는 했지만 구성과 변용이 뛰어나고 격률이 삼

엄하다는 높은 평가로 끝을 맺는다. 『동인시화』에 나오는 기록이다.

허봉의 작품에 드리운 이태백의 그림자

스승의 영향을 받지 않을 제자가 어디 있으랴만, 한 사람의 문학적 풍격이 형성되기까지 스승의 영향만을 받는 것은 아니다. 삶의 여정에 따라 개인의 성향이 형성되고, 개인사의 부침에 따라 그것은 언제든지 변화할 여지를 가진다. 하늘에서 어느날 뚝 떨어지듯 아무런 이유 없이 만들어지는 개성이 어디 있겠는가. 인문적 차원에서의 개성이나 취향의 형성은 몇가지로 압축해서 설명하는 것이 불가능하지만, 그중에서도 스승의 영향은 빼놓을 수 없는 조건 중의 하나일 것이다. 스승의 인문적 이력에 따라 교육을 받은 제자는 당연히 그 이력을 등대 삼아 자신의 이력을 만들어나갈 것이고, 그의 삶에 드리우는 스승의 그림자는 훨씬 짙어진다.

근대 이전의 지식인들에게 사승관계 외에 또 하나의 요인을 들라면 아마도 독서 이력일 것이다. 책을 읽어나가면서 새로운 것에 관심을 기울이는 것은 당연한 일이다. 한 스승 밑에서 공부한 사람들이 늘어나면서 자연스럽게 생각을 공유하고 비슷한 문풍을 형성하는 것은 당연한 일이다. 이는 비교적 쉽게 파악할 수 있다. 그러나 독서를 통해서 영향을 받고 자신의 생각을 만들어가는 경우는 쉽게 알아차리기 힘들다. 본인이 어떤 책을 읽고 영향을 받았다는 고백을 한다고 해도 그것이 실제 작품에 어떻게 반영되었는가를 분석하기란 쉽지 않은 일이다. 그런 상황에서 무슨 책을 읽었는지, 그것으로 인해 어떻게 자신의 문풍이 달라졌는지를 말하지 않은 작가의 작품을 읽으면서 영향관계를 알아낸다는 것은 더욱 어려운 일이다.

그럼에도 불구하고 우리는 다양한 문헌자료나 문집의 기록들을 통해서 개성의 형성과 문풍의 변화를 추정할 수 있다. 그것은 대체로 독서 활동을 통해서 이루어지는 것으로 보인다.

둘째 형님(허봉을 말함)의 시는 처음에 소동파를 배웠으므로 반듯하고 충실하며 평온하면서도 노숙한 느낌(典實穩熟)이 있었다. 호당에 뽑혀 들어가 『당시품휘』를 숙독하더니 시가 비로소 맑고 튼실해졌다(淸健). 만년에 갑산으로 귀양을 가시면서, 이태백의 시집 한 권만을 가지고 가셨다. 귀양에서 돌아오신 뒤의 시는 이태백의 시어를 깊이 체득하여, 장편시든 단편시든 휘몰아치는 기세가 있었다. 이익지가 일찍이 이렇게 말한 적이 있다. "미숙(美叔, 허봉의 자) 학사(學士)의 시를 읽으면 마치 공중에서 꽃이 흩어지는 것 같다."[11]

이 글은 허균의 『학산초담』에 수록되어 전한다. 그의 둘째 형은 허봉인데, 조선 중기 삼당시인(三唐詩人) 중의 한 사람인 손곡 이달(이익지)과 절친한 사이였다. 허균이 이달을 스승처럼 모시게 된 것 역시 둘째 형 덕분이다. 대체로 문인 학사들 사이에 당시풍(唐詩風)이 본격적으로 유행하는 것으로 지목되는 이 시기를 주도했던 사람들이 바로 삼당시인이다.

허균은 이 기록에서 자신의 둘째 형인 허봉의 시풍이 어떻게 변하는지를 보여준다. 처음에는 소동파의 시를 배웠다고 했다. 소동파의 시는 고려 후기부터 수많은 사람들이 작시 공부를 할 때 모방의 대상으로 삼아왔다. 그러다보니 자연히 고려 이후 이 땅의 문인들을 지배했던 것은 송시풍(宋詩風)의 작시 경향이었다. 딱 부러지게 요약하기는 어렵지만 당시풍이 대체로 감성적이고 묘사적이라면 송시풍은 이성적이면서도 서사적이라는 점에서는 많은 연구자들이 동의한다. 이러한 시적 경향은 조선 중기에 와서야 비로소 반성의 대상이 되었고, 당시풍이 새롭게 부각되는 계기가 되었다. 그 이전에도 당시풍 한시가 지어지기는 했지만, 그것이 우리 문학사의 전면에 부각되면서 하나의 창작 기준으로 대두하게 되는 것이 바로 이 시기였다.

허봉 역시 소동파의 글을 모델로 해서 글쓰기를 익혔다. 그러다가 호당(湖堂)에서 사가독서(賜暇讀書)를 하게 되었는데, 거기서 『당시품휘(唐詩品彙)』를 접하게 된다. 『당시품휘』는 명나라의 고병(高棅, 1350~1413)이 당나라 시인들의 시를 모아 편찬한 시선집이다. 이 책을 숙독한 결과 허봉의 시는 맑고 튼실하게 되었다고 했다. 후에 갑산(甲山)으로 귀양을 갈 때 이태백의 시집 한 부만을 가지고 갔다. 귀양살이를 하는 동안 이태백의 글에 빠져 있었을 터인데, 그 덕분에 이태백의 시풍을 보이는 기세를 지니게 되었다는 것이다. 당시풍을 주도했던 이달이 허봉의 시를 보고 "공중에서 꽃이 흩어지는 것 같다"라는 평가를 덧붙임으로써 허균은 둘째 형의 시가 난숙한 경지에 이르렀다고 생각한 것이다.

허봉의 시가 전적으로 이태백의 경지를 자신의 방식대로 구현했는가 하는 점은 별개의 것이다. 자신의 지향점과 실제 창작 사이에는 언제나 차이가 있게 마련이다. 물론 그의 고가행(古歌行) 계열의 작품들은 민간의 설화나 민요적 정서를 담고 있다는 점에서 이태백 악부의 전통을 이은 것으로 보이고, 그의 시가 당시풍으로 연결된다는 실마리를 제공하기도 한다.[12] 아마도 이 작품들은 허봉이 귀양살이를 한 뒤에 지어진 것으로 보이는데, 그런 점에서 이태백의 영향관계를 논의할 수 있을 것이다.

작품 평가의 기준이 독서 경향과 연결되어 있다는 점도 함께 이야기할 수 있다. 흥미롭게도 허봉이 다른 사람의 작품을 평가하면서 이태백의 시를 기준으로 삼았던 예를 발견할 수 있다. 윤기헌(尹耆獻)이 지은 『장빈거사호찬(長貧居士胡撰)』에, 허봉이 충청도 음성의 동헌에 걸린 시판의 시를 칭찬하는 내용이 있다.[13]

하늘이 찬비 거두자	碧落收寒雨
푸른 산은 저녁 빛에 담박하여라.	靑山淡返暉
들판 다리엔 인적 끊어질 듯하고	野橋人欲斷
관로엔 나무들 서로 둘러 있다.	官路樹相圍
나그넷길에 때는 장차 저물려 하니	爲客時將晚
집에 돌아가는 꿈 자주 꾼다.	還家夢屢飛
밤 깊어 홀로 앉아 있으니	夜深成獨坐
바람과 이슬에 가을 옷이 젖는다.	風露濕秋衣

윤결(尹潔, 호는 취부(醉夫), 자는 장원(長源))의 작품으로 기록된 이 시

를 두고 허봉은 매번 "이태백의 기습(氣習)이 있다"라고 칭탄했다고 한다. 사실 이 작품에서 어떤 점이 이태백의 영향을 짙게 받았는가 하는 것을 증명하기란 매우 어려운 일이다. 흔히 '기습(氣習)'은 기질과 습관을 의미하는 단어지만, 여기서는 이태백 작품이 가지고 있는 특유의 성향을 지칭한다. 그런데 이러한 부분을 알아차리고 평가하는 것은 오랫동안 이태백의 시를 읽어온 사람만이 가질 수 있는 직관적인 부분에 기대고 있기 때문에 논리적으로 설명하기가 어렵다. 단어나 시구를 짜는 방식, 작품에 드러내는 이미지 등 여러 방면의 특징이 동시에 파악되면서 평가되는 것이기 때문이다.

오랫동안 한 사람의 작품에 심취하면 자연히 그의 다양한 특성들을 체화시키게 마련이다. 그럼으로써 자신도 모르는 사이에 그의 영향권에 깊이 자리하게 되고, 전범으로 삼았던 작가의 특성을 자신의 것으로 변용시켜 자기의 특성으로 만들게 된다. 수많은 '에피고넨'들 덕분에 원작자의 위대함이 부각되듯, 한 작가의 영향력에 휘말려 그것을 충실히 추종하는 세력들이 강하면 강할수록 해당 작가의 조종(祖宗)으로서의 힘은 더욱 강해진다. 윤결의 작품을 읽으면서 허봉이 이태백의 영향을 읽었다면 그것은 두가지 측면으로 해석된다. 실제로 윤결이 이태백의 작품에 깊은 영향을 받았을 수도 있고, 윤결의 작품은 이태백과 관련이 없는데 그것을 읽어내는 허봉의 시각이 이태백의 '필터'를 가지고 해석해냈을 가능성도 있다. 어느 쪽이든 조선 중기 문인 학사들 사이에서는 이태백을 비롯한 당시(唐詩)를 정밀하게 읽는 분위기가 상당히 퍼져 있었던 것만은 분명해 보인다.

장황하게 이 문제를 거론한 것은 바로 시파(詩派)의 형성을 언급하기 위해서였다. 문학사를 살펴보면 다양한 시파들이 명멸했다. 예컨 대 우리가 16세기 조선의 문단에서 관각삼걸(館閣三傑)이라든지 해 동(海東)의 강서시파(江西詩派), 혹은 삼당시인 등을 언급할 수 있는 것은 그들 나름의 시적 특징을 공유하는 사람들이 존재했다는 의미 다. 시파의 형성은 문학사의 한 시대를 유형화하여 드러내기도 하지 만 동시에 다양한 창작 경향을 만들어내는 용광로 구실을 하기도 한 다. 그 자장(磁場) 안에서 수많은 에피고넨들이 서성거린다. 동시대 시인들의 열광적인 지지를 받으며 시파를 형성하기도 하지만, 때로 는 시대와 공간을 넘어서 영향을 미치기도 한다. 소동파의 시문이 고 려 말에서 조선 초에 유행하다가 다시 조선 후기에 문단의 전면에 부 상하였다면, 그 이면에는 반드시 그에 상응하는 원인이 있다. 그럴 때 우리는 조선 후기 작가의 작품이 소동파의 어떤 점에 공명하여 자 기 작품활동의 근거로 삼았는지 확인하고 분석해야 한다. 바로 그 지 점에서 필요한 방식이 '원류비평(源流批評)'이다.

　허봉의 작품이 이태백의 시정신을 계승하고 있다면, 우리는 그의 작품 중에서 어떤 점이 이태백의 작품과 비슷한지, 어떤 구절과 단 어들이 서로 비슷한지, 어떻게 시적 이미지를 차용하고 있는지, 이태 백의 시적 구상을 어떻게 계승 변용하고 있는지, 수많은 작가들 중에 서 허봉은 왜 이태백의 영향을 강하게 받았는지, 시대를 넘어서 이태 백의 어떤 점이 허봉 자신의 시대를 바라보는 눈으로 작동하고 있었 는지 등을 꼼꼼히 따져야 한다. 이것이 바로 원류비평의 범주 안에서 할 수 있는 일들이다. 그런 점에서 원류비평은 가장 초보적이면서도 매우 중요한 시 읽기의 방식이라고 여겨진다.

자신만의 문학세계를 찾아서

무수한 인연의 그물에 코를 걸고 있을 때 우리는 그것을 하나의 존재로 인식한다. 세상에 어떤 것이 홀로 자신의 힘만으로 존재할 수 있겠는가. 우리의 몸 역시 무수한 인연의 지층들이 존재하고, 그것들이 각인해놓은 기억들이 우리의 삶을 만든다. 작품이란 그 인연의 흔적들을 새삼 반추하고 의미를 부여하는 작업이다. 우리 몸처럼, 작품 이면에는 무수한 인연의 흔적들이 종횡으로 토대를 만들고 특성을 부각시킨다. 기억하지 못하는 어린 시절 들었던 이야기들로부터 머리가 커서 읽었던 책에 이르기까지, 작품에는 모든 것들이 기록되어 있다. 그것은 마치 우리 세포 하나하나마다 인류의 모든 흔적들이 각인되어 있는 것과 같다.

그렇다면 작가가 영향을 받은 다양한 것들을 고려해 작품을 논의할 때 온전한 글 읽기가 되리라는 것을 충분히 알 수 있다. 근대 이전의 시화서(詩話書)를 비롯한 문학비평 관련 글에는 분석 대상으로 삼은 작품에 영향을 끼친 작가와 작품에 대한 다양한 논의가 수록되어 있다. 너무 일대일대응으로 분석의 긴장감이나 설득력은 떨어지는 측면이 있지만, 이들의 분석 목표는 작품 창작 과정에서 과거의 문학적 성과가 어떤 형태로든 영향을 끼친다는 점이었다. 그것이 바로 원류비평의 중요한 성과다.

계보를 따지는 일은 문단 내에서의 문학 유파 형성과 관련이 있다. 시성(詩聖)으로 추앙받았던 두보를 비롯하여 이백, 백낙천(白樂天),

황정견, 주희, 왕세정(王世貞) 등 수많은 인물들이 후대 문인들의 존경을 받았다. 그렇게 형성된 문학 유파들은 오랫동안 많은 문인들에게 문학적 영향을 끼쳤다. 그 영향을 즐겨 받아들였던 사람들도 많았고, 그것을 넘어서 자신만의 문학세계를 만들고자 했던 문인들도 있었다. 어느 쪽에 속했든, 우리의 문학사는 그들로 인해서 풍성하고 아름다운 역사를 만들어갔다. 우리가 누리는 문학적 전통은 그 과정에서 축적되어온 것이다.

주석

제1부 양반부터 중인까지, 그들은 왜 한시를 짓는가

1) 시라카와 시즈카·우메하라 다케시『주술의 사상』(이경덕 옮김, 사계절출판사 2008)에서 그와 같은 이야기를 하였다.

2) 天下之事, 不以貴賤貧富爲之高下者, 惟文章耳. 盖文章之作, 如日月之麗天也, 雲烟聚散於大虛夜, 有目者無不得覩, 不可以掩蔽. 是以布葛之士, 有足以垂光虹蜺, 而趙孟之貴, 其勢豈不足以富國豐家, 至於文章, 則蔑稱焉. 由是言之, 文章自有一定之價, 富不爲之減. 故歐陽永叔云: "後世苟不公, 至今無聖賢." ─이인로(李仁老)『파한집(破閑集)·하(下)』제22칙.

3) 以友天下之善士爲未足, 又尙論古之人. 頌其詩, 讀其書, 不知其人, 可乎? ─『맹자(孟子)』「만장(萬章) 하(下)」.

4) 詩之等級不同, 人到那一等地位, 方看那一等地位人詩出. 學問見識如棋力酒量, 不可强勉也. ─서증(徐增)『이암시화(而庵詩話)』.

5) 詩言志, 志者心之所之也. 是以讀其詩, 可以知其人. 盖臺閣之詩, 氣象豪富, 草野之詩, 神氣淸淡, 禪道之詩, 神枯氣乏, 古之善觀詩者, 類於是乎分焉. ─서거정(徐居正)「계정집서(桂庭集序)」.

6) 夫天下之未至太平, 則雖好文之主, 有不得與學士詞臣吟詠風月, 以遂優遊之樂矣. 屬太平多暇, 上不喜文章, 則雖才如沈宋燕許, 安可五淸燕侍從, 得爲雍容賡載之事耶? 伏聞睿廟聰明天縱, 制作如神, 席太平之慶, 乘化日之長, 常與詞人逸士若郭璵等賦詩著詠, 搬金

주석 299

振玉, 動中韶鈞, 流播於人間, 多爲萬口諷頌, 實太平盛事也.――이규보(李奎報)「예종창
화집발미(睿宗唱和集跋尾)」,『동국이상국집(東國李相國集)』권21.

7) 治世之音, 安以樂, 其政和, 亂世之音, 怨以怒, 其政乖, 亡國之音, 哀以思, 其民困. 故正得
失動天地感鬼神, 莫近於詩.――『시경(詩經)』「모시대서(毛詩大序)」.

8) 杜甫氏學識淵懿, 才華鉅麗, 獨立一世, 高視千秋, 而時命大謬, 不爲君相所知.――장유(張
維)「시사서(詩史序)」,『계곡집(谿谷集)』권5.

9) 文運之於時運, 相爲表裏, 而有升降. 盖光岳氣全, 而人才盛, 人才盛, 而雅音作. 文辭之
與政化, 乃流通無間矣. 我國家之始興, 天地運盛, 異才間出, 當時以文鳴世者, 皆勳臣碩
輔.――서거정(徐居正)「독곡집서(獨谷集序)」,『사가집(四佳集)』권6.

10) 김성룡 교수가 시운론이 주로 관각문인들에게서 발견된다고 언급한 것 역시 이런
맥락이다. 이에 대해서는 다음의 책들이 참고가 될 만하다. 김성룡『여말선초의 문학
사상』(한길사 1995); 김풍기『조선 전기 문학론 연구』(태학사 1996).

11) 허균과 차천로에 대한 일화는 앞 장 '조선 시인의 자존심, 조선 시인의 힘'에서 다
루었다.

12) 天地精英之氣鍾於人, 而爲文章, 文章者, 人言之精華也. 是故有遭遇盛時, 賡載歌詠者,
則其文之昭著, 如玉緯之麗朱, 而燁乎其光, 不遇而嘯詠山林, 托於空言者, 則其文之炳耀,
如珠璧捐委山谷, 明朗而終不掩其煒矣. 其所以駭一時之觀聽, 而垂名聲於不朽, 一也.――
서거정(徐居正)『태재집서(泰齋集序)』,『사가문집(四佳文集)』권6.

13) 詩, 天機也. 鳴於聲, 華於色澤, 淸濁雅俗, 出乎自然. 聲與色, 可爲也, 天機之妙, 不可爲
也. 如以聲色而已矣, 顓冥之徒可以假彭澤之韻, 醒酼之夫可以效靑蓮之語. 肖之則優, 擬
之則僭. 夫何故? 無其眞故也. 眞者何? 非天機之謂乎!――장유(張維)「석주집서(石洲集
序)」,『계곡집(谿谷集)』권6.

14) 性酷嗜酒. 酒後語益放, 傲睨吟嘯, 風神散朗, 卽不待操紙落筆, 而凡形於口吻, 動於眉
睫, 無非詩者也. 及其章成也, 情境安適, 律呂諧協, 蓋無往而非天機之流動也.――같은 책.

15) 公雖以詩酒自放. 然天資甚高, 內行甚飭, 讀濂洛諸書, 見解通明, 雖老師宿儒, 無以遠過
之.――같은 책.

16) 이 점에 대해서는 필자가『시마(詩魔), 저주받은 시인들의 벗』(아침이슬 2002)에서
자세하게 다룬 바 있다.

17) 吳東文獻之盛, 比埒中華, 盖自薦紳大夫一倡于上, 而草茅衣褐之士鼓舞於下, 作爲歌詩
以自鳴. 雖其爲學不博, 取資不遠, 而其所得於天者, 故自超絕, 瀏瀏乎風調近唐. 若夫寫
景之淸圓者其春鳥乎, 而抒情之悲切者其秋虫乎, 惟其所以爲感而鳴之者, 無非天機中自
然流出, 則此所謂眞詩也.――홍세태(洪世泰)「해동유주서(海東遺珠序)」,『유하집(柳下
集)』권9.

18) 두보(杜甫)「봄밤에 빗소리를 기뻐하며〔春夜喜雨〕」.

19) 人心之發於口者爲言, 言之有節奏者爲歌詩文賦. 四方之言雖不同, 苟有能言者各因其言而節奏之, 則皆足以動天地通鬼神, 不獨中華也. 今我國詩文, 捨其言而學他國之言, 設令十分相似, 只是鸚鵡之人言. 而閭巷間樵童汲婦咿啞而相和者, 雖曰鄙俚, 若論眞贋, 則固不可與學士大夫所謂詩賦者, 同日而論. 況此三別曲者, 有天機之自發, 而無夷俗之鄙俚! 自古左海眞文章, 只此三篇.── 김만중(金萬重) 『서포만필(西浦漫筆)』.

20) 蘭法亦與隸近. 必有文字香書卷氣, 然後可得. 且蘭法最忌畫法. 若有畫法, 一筆不作可也. 如趙熙龍輩學作吾蘭法, 而終未免畫法一路, 此其胸中無文字氣故也.── 김정희(金正喜) 「여우아(與佑兒)」, 『완당선생전집(阮堂先生全集)』 권2.

21) 정우봉 「19세기 시론 연구」(고려대학교 박사학위논문, 1992. 7) 9면 참조.

22) 정우봉 「19세기 성령론의 재조명」, 『한국한문학연구』 제35집(한국한문학회 2005) 105면 참조.

23) 自三百篇至今日, 凡詩之傳者, 都是性靈, 不關堆垜.── 원매(袁枚) 『수원시화(隨園詩話)』 권5.

24) 그의 생애에 대해서는 백현숙 「최성환의 인물과 저작물」, 『역사학보』 제103집(역사학회 1984); 금지아 「성령집의 편성체제와 특징」, 『중국어문학논집』 제46호(중국어문학연구회 2007. 10) 등에 정리되어 있다.

25) 古人之性, 卽我之性, 古人之性所好, 卽我性之所好. 以古人之性道古人之性所好, 直不過如是也, 以我之性道我之所好, 亦直不過如是也, 是古人之所言者, 卽我之言也. 豈可以不經我口, 遂謂之非我之心哉? 然則我心之所合者, 固我之言也, 我心之所不合者, 非我之言也. 取其所合之言, 而以爲我言, 則其言之發爲文章者, 卽亦我之文章也. 其誰曰不然? 此我性靈集之所以撰也.── 최성환(崔瑆煥) 「성령집서(性靈集序)」, 『성령집(性靈集)』(고려대학교 소장본), 정우봉 「19세기 성령론의 재조명」 81면에서 재인용.

26) 最玲瓏處性靈存, 不下深功不易言.── 정지윤(鄭芝潤) 「작시유감(作詩有感)」, 『하원시초(夏園詩鈔)』.

27) 歐陽論詩 '窮而工.' 此但以貧賤之窮言之也. 至如富貴而窮者, 然後其窮乃可謂之窮, 窮而工者, 又有異於貧賤之窮而工也. 貧賤之窮而工便不足甚異, 且富貴者, 豈無工之者也? 富貴而工者, 又於其窮而後便工, 又貧賤之窮所未能也. 噫! 東南二詩所以工焉耳. 然性靈格調具備, 然後詩道乃工. 然 『大易』 云: "進退得喪, 不失其正." 夫不失其正者, 以詩道言之, 必以格調裁整性靈, 以免乎淫放鬼怪, 而後非徒詩道乃工, 亦不失其正也. 況於進退得喪之際乎!── 김정희(金正喜) 「제이재동남이시후(題彝齋東南二詩後)」, 『완당선생전집(阮堂先生全集)』 권6.

28) 吾書雖不足言, 七十年磨穿十硏, 禿盡千毫.── 김정희(金正喜) 「여권이재(與權彝齋)」, 『완당선생전집(阮堂先生全集)』 권3.

29) 或問作詩捷法. "非徒多讀書, 雲行雨集, 鳥飜蟲吟, 無一不關涉於心. 行住坐臥, 未嘗暫

忘於是, 從此思路闊利.──조희룡(趙熙龍)『석우망년록(石友忘年錄)』(실시학사 고전
문학연구회 역주, 한길아트 1999), 64면.

제2부 대필작가부터 표절시비까지, 명문장은 어떻게 만들어지는가

1) 然全不用事, 吟風詠月, 譚棋說酒, 苟能押韻者, 此三家村裏村夫子之詩也. 此後所作, 須
   以用事爲主.──정약용(丁若鏞)「기연아(寄淵兒)」,『여유당전서(與猶堂全書)』권21.
2) 昔山谷論詩, '以謂不易古人之意而造其語, 謂之換骨; 規模古人之意而形容之, 謂之奪
   胎'. 此雖與夫活剝生呑者, 相去如天淵, 然未免剽掠潛竊以爲之工, 豈所謂出新意於古人
   所不到者之爲妙哉?──이인로(李仁老)『파한집(破閑集)·하(下)』제20칙.
3) 서거정(徐居正)『동인시화(東人詩話)·상(上)』제44칙.
4) 詩是無形畫, 畫是有形詩.──장순민(張舜民)「발백삼시화(跋百三詩畫)」.
5) 味摩詰之詩, 詩中有畫; 觀摩詰之畫 畫中有詩.──소식(蘇軾)「서마힐남전연우도(書摩
   詰藍田烟雨圖)」.
6) 園花紅錦繡, 宮柳碧絲綸. 喉舌千般巧, 春鶯却勝人.──김양경(金良鏡)『서보좌후(書黼
   座後)·장상(障上)』.
7) 윤덕희(尹德熙)「그림 그린 부채에 쓰다〔題畫扇〕」,『수발집(搜渤集)·상(上)』. 박명희
   「낙서 윤덕희 제화시에 표출된 산수의 이미지」,『한국언어문학』제53집(한국언어문
   학회 2004)에서 원문 재인용. 번역은 필자의 것임.
8) 學詩者當學琴 (…) 詩發於性情, 而琴以正人心, 故樂之中, 琴與詩最相近焉.──남공철
   (南公轍)「민생시집서(閔生詩集序)」,『금릉집(金陵集)』권11.
9) 凡音之起, 由人心生也. 人心之動, 物使之然也. 感於物而動, 故形於聲. 聲相應, 故生變.
   變成方, 謂之音. 比音而樂之, 及干戚羽旄, 謂之樂. 樂者, 音之所由生也, 其本在人心之感
   於物也.──『예기(禮記)』『악기(樂記)』·'제십구(第十九)'. 여기서 '物'은 단순한 '사물'
   을 의미하는 것이 아니라 자아와 관계를 맺는 '세계 전체'를 통칭하는 것이다.
10) 樂者爲同, 禮者爲異. 同則相親, 異則相敬. 樂勝則流, 禮勝則離.──『예기』「악기(樂
    記)」.
11) 詩貴言盡而意不盡. 作排律者, 意已盡而言猶多. 甚者鉤取外邊物色連綴. 如釘餖飾案.
    苦無意味°──신흠(申欽)「청창연담(晴窓軟談)·상(上)」,『상촌고(象村稿)』권50.
12) 往在己亥秋, 先大夫作宰中原, 古玉先生道經信宿數閱月. 余兄弟獲侍下風, 承顔接話,
    昂然若仙鶴整翩獨立, 塵垢所不犯, 殆未喩其淸高也. 一日, 自誦「淸平寺聞子規詩」: "劍
    外稱皇帝, 人間託子規. 梨花古寺月, 啼到伍更時. 遊子千年淚, 孤臣再拜詩. 愁膓一叫斷,
    何用苦催悲." 舍兄曰, "先生之詩, 美則美矣. 小子竊有請焉." 先生曰, "何?" 舍兄曰, "'梨

花古寺月, 啼到伍更時', 含蓄無限意, 思宛然有一唱三歎之調. 後四句, 似是剩語, 未知如何?"先生卽停杯起拜曰, "子, 吾師也." 其虛己無我, 獎進後輩, 有如此焉.─이민환(李民寏)「고옥 정작 선생의 시집 뒤에 붙이는 글〔題鄭古玉先生碏詩集後〕」,『자암집(紫巖集)』권3.

13) 이헌경(李獻慶)「다시 금강산에 들어가며〔再入金剛〕」,『간옹집(艮翁集)』권1.

14) 予嘗見古人評司馬子長者曰: "子長以疏宕之氣極天下之大觀, 故文章變化無窮. 觀長淮大江驚濤駭浪, 則其詞奔放浩漫; 觀洞庭彭蠡涵混呼吸, 則其詞停瀦淵深; 之齊魯鄒嶧, 而溫重典雅; 之三閭沅湘, 而悲憤傷激; 其壯勇也, 得之劉項之戰場; 其峭拔也, 得之巴蜀之劍閣."─서거정(徐居正)「관광록서(觀光錄序)」,『사가문집(四佳文集)』권4.

15) 遷生龍門, 耕牧河山之陽. 年十歲則誦古文. 二十而南游江·淮, 上會稽, 探禹穴, 闚九疑, 浮於沅·湘; 北涉汶·泗, 講業齊·魯之都, 觀孔子之遺風, 鄕射鄒·嶧; 戹困鄱·薛·彭城, 過梁·楚以歸. 於是遷仕爲郎中, 奉使西征巴·蜀以南, 南略邛·笮·昆明, 還報命.─사마천(司馬遷)「태사공자서(太史公自序)」,『사기(史記)』권130.

16) 古人言'借書常送遲遲'之遲者, 指一二年也.『史綱』之借上, 星紀將易, 幸擲還爲望. 鄙生亦絶志仕宦, 大歸江陵, 欲資此以敵閑也. 敢白.─허균(許筠)「여정한강 계묘팔월(與鄭寒岡 癸卯八月)」,『성소부부고(惺所覆瓿藁)』권20.

17) 某在宗之日, 與尹判書春年少有開手之分, 相忘貴賤者久矣. 丁巳春, 彼借華嚴, 我借杜詩, 易地相看, 限三年相還之約. 厥後, 我入頭流, 彼在城市, 音問漠然, 幽冥忽隔負約, 哀痛哀痛. 今尹相有二郎, 索杜詩於我, 懃懃懇懇, 奈何奈何? 聞其杜詩, 貴胤借覽云, 未知可否. 然則命送急還其主, 幸幸.─휴정(休靜)「상정옥계서(上鄭玉溪書)」,『청허집(淸虛集)』권7.

18) 讀書業文章者, 先讀聖賢書, 咀嚼涵游, 徹頭尾融會, 若毫縷分析, 以之作根柢, 立表準. 次及左馬莊騷子史百家之文, 積以歲月, 亦有以爛解硏極, 掇其英華, 然後出而爲文章, 若或起, 若或相, 其運筆造語, 神施鬼設, 自有不知然而然者. 滔滔焉, 炎炎焉, 若水於河, 火於燧, 無有窮已. 文如是, 幾乎成矣.─작자미상「문평(文評)」,『죽헌집(竹軒集)』권7.

19) 子之武城, 聞弦歌之聲. 夫子莞爾而笑曰, "割雞焉用牛刀?" 子游對曰, "昔者偃也聞諸夫子曰, '君子學道則愛人, 小人學道則易使也.'" 子曰, "二三者! 偃之言是也. 前言戲之耳."─『논어(論語)』「양화(陽貨)」.

20) 易著龍圖, 書載龜文, 詩歌玄鳥武敏, 記禮者, 言四靈之應, 作史者, 書六鶂之飛. 聖人修經, 皆存而不削, 豈無謂歟? 誠以天下之理無窮, 而事物之變, 亦與之無窮, 未可以執一論也. 其不語者, 恐人不明乎六經, 而惑於索隱行怪之說耳. 若能先明六經之道學, 已造乎正大高明之域, 則雖街談巷說鄙俚之甚者, 皆理之所寓, 必有起予之益. 況於岑寂伊鬱之際, 得此而觀之, 則如與古人談笑戱謔於一榻之上, 無聊不平之氣, 將渙然氷釋, 而足以疎蕩胸懷矣. 斯豈非一張一弛之道乎? 不然, 則稗官之職, 將不設於古, 而小說之家, 亦不傳於後

世矣. — 이승소(李承召) 「약태평광기서(略太平廣記序)」, 『삼탄집(三灘集)』권10(『한국문집총간』11, 민족문화추진회 1989) 475~76면.

제3부 인상비평부터 원류비평까지, 무엇으로 한시의 품격을 논하는가

1) 熊掌豹胎, 食之至珍貴者也; 生呑活剝, 不如一蔬一笋也. 牧丹芍藥, 花之至富麗者也; 剪彩爲之, 不如野蓼山葵矣. 味欲其鮮, 趣欲其眞, 人必知此, 而後可與論詩. — 원매(袁枚) 『수원시화(隨園詩話)』권1.

2) 夫四言, 文約意廣, 取效風騷, 便可多得. 每苦文繁而意少, 故世罕習焉. 伍言, 居文詞之要, 是衆作之有滋味者也. 故云會於流俗. 豈不以指事造形, 窮情寫物, 最爲詳切者邪. — 종영(鍾嶸) 「시품서(詩品序)」.

3) 若子之言, 固滯甚矣. 是猶養口服者, 徒知伍穀, 而不知他味也. 夫六經如伍穀之精者也, 史記如肉藏之味者也, 諸家所錄如菓菰茱茹. 味雖不同, 而莫不有適於口者也, 莫不有適於口, 則莫不有補於榮衛骨髓也. 詩有墻茨鶉奔之語, 而孔子不刪, 史家滑稽傳, 太史公錄之, 是可刪去不錄, 而猶不去者, 皆有意焉. 所以使人知戒而懲惡也. — 성현(成俔) 「촌중비어서(村中鄙語序)」.

4) 文章各有其味, 人有嘗內廚禁臠豹胎熊踏, 自以爲盡天下之味, 遂廢黍稷膾炙而不之食, 如此則不餓死者幾希矣. 此奚異宗先秦盛漢而薄歐蘇之人耶? — 허균(許筠) 「구소문략발(歐蘇文略跋)」.

5) 홍만종(洪萬宗) 『시화총림(詩話叢林)』 「증정(證正)」 제2칙.

6) 빅토르 츠메가치 등 편저 『현대 문학의 근본 개념 사전』(류종영 외 옮김, 솔출판사 1996), 382면.

7) 大凡物不得其平則鳴. 草木之無聲, 風撓之鳴, 水之無聲, 風蕩之鳴; 其躍也, 或激之, 其趨也, 或梗之, 其沸也, 或炙之. 金石之無聲, 或擊之鳴, 人之於言也, 亦然. 有不得已者而後言, 其歌也有思, 其哭也有懷. 凡出乎口而爲聲者, 其皆有弗平者乎! — 한유(韓愈) 「송맹동야서(送孟東野序)」.

8) 天地之間, 萬類之有聲者, 孰使之然乎? 草木之叢林也, 不動則其體無聲者也, 有風動之則有聲. 然則, 聲於草木者, 風也. 金石之堅頑也, 不擊則其體亦無聲者也. 有物擊之則有聲. 然則, 聲於金石者, 亦物也. 凡萬類之振振蠢蠢而有聲者, 亦必有使之然也. 人之生于世也, 伍臟具乎內, 百骸形於外, 其本則豈有聲哉? 有氣積於內而發於外, 然後爲聲焉. 然則, 聲於人者, 氣也. — 이이(李珥) 「증최립지서(贈崔立之序)」, 『율곡집(栗谷集)』.

9) 이같은 평가는 조선 후기 문인 이학규(李學逵)의 『낙하생집(洛下生集)』제20책, 「동사일지(東事日知)」 '과문체격(科文體格)'에 언급되어 있다.

10) 琢句之法, 唯少陵獨盡其妙. 如'日月籠中鳥, 乾坤水上萍', '十暑岷山葛, 三霜楚戶砧'之
   類是已. 且人之才, 如器皿方圓, 不可以該備, 而天下奇觀異賞, 可以悅心目者甚夥, 苟能才
   不逮意, 則譬如駑蹄臨燕越千里之途, 鞭策雖勤, 不可以致遠. 是以古之人, 雖有逸材, 不敢
   妄下手, 必加鍊琢之工, 然後足以垂光虹預, 輝暎千古. 至若句鍛季鍊, 朝吟夜諷, 撚鬚難安
   於一字, 彌年只賦於三篇, 手作敲推, 直犯京尹, 吟成大瘦, 過行飯山, 意盡西峰, 鐘撞半夜,
   如此不可縷擧. 及至蘇黃, 則使事益精, 逸氣橫出, 可以與少陵幷駕. ── 이인로(李仁老)
   『파한집(破閑集)·상(上)』제20칙.

11) 仲氏詩初學東坡, 故典實穩熟. 及選湖堂, 熟讀『唐詩品彙』, 詩始淸健. 晚年謫甲山, 持李
   白詩一部以自隨, 故謫遷之詩, 深得天仙之語, 長篇短韻◯駕氣勢. 李益之嘗曰, "讀美叔學
   士詩, 若見空中散花." ── 허균(許筠)『학산초담(鶴山樵談)』.

12) 송은정「하곡(荷谷) 허봉의 시 세계」, 『동방한문학』제12집(동방한문학회 1996),
   27면 참조.

13) 『대동야승(大東野乘)』권51에 수록되어 있다.

인명 찾아보기